Diogenes Taschenbuch 22433

de
te
be

Margery Allingham

Unschuldiger gesucht

Zwei Geschichten

Aus dem Englischen von Monika Elwenspoek

Diogenes

Titel der 1950 bei
The World's Work erschienenen Originalausgabe:
›Take Two at Bedtime‹

Umschlagzeichnung von
Hans Traxler

*Das Buch ist all den
Amerikanern gewidmet,
für die diese beiden
Geschichten geschrieben wurden*

Deutsche Erstausgabe

120/92/43/1
ISBN 3 257 22433 8

Inhalt

Unschuldiger gesucht

Ich machte meinem Onkel keinen Vorwurf. Das hätte, glaube ich, niemand tun können: Eben das erklärte ich eines Abends meiner Vermieterin, der korpulenten Mrs. Austin, als sie in dem scheußlichen kleinen Zimmer im Dachgeschoß ihres Hauses in Pimlico auf meinem Bettrand saß und in einer unangebracht vertrauten Geste meine Füße zusammenquetschte.

Mrs. Austin war eine Cockney, liebenswert und gefühlsbetont wie sie sind, diese geradlinigen alten Frauen, denen niemand Galanterie zutraut, bis sie plötzlich wie eine Flagge hochgezogen wird, und eben hatte sie mit ungewollter Brutalität erklärt, es sei eine Schande, daß ich weder das eine noch das andere sei, weder die gutsituierte junge Dame, die zu sein man mich erzogen hatte, noch der draufgängerische Lehrling einer Putzmacherin, der zu werden ich mich nach Kräften bemühte. Ein Wochenlohn von fünfunddreißig Shilling sei nicht gerade das, was sie sich unter einem Lebensunterhalt vorstelle, meinte sie, und ich war völlig ihrer Meinung; sieben Dollar hätte Sally gesagt. Hastig verscheuchte ich Sally aus meinem Kopf. Es half nichts, an sie zu denken, wenn ich nur Mrs. Austin zum Reden hatte.

Die alte Frau schüttelte den Kopf, so daß ihr Doppelkinn dabei die altmodische Kette aus murmelgroßen Perlen verschob, die sie trug. »Sie taugen nich zum Hüte machen, Kindchen«, sagte sie. »Nich mal welche für Pferde.« Ich lachte, aber im Herzen gab ich ihr recht. Und was noch schlimmer war, ich hatte das ungute Gefühl, Madame Clothilde gewann langsam denselben Eindruck.

Ihr richtiger Name war Ethel Friedmann, und man konnte

sie noch am ehesten mit einem schwarzen Papagei vergleichen, aber sie hatte mir nach Onkel Greys Tod eine Arbeit angeboten, und das hatte sie in erster Linie aus Freundlichkeit einem ehemaligen Kunden gegenüber getan und nur nebenbei, weil sie dachte, ich könne ihrem Laden am Hanover Square vielleicht ein paar Kunden der richtigen Sorte zuführen.

Damals, vor einem Jahr, hatte ich das für gerechtfertigt gehalten, aber da war ich neunzehn, frisch aus Totham Abbey School, unerfahren und spontan. Jetzt war ich zwanzig und völlig desillusioniert, natürlich.

Mrs. Austin ritt weiter auf ihrem Thema herum. »Ferien im Ausland, und dann kein Geld! Geschieht ihm ganz recht, wenn Sie in der Gosse enden«, beharrte sie. »Das muß man sich mal vorstellen, so zu sterben.«

»Lassen Sie«, sagte ich, »bitte lassen Sie es gut sein. Sie verstehen nicht.«

Sie schnaubte. Ich saß da und sah durch ihren bombastischen Busen Onkel Grey, wie ich ihn in Erinnerung hatte, einen aristokratischen alten Herrn, dessen Hemden makellos, dessen Schuhe sehr schmal, und dessen Hände lang und feingliedrig waren, der ein liebenswertes Lächeln hatte und einen spröden Mund, mit dem er dennoch auf sanfte Art witzige Dinge sagen konnte.

Er war Junggeselle einer ausgestorbenen Schule, und als mein Vater und meine Mutter beim Untergang der *Queen Adelaide* gemeinsam in den grünen Fluten verschwunden waren, hatte sich ein verängstigtes Kindermädchen auf der Treppe von Prinnys Club in der Pall Mall bei ihm eingefunden, zusammen mit mir, einer bleichen Siebenjährigen, die sich an ihre Hand klammerte. Er hatte schlicht für uns getan, was in seinen Kräften stand, wie er das wohl in jedem Fall für zwei verzweifelte weibliche Wesen getan hätte. Er zahlte dem Kindermädchen seinen Lohn und schrieb ihr eine Empfehlung. Und er übergab mich der Fürsorge von Miss Evangeline

Budd, Direktorin der Totham Abbey »School for the Daughters of Gentlemen«. Das Schulgeld muß ihn überrascht haben, aber ich nehme an, es bereitete ihm Genugtuung, daß es die beste altmodische Mädchenschule des Landes war.

Bevor die europäische Katastrophe seine Investitionen schluckte, nahm er mich jedes Jahr ins Ausland mit. Wir fuhren überallhin und sahen alles, und er behandelte mich stets wie eine erwachsene junge Dame, die zu begleiten ihm eine Ehre war. Er war immer aufmerksam, doch nie liebevoll. Ich betrachtete ihn als eine Kreuzung zwischen Gott und einem Reiseleiter.

Als sein gesamtes Vermögen bis auf eine kleine Rente dahin war, starb er. Er schrieb mir keinen Brief, aber einer der Bediensteten des Clubs kam zu mir in die Schule und brachte mir seine georgianische Schnupftabakdose und den Siegelring mit dem quadratischen Amethyst. Eine Versicherung deckte Onkel Greys Schulden und seine Beerdigung.

Meine Erziehung erwies sich als ungefähr ebenso nützlich wie alles andere, was mir hinterlassen worden war. Die Erziehung war ausgezeichnet gewesen, aber nur bis zu einem gewissen Grade. Ich hatte eine annehmbare Handschrift, aber ich konnte nicht maschineschreiben; ich wußte mein Kleidergeld einzuteilen, konnte aber nicht buchführen; ich konnte Klavier spielen, aber kein Lied begleiten; eine Herzogin bei einem Basar begrüßen konnte ich, aber ihr einen Hut verkaufen nicht. Ich hatte nicht einmal nützliche Freunde gewonnen.

Während der Schulzeit hatte Sally mir genügt. Wir waren so dicke Freundinnen, daß keine von uns viel Zeit für andere hatte. Sie war ein Jahr älter als ich, und während ich noch Arbeit suchte, war sie schon zu Hause in den Vereinigten Staaten, wo sie nun auf der anderen Seite der Welt bei einer Lazaretteinheit arbeitete. Ich sah sie ganz deutlich vor mir, als ich so auf Mrs. Austins enges Kleid starrte. Ein Meter und zweiundfünfzig Zentimeter Dynamit, gekrönt von dunkelroten Locken, dazu dunkle Augen, aus denen die ganze Fröhlichkeit ihrer Nation strahlte, und einen Mund, der bei aller Keckheit auch weise war.

»Sie sollten heiraten, Häschen«, verkündete Mrs. Austin zum hundertsten Male. »Vielleicht tun Sie ja bei diesem Fest morgen was auf.«

»Das wird nicht so eine Party«, sagte ich lachend. »Meine Direktorin geht in den Ruhestand, und es ist ein Abschiedsempfang für ihre alten Schülerinnen.«

»Dann verschwenden Sie Ihre Zeit, wenn Sie mich fragen«, meinte sie. »'ne Freude, Sie anzusehen, Kindchen, aber ewig hält das nich. Ich find's großartig, wie die Mädchen heutzutage losgehn und London unsicher machen. Jetzt haben Sie Chancen, solange Sie nach was aussehen. Vertun Sie Ihre Zeit nicht mit Lehrerinnen. Ich frag mich, warum Sie überhaupt hingehn wollen.«

Das hatte ich mich selbst schon gefragt, wenn auch aus einem anderen Grund. Mir graute vor dem Empfang. Sally würde nicht da sein, und so gab es für mich höchstens ein einsames Abschiednehmen von dem einzigen Ort, der mir je so etwas wie ein Zuhause gewesen war. Wenn Totham Abbey erst eine neue Direktorin hatte, fühlte ich mich wohl nicht mehr an meine alte Schule erinnert. Sie war meine letzte Bindung an ein Leben, das nicht von dem Laden und dem Dachkämmerchen eingeengt war, und die würde ich zerbrechen sehen.

Ich hätte die Einladung abgesagt, wenn ich sie nicht dummerweise Madame gegenüber erwähnt hätte.

Sie sprang sofort darauf an. »Also, das ist eine Idee«, sagte sie, und ihre dunklen Augen blitzten gierig. »Das ist doch mal was. Wenn Ihre Freunde nicht herkommen, dann gehen Sie eben mit dem Geschäft zu ihnen. Sie können den ganzen Tag frei haben, und Sie können das graue Hütchen von Lejeune tragen. Das möchte ich gern unter die Leute bringen. Und wenn jemand etwas darüber sagt, was zweifellos passieren wird, dann erzählen Sie nur, hier bei mir sei es in jeder Farbe zu haben, und das für nur acht Guineen. Ich finde es wirklich nett von mir, daß ich es Ihnen anvertraue, Miss Brayton. Es ist zwanzig Pfund wert.«

Ich sagte ihr, daß ich die Verantwortung lieber nicht übernehmen würde; es könnte ja regnen oder so etwas.

»Wenn Sie zwanzig davon verkaufen, kann es meinetwegen darauf schneien«, gab sie zurück.

Die Schülerinnen von Totham Abbey sind Töchter von Bischöfen und Landadligen, bei denen die Mode nicht besonders heimisch ist, und es auch nie war. Das Lejeunehütchen gehörte zu jenen Extravaganzen, die Paris in einer ausgelassenen Stunde erdacht hatte; die Chiffonrose obenauf gab ihm den Rest – und mir auch, wenn ich daran dachte.

Da ich so wenig gesprächig war, hiefte Mrs. Austin sich von meinem Bett hoch. »Was Sie brauchen«, diktierte sie von der Türschwelle aus, »das is ein Ehemann, und wenn Sie den gefunden haben, halten Sie ihn fest.« Damit knipste sie das Licht aus. »Jetzt schlafen Sie erst mal«, sagte sie, »und morgen entscheiden Sie, wie Sie aus all dem hier rauskommen. Das is nich Ihr Stil und wird's auch nie sein. Gute Nacht. Und nich mehr lesen, Häschen. Ich muß an die Stromrechnung denken. Träumen Sie was Schönes.«

Ich drehte mich auf den Bauch. Und während ich so lag, kam mir der Gedanke, daß sie teilweise recht hatte. Ich mußte hier heraus, wenn die Situation mich nicht erdrücken sollte.

Der Empfang war schwerer zu ertragen als erwartet. Einmal war Abbey viel schöner, als ich gedacht hatte. Der gotische Turm über Big Hall wirkte graziöser, die Rasenflächen ordentlicher und grüner, die Blumenrabatten leuchtender als in meinen Träumen. Alles streckte sozusagen die Arme aus. Es bewegte mich zutiefst.

Zum anderen war der Lejeunehut ziemlich genau so unpassend, wie ich es vorausgesagt hatte. Als ich die Auffahrt hochging, traf ich Bunch Howarth und sah ihre schweren

Brauen zucken, als ihr Blick darauf fiel. Bunch ist Tochter eines Gutsbesitzers in den Midlands, und wenn wir in der Schule auch nie befreundet waren, an ihr hatte es nicht gelegen. Sally und ich hatten kaum Zeit gehabt für ihre ehrenwerte Gediegenheit. Sie wirkte heute in untadeligem Tweed stabiler denn je, und ihr korrekter Velours gab mir das Gefühl, ich sei dem Finale einer Revue entstiegen.

»Schön, daß du kommen konntest«, erklärte sie.

»Ich dachte, ich schau mal vorbei«, sagte ich. »Old Budd habe ich immer gemocht.«

Ihr verständnisloser Gesichtsausdruck war erklärlich, denn weder Sally noch ich waren je Lieblinge der Direktorin gewesen. Dennoch ärgerte ich mich. »Ich meine ja nicht, daß ich verknallt in sie war«, sagte ich, in unseren Schuljargon verfallend. »Hör bloß auf, meinen Hut so anzuglotzen, du Trauerkloß.«

Sie kicherte genauso, wie sie in der Klasse immer gekichert hatte, und ich vergaß dabei fast, daß ich ihre Verlobung mit einem der Perownes angekündigt gesehen hatte. »Er ist süß«, sagte sie, »aber er schreit nach Brautjungfern.«

Das war natürlich ein Stichwort für mich, das Ding zum Verkauf anzubieten, und ich sah es auch, aber ich konnte es nicht. Statt dessen sagte ich: »Du kannst Brautführerin werden, Schätzchen«, und fügte hinzu: »Sind wir zu spät oder schrecklich früh dran?«

»Spät, oder zumindest du bist spät dran. Ich bin nur rausgegangen, um mir den Garten anzusehen. Es sind offenbar alle gekommen, die mal hier waren«, verkündete Bunch. »Diese unglaubliche Frau, Rita Fayre, ist die Attraktion, jedenfalls war sie es, als ich nach draußen ging. Du hast sie doch gekannt, oder? Sie hieß Rita Raven, bevor sie Julian Fayre geheiratet hat. So eine Art Betriebsnudel, würde ich sagen.«

Rita Raven. Der Name tauchte in meinem Gedächtnis auf wie aus grauer Vorzeit. Ich erinnerte mich an ein hochgewachsenes, dunkelhaariges Mädchen mit schwarzbraunen, stechenden Augen, die meinem kindlichen Gemüt etwas beängstigend erschienen waren. In meinem ersten Schuljahr war sie unter den älteren Mädchen eine herausragende Persönlichkeit gewesen.

»Sie ist ziemlich bald abgegangen, nachdem ich gekommen war«, sagte ich. »Ich habe nie ein Wort mit ihr gewechselt. Sie muß etwa dreißig sein inzwischen, nicht?«

»So ungefähr. Furchtbar modisch und das alles. Ich bin ziemlich überrascht, daß Budd sie eingeladen hat. Sie mag ja schrecklich wohlhabend sein, aber sie entspricht doch wohl kaum dem Totham-Abbey-Stil?«

»Nein?« sagte ich zweifelnd. »Was ist denn ihr Stil – schmierige Scheidungsaffairen?«

»O nein. Aber sie ist eine etwas mysteriöse Erscheinung, wie sie plötzlich auftauchte und Fayre geheiratet hat, nachdem sie acht oder neun Jahre im Ausland war. Sie gibt angeblich phantastische Parties und erntet viel Publicity mit ihrer Malerei, die eigenartig und ziemlich schweinisch sein soll. Ich dachte, du wüßtest das alles, wo du doch in London lebst.«

»Sie ist mir entgangen«, sagte ich. »Ich studiere die Regenbogenpresse wohl nicht so eifrig, wie ich sollte. Ich war immer etwas zerstreut, weißt du.« Wenn das auch nicht stimmte, so war es mir in der Schule zumindest nachgesagt worden, und ich hatte es vielleicht ein bißchen gefördert, zweifellos in der Hoffnung, es könne mir neben Sallys so wunderschön leuchtenden Farben etwas wie einen interessanten Dunstschleier verleihen.

Bunch lachte. »Das mit der Zerstreutheit weiß ich nicht, aber du bist plötzlich ausgesprochen schön geworden«, sagte sie. »Ich habe dich kaum wiedererkannt, Gillian. Du bist richtig aufgeblüht oder sowas.«

Darauf wußte ich keine Antwort, aber ich war ihr dankbar für das ungeschickte Kompliment, denn wir hatten eben die Eingangshalle betreten, und ich sah in lauter mir zugewandte Gesichter; in einigen las ich Überraschung, in einigen

Neugier, und in einigen das, was ich am meisten fürchtete: Mitleid.

Ich überließ Bunch ihrem Schicksal und drängte mich zu Budd durch, die auf einem lächerlichen Podest unter dem Mittelbogen stand und haargenau aussah wie die Bronzefigur eines plumpen viktorianischen Staatsmannes in klassischer Robe. Arme Budd, sie hatte sich zu solchen Anlässen schon immer ausstaffiert, als hätte Mutter Natur das nicht bereits für sie getan. Während wir uns die Hand gaben, beäugte sie meinen Hut, und ein trübes Lächeln flackerte über ihre Lippen. Ich kannte sie so gut, daß ich genau im Bilde war. Sie nahm an, ich hätte ihn aufgesetzt, um den falschen Eindruck von Wohlstand zu wecken, und sie wollte mir damit sagen, daß sie sich nicht täuschen ließ. Sie bemühte sich um Wohlwollen, aber sie war auch sehr zurückhaltend.

Ich sah Rita Fayre sofort; sie war kaum zu übersehen. Der Pulk um sie war weit größer als die Gruppe, die sich unter Miss Budds Podium drängte. Ich erkannte sie wieder, aber sie war kleiner, als ich erwartet hatte, und es dauerte ein paar Sekunden, bis mir klar wurde, daß ich etwas gewachsen war, seit ich sie zuletzt gesehen hatte. Ihre Augen waren noch immer stechend, aber sie wirkte lebhaft und ungeheuer weltgewandt in Nerz und dem klotzigen Schmuck, der damals so in Mode war. Sie war nicht direkt schön, aber sie strahlte bezwingenden Charme aus und verriet eine wache, kultivierte Intelligenz, die beeindruckend war. Ich glaubte gern, daß viel über sie geschrieben wurde; sie sah aus wie eine Berühmtheit.

Ich ging nicht zu nahe hin, denn natürlich kannte ich sie nicht eigentlich. Wir hatten nie miteinander gesprochen, und sie würde sich wohl kaum an mich erinnern.

Ich ließ mich davontreiben, als Rowena Keith vor mir auftauchte. Während wir uns unterhielten, stieg mir schweres Parfüm in die Nase. Ein pelzgeschmückter Arm glitt über meine Schulter, und ich wurde sanft herumgezogen.

»Darling!« sagte eine tiefe, überschwengliche Stimme. »Da bist du ja endlich. Mein Lämmchen, wie hübsch du geworden bist.«

Rita Fayre küßte mich, noch bevor ich etwas sagen konnte, und Rowena machte sich hastig davon.

Ich kam ein bißchen betäubt aus der Umarmung hervor. Meinem Eindruck nach hatte die Berühmtheit sich getäuscht. Sie lächelte mich herzlich an. »Ich bin Gillian Brayton«, murmelte ich schließlich.

»Aber natürlich«, stimmte sie unerwartet zu und schob ihren Arm durch meinen. »Und ich war mal Rita Raven. Scheint es nicht Ewigkeiten her, seit wir zusammen hier herumgetobt sind? Erinnerst du dich noch an diese schrecklichen Lakritzschlangen, die wir sonntagnachmittags immer gemeinsam vertilgt haben? Ach, ich bin wirklich froh, dich wiederzusehen.«

Darauf konnte ich nichts sagen; ich konnte schlecht dagegen protestieren, daß sie sich auf eine Freundschaft mit mir berief. Es war riesig nett von ihr, wenn auch unverständlich. Während sie weiterplauderte, wurde die Illusion vollständig. Es klang, als hätten wir ständig in Briefkontakt gestanden. Es gab Momente, da wurde sogar ich unsicher. Wir durchmaßen die Halle wie eine königliche Prozession, und ich fing an, Gefallen an der Sache zu finden. So kam ich aus meinem Aschenbrödeldasein zumindest in den Troß der Märchenkönigin.

Wenn sie schon vorhatte, mich nicht loszulassen, ich machte gewiß keine Anstrengung zu entfliehen. Aus der Nähe war sie ein bißchen überwältigend; ihre kraftvolle Persönlichkeit war gebieterisch, und sie hatte eine Art, Kritik mit rücksichtsloser Willkür beiseitezufegen, wie ich es noch nie erlebt hatte. Nach ungefähr einer halben Stunde, die mich völlig wirr gemacht hatte, kamen wir an die Türen, die zum Haupteingang und zur Auffahrt führten, und ich machte Anstalten, mich zu verabschieden. Auf meine Bewegung hin faßte sie meinen Arm fester. »Laß uns hier verschwinden«, sagte sie abrupt. »Wir müssen reden. Ich nehme dich mit in die Stadt, Gillie.«

»Das ist sehr lieb von dir«, fing ich an, »aber –«

»Unsinn, Schätzchen. Es ist ein Wunder, daß du endlich aufgetaucht bist. Ich bin nur gekommen, um dich zu finden, wir müssen uns ernsthaft unterhalten. Komm.«

Sie zog mich weiter den Flur entlang, und ich blinzelte sie an. »Worüber?« fragte ich verdutzt.

Sie lachte und drückte meinen Arm. »Süße, zerstreute kleine Gillie«, sagte sie. »Genau wie früher, nur hundertmal hübscher. Trotzdem hast du dich nicht wirklich verändert; du wirkst immer noch so abwesend und leicht erstaunt über alles. Ich bin richtig erleichtert; mir graute schon bei der Vorstellung, was ein Jahr allein in London womöglich bei dir hätte anrichten können. Was machen alle deine Freunde?« Die letzte Frage wurde ganz beiläufig eingeworfen, aber es war klar, daß sie eine Antwort erwartete.

»Es gibt keine«, sagte ich, während der Rolls leise über den Kies auf uns zuglitt.

Ihre Augen flackerten, als wir einstiegen, und ich sah, daß sie zufrieden war. Ich merkte, daß ich ihr indirekt viel mehr gesagt hatte als ich wollte. Ihre nächste Bemerkung bezog sich auf meinen Hut. »Er steht dir nicht«, meinte sie. »Er macht erstmal viel zu alt. Du mußt eine Matrosenmütze tragen. Lejeune hat ihn für jemanden über dreißig entworfen.«

Meine Überraschung amüsierte sie. »Ich habe ihn in seiner Pariser Kollektion gesehen«, sagte sie. »Clothilde hat ihn dir wahrscheinlich aufgedrängt, weil sie sich Aufträge erhoffte. Sie hätte wirklich wissen müsen, daß er unpassend war.«

Sie nahm mir den Atem, und ich kam mir leicht durchschaubar und gleichzeitig uneingeweiht vor.

»Na ja, das ist jetzt alles vorbei«, sagte sie ruhig und lehnte sich in die Polster. »Du warst lange genug bei Clothilde. Du kommst jetzt mit mir nach Hause, weißt du das?«

Ich hatte das Gefühl, daß es höchste Zeit war, wieder auf den Teppich zu kommen. Der ganze Nachmittag war allzusehr wie ein Tagtraum gewesen. »Ich wußte es nicht«, sagte ich trocken.

Sie warf mir unter den Wimpern einen Blick zu, und ihre roten Lippen lächelten. »Ich sage dir doch, wir fahren bei deiner Pension vorbei, holen deine Sachen und fahren direkt nach Hause. Keine Widerrede, Schätzchen. Ich habe es so beschlossen.«

»Aber so was habe ich noch nie gehört«, protestierte ich. »Du kennst mich doch gar nicht richtig, und –«

»Gillian!«

»Ich meine, nicht besonders gut.«

»Unsinn, Darling. Wir waren mal Schulkameradinnen. Ich habe immer für dich gerechnet. Erinnerst du dich?«

Das tat ich mit Sicherheit nicht, aber ich begriff, daß dies nicht der Augenblick war, darüber zu debattieren. Abgesehen davon hatte ich keine Ahnung, woher sie wußte, daß ich in einer Pension wohnte, es sei denn, sie hatte Erkundigungen über mich eingezogen.

»Hör mal, Gillie«, sagte sie und legte ihre Hand auf mein Knie, »ich möchte gern, daß du mitkommst. Du wirst mir eine enorme Hilfe sein. Laß mich nicht hängen.«

Es klang alles derartig absurd, wenn sie das so ausdrückte. Ich mochte ihr nicht direkt sagen, daß ich sie für verrückt hielt, und während ich noch zögerte, wurde mir klar, daß sie mir einen Job anbot.

»Dreihundert Pfund im Jahr, Gillie, und natürlich wirst du bei uns wohnen.«

»Aber – aber, dafür könntest du dir eine perfekte Sekretärin halten.«

»Natürlich könnte ich das, Lämmchen, aber ich will keine perfekte Sekretärin. Ich brauche einfach jemanden, dem ich vertrauen kann, eine kleine Schwester – die Blumen arrangiert und all so etwas.«

»Für dreihundert Pfund im Jahr?«

Eine Zorneswolke glitt über ihr Gesicht. Es war nur ein kurzer Eindruck, aber ich war bestürzt über die Intensität. »Mach dir keine Gedanken, Schätzchen«, sagte sie und lächelte mir zu. »Lehn dich einfach zurück und nimm, was auf dich zukommt. Es wird dir gefallen, weißt du.«

Ich war so verblüfft, daß ich genau das tat, was sie mir eben empfohlen hatte. Bis heute weiß ich nicht, ob sie oder der Rolls beredter argumentierten. Nach dem nostalgischen Blick aufs Luxusleben heute nachmittag kam mir mein Dasein bei Clothilde sehr trist und unbedeutend vor.

Mrs. Austin war es, die das einzige warnende Wort an diesem verwirrenden Nachmittag einwarf.

Während das Auto und Ritas Pelz in der schmuddeligen Seitenstraße eine Sensation auslösten, nahm Mrs. Austin mich beiseite. »Häschen«, sagte sie und drückte meine Hand in ihrer großen feuchten, »ich weiß, es geht mich nichts an, aber ich muß doch fragen – sind Sie ganz sicher, daß es mit dieser Sache alles seine Richtigkeit hat?«

»Völlig«, versicherte ich ihr fröhlich. »Es ist einfach phantastisch. Mrs. Fayre hat mir einen wunderbaren Job angeboten. Ich komme nächste Woche mal bei Ihnen vorbei.«

Ihr grobes, gutmütiges Gesicht veränderte sich nicht. »Tu's aber wirklich«, sagte sie. »Ich werd mir Sorgen machen. Man liest ja so viel. Ich würd Ihnen schon überall vertrauen, aber, ach Häschen, sind Sie sicher, es hat auch alles seine Ordnung?«

»Es ist völlig in Ordnung«, versicherte ich noch einmal. »Mrs. Fayre und ich waren Schulfreundinnen.«

»Oh, warum sagten Sie das nicht gleich?« Ihre Erleichterung wirkte grotesk. »Natürlich, wenn ihr Schulfreundinnen wart, das erklärt alles. Dann laufen Sie mal zu, und passen Sie gut auf sich auf.«

Erst als ich wieder im Auto saß, fiel mir ein, daß man Rita und mich kaum als Schulfreundinnen bezeichnen konnte;

aber da war sie schon dabei, mich mit ihrem Charme so einzuwickeln, daß eine derart triviale Falschaussage überhaupt keine Rolle zu spielen schien.

Ich verliebte mich auf den ersten Blick in das Haus. Wir kamen ganz plötzlich darauf zu, als wir in Richmond zum Fluß hin abbogen. Umgeben von Rasenflächen lag es am Ufer, ein rosiger Quader aus georgianischem Backstein mit Zuckerhutdach und zwei modernen Seitenflügeln; die Lichter in den hohen Fenstern hießen uns im windigen Zwielicht willkommen.

Ich trat unter einem überdachten Vorbau in eine weiträumige Halle, die kühl und elegant war und entfernt nach Bohnerwachs und Blumen roch. Ein älterer Butler kam uns entgegen, ein schmächtiger Mann mit kurzem weißem Haar, der nicht die leiseste Spur von Überraschung zeigte, als der Chauffeur mit meinen Koffern folgte. Man hätte meinen können, ich würde erwartet. Es war das freundlichste und glücklichste Heim, das man sich denken kann, hätte ich gesagt, wäre da nicht ein kleiner Zwischenfall gewesen.

Rita blieb stehen, um mit dem Butler zu sprechen, und als sie sich wegdrehte, sah ich zufällig sein Gesicht. Es dauerte nur einen Moment, aber ich sah es – einen Ausdruck unverkennbarer Gehässigkeit in seinen alten Augen. Er sah aus, als ob er sie haßte. In diesem Augenblick, gleich zu Beginn, hatte ich den Eindruck, daß es wahrscheinlich vieles an Rita gab, was ich erst noch entdecken mußte.

»Laß alles stehen. Es wird sich jemand darum kümmern«, sagte sie und legte einen Arm um meine Schultern. »Wir gehen mal nachsehen, wer im Studio ist, ja? Gegen sechs ist fast immer jemand da. Ich finde es herrlich, wenn Leute einfach so hereinschauen, du nicht?« Und während sie weiterredete, führte sie mich durch einen breiten Gang zu einer Tür unter einem Bogen, ganz am Ende. Die Tür stand halb offen, und im Näherkommen hörte ich Stimmen und Gläserklingen.

»Ach, macht das nicht Spaß?« Ihr Arm faßte mich enger. »Ich fühle mich um Jahre jünger mit dir, Gillie.«

Es machte Spaß, natürlich, großen Spaß, und neugierig schaute ich mich in einem riesigen, getäfelten Wohnraum um, der modernisiert und grau-weiß gestrichen war und durch die Ölbilder an den Wänden ringsum brillante Farbtupfer erhielt. Es waren vielleicht ein Dutzend Leute da, aber für mich war es eine Menschenmenge. Sherry wurde herumgereicht, und als wir bemerkt wurden, gab es ein allgemeines Hallo.

»Ihr Lieben, ich bin völlig erledigt!« Rita stürzte sich mitten hinein und zog mich mit. »Ich war wieder in der Schule, und es hat mich fast umgebracht. Darf ich euch meine Adoptivschwester vorstellen. Seht ihr uns nicht direkt mit Zöpfen vor euch?«

»Beinahe, wenn die Kleine im Kinderwagen läge.« Der das gesagt hatte, kam zu uns herüber und hielt uns randvolle Gläser hin. Er hauchte einen Kuß auf Ritas emporgereckte Wange und lächelte mir ironisch anerkennend zu. Ich nahm an, er sei Julian Fayre, Ritas Mann, bis sie mich korrigierte.

»Das ist Ferdie, Gillie. Kein netter Mann. Trau ihm nicht. Wir dulden ihn nur seines Geldes wegen. Wieviel älter als Gillie sehe ich wirklich aus, Ferdie?«

Er murmelte etwas in ihr Ohr.

Sie tat, als sei sie wütend und wandte sich Unterstützung heischend an mich. »Schätzchen, sehe ich wirklich aus wie deine Mutter? Was für ein gräßlicher Mensch er doch ist. Komm mit, ich möchte dich einem viel klügeren Menschen zeigen.«

Wir gingen an den Grüppchen vorbei, und die Neckereien nahmen kein Ende.

»Entzückend, Rita. Wo hast du sie nur aufgetrieben?« rief eine Frau.

»N-nettes kleines Mädchen«, erklärte ein rosiges Individuum, das mich ganz bestimmt doppelt sah.

Rita lächelte ihnen allen zu, blieb aber nicht stehen, sondern führte mich bis ans andere Ende des Zimmers, wo auf einer riesigen Ledercouch ein Mann saß und uns beobachtete. Als wir herankamen, stand er auf und nahm ihre Hände, aber sein Blick ruhte auf mir. Vor mir sah ich einen plumpen, fremdländischen Mittvierziger mit bleichem, großflächigem Gesicht und runden braunen Augen, der sorgfältig, beinahe geckenhaft, gekleidet war. Er trug einen kleinen, schwarzen Knebelbart, der seine vollen Lippen betonte, und ich mochte ihn gleich nicht, weil er einem so in die Augen starrte, was ich beunruhigend fand. Ich hoffte sehr, daß er nicht der Ehemann war.

»Allerliebst, Lady«, sagte er zu Rita, und enthüllte dabei eine hohe Stimme und einen starken Akzent, »du siehst so müde aus. Komm, und setz dich zum lieben Henri.« Er betrachtete mich noch immer, und ich lächelte höflich.

Rita setzte sich und zog mich neben sich. »Gillie, mein Engel, das ist Dr. Phoebus, der sich für den brillantesten Mann von ganz London hält. Nicht wahr, Henri?«

»Möglicherweise, ja«, stimmte er leutselig zu. »Ich bin noch nicht ganz sicher. Vielleicht. Sie zieht mich ständig auf«, fügte er hinzu und plazierte sich so, daß ich zwischen ihnen saß. »Ich bin nur ihr Entrepreneur, wissen Sie. Ich präsentiere sie. Ich bin die Staffelei, sie ist das Bild. Sie ist das Genie. Hat sie Ihnen das schon erzählt?«

»Ich reime es mir so langsam zusammen«, sagte ich.

Er hatte eine sanft neckende Art, die nicht direkt unangenehm war, aber ich mochte ihn trotzdem nicht.

Rita war aufgekratzt und, wenn ich mich nicht täuschte, sehr darauf bedacht, zufriedenzustellen. Sie stürzte sich sogleich in eine Beschreibung der Schulparty. In ihrer Darstellung klang es sehr amüsant, und Phoebus saß da und nickte und lächelte, aber seine Augen schweiften keinen Moment von meinem Gesicht ab.

»Und dann hast du diese Kleine hier gefunden?« sagte er gleich darauf.

»Endlich. War das nicht ein Glück? Sie war meine einzige wirkliche Freundin in der Schule, weißt du. Die einzige, an die ich mich erinnere, jedenfalls. Sie wird mir hier das Leben retten. Ist sie nicht süß, Henri?«

»Süß?« sagte er. »Ja, und wahrscheinlich gut. Charmant. Aber der Hut nicht – der ist schrecklich. Warum tragen Sie ihn, Miss Brayton? Er steht Ihnen nicht.«

Ich starrte ihn an, nicht der Bemerkung wegen, sondern weil er meinen Namen benutzt hatte. Er war nicht erwähnt worden, seit wir das Haus betreten hatten.

Rita hatte es auch gemerkt. Sie legte ihre Hand auf meine. »Ich habe so viel von dir erzählt, Gillie«, sagte sie bedachtsam. »Henri muß sich ständig Geschichten aus meiner Schulzeit anhören. Es ist wirklich ein gräßlicher Hut, Darling, nimm ihn ab.«

Die direkte Bitte lenkte mich ab, und verlegen streifte ich den Hut vom Kopf.

Phoebus nahm ihn mir ab und drehte ihn kritisch in seinen plumpen weißen Händen. »Schlecht«, sagte er; »kein Stil, nur Schnickschnack. Ich verbiete Ihnen, das Ding noch einmal zu tragen. Ich verbiete sogar jeder Frau, ihn zu tragen. Er ist monströs, oder nicht?«

Während er sprach, stand er auf, und Rita fing an zu lachen. Ich hatte keine Ahnung, was er vorhatte, und was er dann tat, überraschte mich völlig. Er ging ruhig zum offenen Kamin und legte den Hut aufs knisternde Feuer. Eine Sekunde war er noch in seiner Hand in all seiner dummen Koketterie, in der nächsten brannte er lichterloh wie ein Lampion; gierig schluckten die Flammen Tüll und Bänder, und die rosa Chiffonrose obenauf nickte, während sie schwarz wurde und starb. Ich war ehrlich gesagt schockiert. Ich hörte kaum die Lachsalve, die den Zwischenfall begrüßte. Ich hatte das Gefühl, in einem Zimmer mit lauter Irren zu sein.

»Hey« rief ich und sprang auf, und das Gelächter hallte durch den ganzen Raum.

»Schätzchen«, sagte Rita und umarmte mich, »laß es gut sein. Mach nicht so ein Gesicht, Darling. Du bekommst morgen zwanzig neue Hüte. Henri, du Ungeheuer, gleich weint sie.«

»Ach? Das muß ich sehen.« Er kam zurückgeschlendert, um mir wieder ins Gesicht zu schauen. »Nein. Keine Träne, natürlich nicht, dazu hat sie einen zu guten Geschmack.«

»Mir soll es recht sein«, sagte ich und versuchte mich von den beiden loszumachen. »Wenn ihr Clothilde alles erklärt.«

»Natürlich tun wir das, Schätzchen.« Rita lachte immer noch und hielt mich immer noch fest, und sie begann mich langsam zu irritieren.

Die beiden behandelten mich wie ein niedliches Hundebaby, das jemand mitgebracht hat; aber während ihm, so schien es mir, bei all seiner Affektiertheit nicht ganz wohl war, wirkte sie triumphierend und überdreht. Ich war bereit, innerhalb der Vernunftgrenzen alles mögliche in Kauf zu nehmen, aber hier war irgend etwas im Schwange, womit ich absolut nichts anzufangen wußte. Es war alles sehr beunruhigend.

»Was hältst du von ihr, Henri?« fragte sie gleich darauf. »Ist sie nicht absolut perfekt dafür geeignet?«

Er betrachtete mich ernsthaft. Auf seinem Gesicht war kein Zeichen von Amüsement zu sehen, nur aufrichtige Anerkennung. »Perfekt«, sagte er langsam. »Du bist eine wirklich bemerkenswerte Frau, Rita.«

»So, bin ich das?« Sie machte sich über ihn lustig, und zum ersten Mal sah er sie direkt an, den Blick auf ihr dunkles, verwegenes Gesicht gerichtet.

»Ja, es ist schon fast beängstigend«, sagte er nach einer Pause. Und dann schauderte er; ich sah wie ihn das Zittern durchlief, während er sich wegdrehte.

Ritas Hand umschloß fest meinen Arm. »Geh jetzt rauf in dein Zimmer, Gillie, ja? Frag einen der Dienstboten, wo es ist. Es macht dir doch nichts aus?«

Ich sagte nein, natürlich nicht, aber sie hatte mich ziemlich erschreckt. Sie war ganz blaß geworden und vermied jeden Blickkontakt, während sie mit mir sprach.

Als ich aus meinem Zimmer kam, das im alten Teil des Hauses lag und ein Schminkkabinett besaß, das zu einem winzigen, gekachelten Bad umgebaut worden war, ging ich nicht ins Studio zurück. Es waren sowieso alle fort.

Rita, phantastisch aussehend in weißem Moirée und Brillanten, hatte bei mir hereingeschaut, als ich gerade dabei war, meine letzten Habseligkeiten auszupacken. Sie sei in unbeschreiblicher Eile, sagte sie, aber sie habe rasch vorbeikommen und es mir erklären müssen, weil es doch mein erster Abend sei und so schade. Aber ich solle es mir nicht zu Herzen nehmen, sie würde alles wettmachen, und es würde mir bestimmt guttun, früh ins Bett zu gehen und mich richtig auszuschlafen, oder? Sie seien alle auf dem Weg zu einem Empfang. Wir würden uns morgen früh gemütlich unterhalten, und in der Zwischenzeit würde die alte Mrs. Munsen, die Haushälterin, mir etwas Feines zu essen vorsetzen und – ach, ich würde mich schon zurechtfinden, nicht wahr?

Ich mußte mich bemühen, sie nicht auszulachen. Sie hatte den Unterschied zwischen zwanzig und dreizehn vergessen, dachte ich. Vielleicht war ich daran nicht ganz unschuldig. Ich trug noch immer die Jungmädchenkleider aus der Schule, und ganz gewiß war ich kindisch entzückt, wieder in einer Umgebung zu sein, wie ich sie früher gekannt hatte.

Mein Zimmer war bezaubernd, es erinnerte mich an das in Menton, in dem ich geschlafen hatte, als Onkel Grey und ich in einem Jahr den dortigen Adel besuchten. »Mach dir keine Gedanken um mich«, beruhigte ich sie. »Ich werde mich schon amüsieren. Und morgen fange ich an zu arbeiten.«

Sie versicherte mir, ich sei ein Schatz, warf mir eine Kußhand zu, ließ sich von ihrer Zofe, die ihr gefolgt war, den Mantel reichen, und lief nach unten zu Phoebus.

Ich dinierte allein und prächtig in einem Zimmer, das dreißig Leuten Platz geboten hätte. Der Butler, dessen Name Rudkin war, wie sich herausstellte, bediente mich, und nach einer zaghaften Bemerkung übers Wetter, die er überging, gab ich den Versuch nett zu sein auf. Offenbar übertrug er seine Abneigung Rita gegenüber auch auf deren Freunde. Es war eine lange Mahlzeit, und ich aß schweigend.

Nach dem Kaffee taute er soweit auf, daß er neben meinem Stuhl stehenblieb. »Wenn Sie lieber in dem kleinen Wohnzimmer sitzen möchten, Miss, dann bringe ich Sie jetzt hin.«

Ich dankte ihm, und wir gingen durch das hell erleuchtete, aber völlig stille Haus. Schließlich öffnete er eine Tür.

»Auf dem Tisch neben dem Kamin liegen Zigaretten, Miss. Wenn Sie zu Bett gehen wollen, klingeln Sie bitte hier, dann bringt ein Mädchen Sie in Ihr Zimmer.«

Es war alles sehr einsam und formell, als sei man bei einer reichen Großtante zu Besuch, die vergessen hatte, daß man da war.

Dieses neue Zimmer hatte auch etwas von einer Großtante, aber es hatte neben aller Formalität auch Charakter, und ich mutmaßte, daß Rudkin mich doch nicht so schrecklich fand, wenn er mich hineinließ. Es war ein Juwel von einem Stilzimmer, jedes Stück war mit Kennerschaft ausgewählt und perfekt gepflegt. Es gab auch anheimelnde kleine Dinge, Beistelltischchen mit Zierdosen darauf, und sogar einen Stickrahmen mit eingespannter halbfertiger Petitpoint-Stickerei, als hätte ihn jemand eben aus der Hand gelegt. Das Ganze paßte überhaupt nicht zu Rita. Dieser Gedanke hatte schon beim Abendessen in meinem Kopf herumrumort. Auch die Dienstboten waren ziemlich ungewöhnlich, in Verbindung mit ihr betrachtet; ihre Gewandtheit war so ganz anders als Ritas. Zwei derart entgegengesetzte Lebensstile in ein und demselben Haus fand ich merkwürdig.

Es verging vielleicht eine halbe Stunde, bevor ich es wagte, in den Garten hinauszugehen. Die Glastüren lagen versteckt hinter langen, pflaumenblauen Samtvorhängen, und als ich sie zurückzog, strömte helles Mondlicht über mich herein. Die Nacht war so klar, daß man die Chrysanthemen in ihren Beeten, die bis zum Ufer reichten, beinahe einzeln erkennen konnte. Leise trat ich hinaus, wanderte zwischen den konventionellen Grasparzellen umher und fühlte mich vollkommen glücklich. Ich war Rita ungeheuer dankbar, nicht zuletzt dafür, daß sie ausgegangen war und mich dies allein entdekken ließ.

Ich erkundete den Garten so genau, wie das bei Mondlicht möglich war, und schlenderte dann zurück zum Haus. Es war wirklich ein herrliches Anwesen; die meisten Fenster waren noch immer erleuchtet, ich konnte auf dem Grasweg entlanggehen und alle Interieurs lagen vor mir wie alte holländische Gemälde. Da war der Küchentrakt, wo die Dienstboten beim Essen saßen, dann ein gemütliches kleines Zimmer, wahrscheinlich das der Haushälterin, und ein anderes, vielleicht eine Bibliothek. Dann kam eine Lücke, und ich ging um die nächste Ecke zur Westseite des Hauses, die teilweise von einem eigenen ummauerten Gärtchen begrenzt wurde. Zuerst dachte ich, hier sei alles dunkel und wollte schon umkehren, als ich in einem der sonst unbeleuchteten Zimmer die Glut eines Kaminfeuers bemerkte. Ich trat näher und schaute durch die Glastüren. Es schien ein Musikzimmer zu sein – jedenfalls stand ein Stutzflügel auf dem gebohnerten Parkett, und in einer Ecke glaubte ich einen Cellokasten zu erkennen. Natürlich war es unverschämt, aber ich mußte einfach hineingehen. Seit einem Jahr hatte ich kein Klavier mehr gesehen, und es juckte mir in den Fingern, dies hier auszuprobieren. Wenn ich ganz leise spielte, würde man mich in der Küche wohl nicht hören.

Die Türen ließen sich geräuschlos öffnen, und ich trat in die Wärme, die ich nach der Herbstnacht als angenehm empfand.

Einen Augenblick stand ich zögernd da, doch bis auf das Knistern des Feuers war kein Laut zu hören, und so schlich ich auf Zehenspitzen hinüber und setzte mich.

Als meine Finger die Tasten berührten, fielen alle Bedenken von mir ab. Ich saß da und spielte fast eine Stunde leise vor mich hin. Ich war abscheulich aus der Übung – es war schokkierend zu merken, wie sehr – und ich gelobte tägliches Üben, wenn ich Gelegenheit hätte. Ich ging gleich zu einigen Tonleitern über und arbeitete eine ganze Weile hart. Es war herrlich, hier im warmen Dunkel zu sitzen und zu musizieren und dabei alles andere zu vergessen. Ich rieb mir gerade die Finger und überlegte, wie lange es wohl dauern mochte, bis sie wieder richtig geschmeidig wurden, als es geschah.

Eine Stimme, ganz nah, vielleicht nicht einmal drei Meter entfernt, sagte ruhig: »Brechen Sie öfter in Häuser ein, um Klavier zu spielen?«

Ich schrie auf, oder es wäre ein Aufschrei gewesen, hätte sich der Laut nicht in meiner Kehle in ein Schlucken verwandelt, und meine Hände fielen auf die Tasten, wo sie eine gräßliche, verschreckte Dissonanz verursachten.

»Oh, es tut mir wirklich leid«, brachte ich atemlos hervor. »Ich wußte nicht, daß jemand hier ist.«

Ein langes Schweigen folgte und dann ein ganz leises Lachen. Das war zuviel für mich. Krachend stieß ich den Hokker zurück und stürzte auf den Garten zu. Ich hatte die Hand schon am Riegel, als hinter dem Klavier plötzlich eine Leselampe angeknipst wurde und ich den Sprecher sah.

Er saß in einem Schaukelstuhl auf der anderen Seite des Kamins, durch den hinteren Teil des Flügels meinem Blick entzogen. Noch nie hatte ich einen Menschen gesehen, der gleichzeitig so krank und so verloren aussah. Meine Angst wurde von Mitgefühl verdrängt, und ich trat langsam ins Zimmer zurück. Er war ziemlich jung, älter als ich, aber nicht wesentlich. So viel sah man trotz seiner Hinfälligkeit, die einen geängstigt hätte, wenn er neunzig gewesen wäre. Er war entsetzlich dünn; die Kleidungsstücke hingen an seinen Knochen wie an Bügeln. Doch sein Gesicht war von edlem Schnitt, empfindsam und intelligent, aber sehr blaß und müde.

Er lächelte mich an, und das veränderte ihn völlig. Sein großer Mund kringelte sich in den Winkeln schelmisch nach oben, und seine dunklen Augen tanzten.

»Gehen Sie nicht«, sagte er. »Ich fand es schön. Ehrlich. Sogar die Tonleitern. Spielen Sie auch die modernen Sachen?«

Ich sagte, daß ich mit den neuen französischen Komponisten nicht sonderlich gut zurechtkäme, und er nickte und redete noch ein paar Minuten weiter über Musik. Schließlich entschuldigte ich mich noch einmal, aber er winkte ab.

»Bitte nicht«, sagte er. »Kommen Sie, wenn Sie mögen. Ich wünschte, Sie würden sich setzen. Es tut mir schrecklich leid, daß ich nicht aufstehen kann, aber ich habe heute einen schlechten Tag.«

Es war schockierend, diese Altmännerworte von einem so jungen Mann zu hören. Er tat mir sehr leid. »Es war unmöglich von mir«, sagte ich. »Ich bin hier einfach so hereingeschlichen, wo Sie doch ganz offensichtlich sehr krank sind. Kann ich irgend etwas für Sie tun?«

»Ich wünschte, Sie könnten.« Sein Mund zuckte ein bißchen, als sei er insgeheim erheitert. »Aber wie man mir sagt, ist es glücklicherweise nur vorübergehend.«

»Aber was ist denn passiert? Was ist es denn?« wollte ich wissen. Es war unmöglich, ihm gegenüber Formalität zu wahren, und überhaupt hatte die Situation etwas Unrealistisches, Traumähnliches. Ich war so widersinnig besorgt um ihn; er schien kein Mensch zu sein, der überhaupt je krank wird.

»Es heißt Polyneuritis, da es Sie so zu beunruhigen scheint«, sagte er, »und in meinem Fall ist es durch – äh – dadurch ausgelöst worden, daß ich zu lange im Regen war. Regen ohne Ende.«

»In Fernost?«

»Ja. Oberschenkeldurchschuß, und dann – nun, ich bin ziemlich erstaunlich naß geworden.«

»Wie lange hat es gedauert, bis man Sie ins Krankenhaus gebracht hat?«

»Zwei Wochen.«

»Ach du liebe Güte«, fuhr es mir heraus, und ich wußte, daß es ein ziemlich idiotischer Ausruf war.

Er lachte wie ein Schuljunge, aber darunter lag eine ungeheure Bitterkeit, und ich merkte, daß ich mich auf gefährlichem Terrain bewegte.

»Es tut mir so leid«, sagte ich und meinte es aufrichtig.

»Nehmen Sie es sich nicht zu Herzen, Kindchen.« Er war noch immer leise belustigt, aber nicht verärgert. »An manchen Tagen ist es besser, verschwindet fast ganz, und dann kommt es mit voller Wucht wieder, wenn ich gerade anfange, mich zu freuen. Es ist lästig, aber es wird nicht ewig dauern. Die Ärzte schwören es. Außerdem, ich merke es selbst – ich mache langsam Fortschritte. Kopf hoch, es ist mein Begräbnis. Sie sind ja noch ein Baby. Ich dachte, Sie seien älter, als ich Sie spielen hörte. Jetzt sehe ich, daß Sie noch ein Kind sind. Sie sollten mit der Musik weitermachen.«

»Ich bin zwanzig«, sagte ich.

»Ach wirklich? Das hätte ich nicht gedacht. Schon mit einem Bein im Grab, was? Wann haben Sie mit der Einbrecherei angefangen?«

»Schon in frühester Jugend«, sagte ich. »Es war gräßlich. Ich –«

»Still!« Seine dunklen Augen – sie waren blau, wie ich plötzlich sah, ein sehr dunkles Blau – blickten entschuldigend. »Ich dulde keine Ausflüchte. Sie sind, auch wenn Sie es vielleicht nicht wissen, als direkte Antwort auf ein Gebet erschienen. Ich saß hier, Schmerzen in allen Knochen, und habe zu Gott gefleht, es möge doch jemand kommen und mir vorspielen.«

»Wirklich?«

»Ja«, sagte er und nahm meine Hand und drückte sie. In der Geste war nichts von dem, was Miss Budd als ›sich eine Freiheit herausnehmen‹ bezeichnet hätte; sie war nur dankbar und freundlich und eigentlich lieb. »Setzen Sie sich, und erzählen Sie«, schlug er vor, und ich kam der Aufforderung nach.

Es war ganz still und friedlich in dem schwach beleuchteten Zimmer; das Feuer glühte, und die Luft war noch immer voller Musik. Ich wollte gerade anfangen zu reden, als die Tür aufging und eine alte Frau hereinkam. Ich bemerkte sie vor ihm, und ich sah das Mißtrauen auf ihrem Gesicht, das sich in ärgerliche Gewißheit verwandelte, als ihr Blick auf mich fiel.

Ich nahm an, sie war die Haushälterin, was nicht sonderlich brillant meinerseits war, denn sie tat ihr Bestes, wie eine auszusehen. Sie war eine große, knochige Frau mit scharfkantigem, rotem Gesicht, das mich an einen gerupften Vogel erinnerte, und gekleidet war sie genau wie Frau Noah in der Arche aus Holz, die ich als kleines Kind besessen hatte. Ihr schwarzes Kleid hing vom Kinn bis zu den Zehenspitzen gerade herunter, und ein schwarzes Samtband hielt die welke Haut an ihrem Hals zusammen. Als einzigen Schmuck trug sie eine kleine goldene Uhr, die mit einer praktischen Goldnadel an ihrem flachen Busen befestigt war. Ihr Haar war zu einem Knoten hochgesteckt, und ihre langen roten Hände hatte sie in Taillenhöhe gefaltet. Keine dieser Einzelheiten machte mir zu dem Zeitpunkt besonderen Eindruck; ich bemerkte nur ihre Entrüstung.

Der Kranke wandte den Kopf. »Hallo Mary«, sagte er voller Wärme. »Noch nicht Zeit fürs Bett, oder?«

»Nicht ganz, Sir.« Sie hatte eine rauhe Stimme, die sie ihm zuliebe weich machte, und man merkte sofort, wie sehr sie ihn mochte.

»Was ist es dann?« wollte er wissen.

Sie kam ganz herein und stand zwischen uns. »Ich hatte Stimmen gehört, Sir. Ich dachte, Sie hätten gespielt und wollte

Sie natürlich nicht stören, aber dann hörte ich die junge Dame sprechen.«

»Und das ist nicht erlaubt, oder?« Er neckte sie, aber ganz sanft. »Mrs. Munsen hat beschlossen, meine Krankenschwester zu sein«, sagte er zu mir, »und nicht zum ersten Mal, stimmt's, Mary?«

Sie lächelte nicht. Aus ihren schmalen Augen zwinkerte sie ihm bedeutungsvoll zu, und dann sagte sie etwas höchst Überraschendes. »Ich wußte nicht, ob Ihnen klar war, wer die junge Dame ist, Sir.«

Mit Anstrengung zog er sich hoch und schaute sie an. Ich sah, wie die Blicke zwischen ihnen hin und her gingen, sah ihre Bestätigung und seine Überraschung, die sich in Bitterkeit und Resignation verwandelte.

»Nein«, meinte er schließlich mit einer ganz neuen, tonlosen Stimme, »nein, ich hatte keine Ahnung.«

Das war alles, aber die ganze Freundlichkeit und Wärme, der ganze herzzerreißende Charme war verschwunden. Der Blick, den er mir zuwarf, war kühl und eindeutig verächtlich. »Gute Nacht«, sagte er. »Mary bringt Sie auf Ihr Zimmer.«

Ich konnte mir nicht vorstellen, was geschehen war. Ich war bestürzt, verlegen und gleichzeitig verwirrt. Ich dachte, er dürfe vielleicht keinen Besuch empfangen.

»Es tut mir so leid«, sagte ich zu der Frau. »Ich sah den Flügel durchs Fenster, und ich –«

Ihr Lächeln ließ mich innehalten. Hätte sie mir in Worten gesagt, daß ich meine und ihre Zeit verschwendete, es hätte nicht deutlicher sein können. »Hier entlang, Miss, wenn Sie so gut wären«, sagte sie.

Ich warf einen Blick auf den Mann, aber er sah mich nicht an. Seine Augen waren auf das Feuer gerichtet und sein breiter Mund war dünn und hart. Ich wurde aus dem Zimmer gebracht, als sei ich ein ungezogenes Kind. Von der Schwelle aus schaute ich noch einmal zurück, aber er saß zusammengesunken vor dem Feuer.

Im Korridor versuchte ich, mit Mrs. Munsen zu reden, doch sie ignorierte mich. »Hier entlang, Miss.« Es hätten die einzigen Worte sein können, die sie kannte, und damit führte sie mich energisch zu meinem Zimmer.

Bis wir dort ankamen, hatte ich mich jedoch etwas erholt, und ich war wütend. Ich dirigierte sie mit ins Zimmer und verstellte ihr den Weg. »Mrs. Munsen«, sagte ich mit aller Entschlossenheit, die ich aufbringen konnte, »wie Sie wissen, bin ich erst heute abend angekommen und kenne mich noch nicht aus. Wer ist der Herr, mit dem ich eben gesprochen habe?«

Ihr Blick wurde unstet, und sie preßte die Lippen fest zusammen, bis sie sah, daß ich es ernst meinte. »Lassen Sie mich vorbei, Miss, wenn Sie so gut sein wollen.«

»Aber Unsinn«, sagte ich lachend. »Sicher können Sie mir das sagen.«

Zu meiner Verblüffung ging sie auf mich los; flammende Röte überzog ihr knochiges Gesicht, bis es wie Terrakotta aussah, und ihre kleinen Augen blitzten mich wütend an. »Als würden Sie den Herrn dieses Hauses nicht kennen. Als hätte seine – Ehefrau Ihnen nicht gesagt, wo Sie ihn finden.«

Ich habe keine Worte, die Verachtung wiederzugeben, die sie in das Wort ›Ehefrau‹ legte, aber in dem Augenblick war es die Neuigkeit, die mich taumeln ließ. Er mußte mindestens fünf Jahre jünger sein als Rita.

»Ritas Mann?« sagte ich entgeistert.

Sie schob sich an mir vorbei und drehte sich erst um, als sie die Hand auf dem Türknauf hatte. »Sie sind sehr schlau, Miss«, sagte sie, »und ich bin sicher, Sie wissen es auch, aber lassen Sie sich eines sagen, Sie tun etwas, worüber kein anständiges Mädchen auch nur nachdenken würde. Sie können dafür sorgen, daß ich meine Kündigung kriege, und wie die Dinge stehen, würden Sie es wohl schaffen, aber ich habe mir vorgenommen, es Ihnen offen ins Gesicht zu sagen, sobald ich Sie sehe, und das habe ich jetzt getan. Schämen sollten Sie sich. Gute Nacht.«

Trotz allem schlug sie die Tür nicht zu, sondern schloß mit einer sanften Endgültigkeit, die viel beleidigender war. Ich war sehr ärgerlich, aber mehr noch verwirrt. Ich konnte mir mehrere mögliche Erklärungen vorstellen, keine schien sehr wahrscheinlich. Und verletzt war ich auch; diesen gebeugten Rücken und die schmalen Schultern sah ich noch deutlich vor mir. Es war inzwischen so spät, daß mir heute abend nichts zu tun blieb, als ins Bett zu gehen; und das tat ich, lag auf einer Matratze, wie Mrs. Austin sie nie kennenlernen würde, starrte ins Dunkel und fragte mich unter anderem, wie Rita überhaupt zu irgendeiner Party gehen und einen solchen Mann, krank und einsam, der Fürsorge von Dienstboten überlassen konnte.

Bevor ich einschlief, beschloß ich halb und halb, den ganzen Job aufzugeben und zu Clothilde zurückzugehen. An diesem Haus war etwas rundum allzu Schmerzliches.

Am Morgen, während ich noch schlaftrunken versuchte, modisches Zweigmuster auf weißen Organdyvorhängen mit allem, was ich von Mrs. Austin kannte, in Einklang zu bringen, kam ein Mädchen, das ich noch nicht gesehen hatte, mit meinem Frühstückstablett. Als sie es auf dem Nachttisch abstellte, sagte sie, Mrs. Fayre ließe mir Grüße bestellen und hoffe, ich käme rechtzeitig herunter, um mit dem Arzt zu sprechen.

Ich saß da, schaute sie leicht verwundert an, und wartete auf eine Erklärung. Wie alle anderen Dienstboten, außer Mitzi, der österreichischen Zofe von Rita, war sie schon älter. Sie war eine kräftige Frau mit freundlichem Gesicht und altmodischer Uniform, deren hohes weißes Häubchen ihre plumpen, rosigen Wangen hervorhob. Sie sagte jedoch nichts weiter und war schon auf dem Weg nach draußen, als ich sie zurückhielt.

»Sagten Sie, der Arzt?«

»Ja, Miss.«

»Ich bin nicht krank.«

»Nein, Miss.«

Nicht der leiseste Anflug eines Lächelns war auf ihren Lippen zu sehen, und ihre porzellanblauen Augen hatten einen feindseligen Ausdruck.

Sofort fühlte ich mich in die Atmosphäre von gestern abend zurückversetzt. Ich versuchte die Sache direkt anzugehen und fragte sie nach ihrem Namen.

»Lily, Miss.«

»Sagen Sie mir, Lily, wer ist der Doktor, und wann kommt er?«

»Es ist Dr. Crupiner, Miss, und er kommt Viertel vor zehn.«

»Wissen Sie, warum ich mit ihm sprechen soll?«

»Nein, Miss.«

Danach ging sie, und ich blieb meinem Kaffee und meinen Gedanken überlassen. Ich meinte die Vorbehalte zu verstehen, die langjährige Dienstboten einem neuen Haushaltsmitglied gegenüber haben konnten, das weder eines noch das andere war, aber sie schienen mir ein bißchen weit zu gehen damit. Jedenfalls hatte Mrs. Munsen nicht vor, mich verhungern zu lassen. Mein Frühstück war so, daß man es nach angemessenem Gebet von einem massiven Mahagonitisch hätte essen sollen. Ich aß ungefähr ein Viertel davon, stand dann auf, badete und zog mich an. Es war alles sehr luxuriös.

Bei Tageslicht war das Haus schöner denn je. Es besaß einen anheimelnden, sanften Charme, wie ich ihn noch nie gesehen hatte, und die Sonne schien fröhlich durch all die hohen Fenster und brachte das polierte Holz zum Leuchten, als habe das Alter es beinahe durchsichtig gemacht. In der Halle begegnete ich niemandem, und da ich annahm, ich sei am wenigsten im Weg, wenn ich im Garten wartete, schlenderte ich zum Ufer und blieb dort eine Zeitlang.

Von meinem Platz aus konnte ich die kurze Auffahrt und die Eingangstür sehen, und als der Wagen des Arztes kam, war ich bereit.

Dr. Crupiners Limousine hätte mich vor dem Mann warnen sollen. Sie gehörte zu den Autos, von denen Sally sagte, sie seien in einer Zeit gebaut worden, als die Leute noch Autos bauten wie Kirchen – mit Gebeten. Es war ein ausladendes, hochrädriges Gefährt und hatte, ich schwöre es, genausoviel Messing zu bieten wie eine Blaskapelle. Grinsend über den Gedanken kam ich in die Halle, und das Amüsement lag noch auf meinem Gesicht, als eine Tür aufging und Dr. Phoebus herauskam. Er trug seine Handschuhe und einen breitkrempigen Hut in der Hand und schien auf dem Weg nach draußen. Ich war erstaunt, ihn so früh schon im Hause zu sehen, und vielleicht merkte man es mir an, denn er legte den Kopf schief und drohte mir mit einem seiner plumpen weißen Finger.

»Ich besuche immer morgens die Leute, die bei meinen Parties waren, nur um zu beweisen, daß zumindest ich keinen Schaden davongetragen habe«, sagte er. »Wie geht es Ihnen, Miss Brayton? Vielleicht kommen Sie ja nächstes Mal auch mit?«

»Das wäre sehr nett«, murmelte ich ohne Begeisterung und drehte mich dann abrupt zur Seite, so daß sein Kuß ein paar Zentimeter unter meinem Ohr in die Luft ging.

Er erstarrte, und ich dachte, er sei verärgert, aber zu meiner Überraschung sah ich, daß sein Gesichtsausdruck verblüfft, beinahe ängstlich war. »Unfreundliches Kind«, sagte er leichthin und stapfte davon.

Aber ich hatte diesen Gesichtsausdruck gesehen, und zum ersten Mal war mir äußerst beklommen zumute. Was um alles in der Welt konnte an mir sein, das ihn ängstigte?

In diesem Moment tauchte Rudkin auf. Ich sah ihn, als ich die Halle zur Hälfte durchquert hatte, und ich war mir nicht sicher, woher er kam und ob er den Zwischenfall beobachtet hatte. Seine Miene verriet nichts, aber sein Verhalten war vielleicht eine Spur weniger frostig als zuvor. »Ich war dabei, Sie zu suchen, Miss«, sagte er. »Wenn Sie bitte hier drin auf den Arzt warten würden?«

Er brachte mich zu dem kleinen Wohnzimmer, das ich am Abend vorher schon gesehen hatte. Die sanften Pflaumentöne wirkten bei Tageslicht wunderschön, und ohne nachzudenken, machte ich eine Bemerkung darüber.

Ein kaum hörbarer Seufzer entfuhr ihm. »Ein sehr schönes Zimmer, Miss«, bestätigte er leise. »Unsere gute alte Herrin hat jeden Zentimeter davon geliebt. Manchmal, wenn ich hereinkomme, meine ich fast sie hier sitzen zu sehen mit ihrer Stickerei. Alle diese Stuhllehnen hat sie bestickt – Gros Point nennt man es. Sehr schöne Arbeit.«

Es war, als sei er plötzlich zum Leben erwacht, und ich wandte mich ihm zu. »War das Mr. Fayres Mutter?«

»Die Mutter des Colonel, ja, Miss. Eine wunderbare Dame. Ganz anders als –« Er bremste sich hastig. »Der Doktor ist jetzt mit Madam oben, Miss. Er kommt jeden Moment.«

»Der Doktor ist schon hier, Rudkin. Guten Morgen, Miss Brayton. Darf ich mich vorstellen. Ich bin Dr. Crupiner.« Die dröhnende Stimme von der Tür ließ uns beide herumfahren, und vor mir stand, zwei Finger huldvoll ausgestreckt, eine wahrhaft eindrucksvolle Gestalt. Dr. Crupiner war bestimmt achtzig, und mein erster Gedanke bei seinem Anblick war, er sollte zum Theater gehen. Während er mir die Hand gab, führte er mich ans Fenster, wahrscheinlich, um mich besser betrachten zu können, und ich blickte in ein gutgeschnittenes, selbstgefälliges altes Gesicht, aus dem verblichene Augen in meine starrten. Er war ein bißchen klapprig, aber noch immer sehr selbstsicher mit seinem silbergrauen Haar und dem ganzen elegant altmodischen Aufzug. Er trug für heutigen Geschmack ziemlich viel Schmuck, und seine altmodische Krawatte wurde von einer schönen Nadel mit Opal gehalten. »Ah«, sagte er und brachte ein Pincenez am breiten schwarzen Band zum Vorschein. »Lassen Sie sich ansehen.«

Meinem Eindruck nach war seine erste Sorge, wie ich auf seine greise Erhabenheit reagierte, und offenbar war er zufrieden, denn er deutete auf einen Stuhl mitten im Zimmer und stellte sich, sobald ich Platz genommen hatte, auf dem Kaminvorleger in Positur, die Hände hinter dem Rücken, den attraktiven Kopf zurückgeworfen.

»Also, um es kurz zu machen, Mrs. Fayre möchte gern, daß ich mich selbst mit Ihnen unterhalte, und ich muß sagen, ich begrüße ihre Entscheidung. Man kann nicht umsichtig genug sein.«

Ich hatte keine Ahnung, was kommen würde, und sah ihn in fasziniertem Schweigen an.

»Sie wissen, wozu Sie engagiert wurden?«

»Nein. Leider nicht. Rita hat gesagt, ich soll ihr helfen, ihr eine – äh – kleine Schwester sein, aber –«

»Eine kleine Schwester. Genau meine Worte.« Er schien entzückt. »Ich dachte, sie hätte sich etwas präziser ausgedrückt. Aber vielleicht wollte sie es meiner Beurteilung überlassen. Ich hätte Sie schließlich für ungeeignet halten können.«

»Wofür?«

»Für eine sehr delikate Aufgabe, die äußerste Diskretion verlangt. Sie sehen aus, als seien Sie ein vernünftiges Mädchen.«

»Ich versuche es zu sein«, sagte ich, in der Hoffnung, daß es nicht so verkrampft klang, wie ich mich fühlte.

»Ja«, meinte er. »Ja. Mrs. Fayre sagt, sie kennt Sie seit ihrer Kindheit.«

»Sie kannte mich als Kind.«

»Genau. Das sage ich doch«, bellte er, wobei ihm der kleine Unterschied entging. »Mein verstorbener Bruder, Dr. Albert Crupiner, mit dem ich eine gemeinsame Praxis betrieb, hatte die Ehre, viele Jahre lang Hausarzt der Familie Fayre sein zu dürfen – fünfundvierzig, um es genau zu sagen. Er hat Colonel Julian Fayre auf die Welt gebracht und vor einigen Jahren die arme alte Mrs. Fayre bei ihrer letzten Krankheit betreut . . . wie ich höre, haben Sie keine Erfahrung in Krankenpflege.«

»Nicht die geringste.«

»Schadet nichts. Was wir jetzt brauchen, ist Intelligenz und Integrität – vor allem Integrität.«

»Ja«, sagte ich unsicher.

»Wir möchten, daß Sie einem Genesenden Gesellschaft leisten.«

»Gesellschaft?«

Er nickte. »Nun, Miss Brayton, Sie wissen vielleicht nicht, daß sich bei einem Mann nach schweren Erkrankungen infolge der Anstrengungen und – äh – Unwägbarkeiten des Krieges, gelegentlich ein nervöser Zustand einstellen kann.«

»Nervös?«

»Genau. In diesem Zustand zeigt der Patient gern eine gewisse ausgeprägte, wenn auch zeitlich begrenzte, Antipathie ausgerechnet gegenüber den Menschen, die er am meisten liebt. Genaugenommen gegenüber seiner Ehefrau.«

Ich verstand langsam, oder zumindest glaubte ich zu verstehen. »Sie sprechen von Ritas Mann?«

»Von Colonel Julian Fayre. Er ist ein reizender Bursche. Er war Patient meines Bruders natürlich, aber ich kenne ihn seit seiner Kindheit, und es tut mir sehr leid, ihn in solch einem elenden Zustand zu sehen. Physisch geht es ihm langsam besser, aber er leidet immer noch unter diesem unvernünftigen Mißtrauen seiner jungen Frau gegenüber, und in der Tat gegenüber Frauen allgemein. Ihre Aufgabe ist es, das zu zerstreuen.«

»Und wie?« wollte ich wissen.

»Ihn bedienen, mit ihm reden, ihm zuhören. Aber –« er hielt inne und seine alten Augen suchten die meinen. »Sie werden verstehen«, meinte er eindringlich, »wie ungeheuer wichtig es ist, daß Sie seiner Frau gegenüber völlig loyal sind.«

»Ja«, sagte ich. »Ja, ich verstehe.«

Er schien erleichtert. »Ein intelligentes Mädchen«, bemerkte er. »Man muß Mrs. Fayre gratulieren. Wir haben diese Angelegenheit natürlich eingehend besprochen, und ich habe ihr empfohlen, eine kleine Schwester zu finden. Das ist ihr offenbar gelungen. Nur noch eine andere Sache. Mrs. Fayre hat mir eben erzählt, daß man Sie in der Schule immer für etwas zerstreut hielt; das war allerdings hinsichtlich Ihrer perfekten Eignung der einzige Zweifel, den sie hatte.«

Ich merkte, wie ich rot wurde. Es schien mir höchst ungewöhnlich für Rita, ihm das zu erzählen. Schließlich hatte sie mich in der Schule nie richtig gekannt. »Ich glaube, da war viel Übertreibung dabei«, sagte ich offen.

»Ah, das war es also.« Er lächelte. »Dann glaube ich nicht, daß wir uns damit befassen müssen. Wenn ich das sagen darf, Sie scheinen mir eine bemerkenswert scharfsinnige junge Dame zu sein. Und nun zu den Einzelheiten –«

Er salbaderte weiter, wiederholte sich, hob immer wieder die Wichtigkeit meiner Loyalität gegenüber Rita – für mich etwas Selbstverständliches – hervor, und enthüllte dabei auch, daß irgend jemand, ich überlegte, ob es Rita selbst gewesen war, die ganze Sache sehr sorgfältig durchdacht haben mußte. Es gab eine Art Schlachtplan. Um das Eis zu brechen, sollte ich dem Kranken allabendlich seinen Kaffee zubereiten, und man vertraute mir an, ihm sein Beruhigungsmittel hineinzutun. Der Doktor gab mir die Tabletten mit genauesten Anweisungen. Mir wurde gesagt, wie ich mich ihm zu nähern und was ich zu erwidern hatte, falls er Rita kritisieren sollte. Es gefiel mir alles in allem nicht, aber ich sah die Schwierigkeiten, und Julian Fayre tat mir unendlich leid. Außerdem fing ich an, auch den alten Doktor zu mögen. Er war grauenvoll selbstgefällig und, so vermutete ich, ein bißchen töricht, aber er hegte eine tiefe Bewunderung für Rita und wollte Julian wirklich gern helfen. Zögernd gab ich zu bedenken, ob die alten Hausangestellten nicht womöglich unter einem Anflug derselben Schwierigkeiten litten.

Der alte Mann warf mir einen scharfen Blick zu. »Sie sind sehr klug«, sagte er. »Ja, unter uns, ich habe – äh – gewisse Gerüchte gehört, die das bestätigen. Natürlich waren die alten Leutchen ihrer ersten Herrin sehr zugetan; sie war eine äußerst gütige Dame. Nun, Miss Brayton, ich überlasse Ihnen jetzt, zu tun, was Sie können. Ich werde im Lauf der Woche wieder vorbeikommen, aber zögern Sie nicht, jederzeit meinen Rat einzuholen, sollten Sie ihn brauchen.«

Wir trennten uns als gemeinsame Verschwörer. Ich war erfüllt von einer neuen Wichtigkeit. Meine Aufgabe würde nicht leicht sein, aber ich hatte mich entschlosen, sie anzugehen.

Auf der Treppe kam mir Mitzi entgegen. Sie hatte ein Abendkleid ihrer Herrin über dem Arm, das sie nach unten zum Bügeln brachte. Es war ein wunderhübsches Stück, ein silberner Blitz mit Flammenmuster, und während ich es ansah, tat mir Rita gleichzeitig leid.

Und dennoch, trotz der Anweisungen, durfte ich meinen Patienten nicht sehen; dafür sorgte Mrs. Munsen. Immer wenn ich nachfragte, kam als Antwort irgendeine Entschuldigung. Colonel Fayre las gerade, Colonel Fayre schlief gerade, Colonel Fayre wollte nicht gestört werden. Schließlich ging ich mit meinem Problem zu Rita.

Sie hörte mir mit halbem Ohr zu und bat mich, mir keine Gedanken zu machen. Ich nahm an, sie wollte nicht mit mir über ihren Mann sprechen, und ich hatte volles Verständnis dafür. Wenn sie das alles lieber dem Doktor überlassen wollte, mir war es recht.

Mir fiel ein, daß ich Madame Clothilde anrufen sollte, um mich bei ihr so gut es ging zu entschuldigen. Zu meiner Erleichterung wurde ihre Stimme richtig herzlich, als sie meine hörte.

»Gillian!« Daß sie mich beim Vornamen nannte, war eine Neuerung. »Wie reizend von Ihnen, mich anzurufen, Kindchen. Was? Ärgerlich? Aber seien Sie nicht albern, Liebes. Mrs. Fayre hat mich heute früh schon angerufen und mir alles erklärt. Natürlich bin ich nur allzu froh, Sie ihr freigeben zu können, und sie schickt mir einen Scheck für den Hut. Was für ein seltsamer Zwischenfall; er hat irgendwie Feuer gefangen, höre ich? Bringen Sie Mrs. Fayre zu mir, wann immer sich die Gelegenheit ergibt, und hören Sie, Kindchen, wenn Sie ein kleines Modell für sich selbst brauchen, dann kommen Sie einfach vorbei, und ich mache das für Sie.«

Sie war einfach nicht zu bremsen. Als sie mich endlich losließ, war ich von zwei Dingen überzeugt. Erstens handelte Rita wesentlich rascher und zielbewußter, als sie mich glauben gemacht hatte, und zweitens würde jedenfalls Clothilde für ihren Teil mir nie verzeihen, wenn ich sie je wieder verließ. Was immer mit mir geschehen mochte, dorthin würde ich jedenfalls nie zurückgehen.

Ich war im Studio und arrangierte Blumen, als der Mann hereinschlenderte, den Rita mir als Ferdie vorgestellt hatte. Er mixte sich einen Pink Gin von dem Barwagen, den Rudkin um sechs immer hereinrollte, egal ob jemand da war oder nicht, setzte sich und beobachtete mich, sein Blick wirkte träge und verhalten. Außer ihm einen guten Abend zu wünschen, sagte ich nichts.

»Das ist eine schöne Schande, wissen Sie«, meinte er endlich, und deutete mit seinem Glas auf die ovalen Bücherschränke, deren verglaste Türen zu beiden Seiten des Kamins in die Täfelung eingelassen waren. Um das moderne Dekor zu vervollständigen, waren die Fächer mit Flaschen und Gläsern vollgestellt statt mit Büchern, für die sie gedacht waren. Die Wirkung war keine allzu glückliche, ein bißchen wie die Weinabteilung in einem Warenhaus. »So etwas mag in einem kleineren Raum gehen«, sagte er. »Hier wirkt es billig. Meinen Sie nicht auch?«

Das war es natürlich, aber ich hatte keine Lust, Ritas Geschmack mit einem Fremden zu diskutieren, und so sagte ich etwas Unverfängliches über die interessante Formgebung.

»Stimmt«, pflichtete er mir bei. »Ich mag es. Alles noch original. Dumm, wenn man versucht, so was in ein Wirtshaus zu verwandeln. Na, dann werd ich mich mal verabschieden.

Ich will nicht herumhängen, wenn keiner kommt. Das Ganze wirkt sowieso wie ein verdammtes Leichenschauhaus, seit der Invalide hier haust. Sie hätten vor drei Monaten hier sein sollen, als er noch im Krankenhaus war. Da hatten wir vielleicht ein paar Parties. Huih! Ich weiß nicht, wie Rita es geschafft hat, ihre Menagerie alter Dienstboten zu halten.« Er stand auf und schlenderte zur Tür. »Es hat die Atmosphäre hier verdorben«, meinte er. »Vorher war es immer wie ein guter Country Club. Jetzt gleicht es einem Nachtclub, in dem der Konkursverwalter umgeht. Ich bin Fayre nie begegnet, aber ich habe gehört, er soll ein gräßlicher Waschlappen sein.«

Ich murmelte, meiner Ansicht nach sei er ein sehr kranker Mann.

»Bestimmt nicht so krank wie ich«, sagte Ferdie mit Nachdruck. »Das alles hier macht mich ganz fertig.«

Ich aß wieder allein zu abend, und dachte eben darüber nach, daß ich wohl einen richtigen Kampf mit Mrs. Munsen würde führen müssen, wenn ich meine einzige festgelegte Aufgabe erfüllen wollte, nämlich Colonel Fayre jeden Abend sein Sedativum zu verabreichen, als sie erschien. Sie kam mit dem Kaffee hinter Rudkin ins Zimmer und blieb respektvoll an der Tür stehen. Auf dem Tisch standen Kerzen, und als das Licht so über ihr Gesicht flackerte, sah ich, wie sehr sie dem alten Butler ähnelte. Es war so ausgeprägt, daß ich die beiden anstarrte.

»Sind Sie Geschwister?« fragte ich.

Die Frage traf sie unvorbereitet, und einen Moment lang reagierte sie beinahe menschlich. »Ja, Miss. Er ist ein bißchen älter als ich. Zusammen sind wir schon dreißig Jahre hier.«

»Das ist ja phantastisch«, sagte ich mit aufrichtiger Bewunderung. »Da müssen Sie viele Veränderungen mitbekommen haben.«

Ich hätte gern mehr über die alte Mrs. Fayre gehört, die meine Phantasie angeregt hatte, aber sie gefror gleich wieder, als nehme sie mir meine Einmischung übel.

»Wenn Sie so gut wären, Miss, ich bin gekommen, Ihnen die Anrichte zu zeigen, wo Sie dem Herrn den Kaffee machen sollen.«

Ich stand sofort auf. Das war schon besser. Immerhin nun endlich doch ein bißchen Kooperation. Sie hielt mir einen Schlüssel hin, und ich betrachtete ihn überrascht.

»Muß die Anrichte abgeschlossen werden?«

»Mrs. Fayre hat es so angeordnet. Sie sollen einen Schlüssel haben, damit wir – damit niemand dazwischenmengt.«

Ihr Gesicht war steinern, und ich hatte Verständnis für ihre Empörung. »Ich bin sicher, sie hat nicht gewollt, daß Sie es sich so zu Herzen nehmen, Mrs. Munsen«, sagte ich. »Wenn Sie schon seit dreißig Jahren hier sind, dann müssen Sie doch wohl am besten wissen, wie die Dinge laufen sollten.«

Das war schamlose Speichelleckerei, und sie ließ sich durch die Schmeichelei nicht einwickeln; ihre kleinen schwarzen Augen waren voller Verachtung. »Wenn Sie jetzt vielleicht mitkommen würden, Miss«, sagte sie.

Ich tat, was von mir verlangt wurde. Ich hatte das Fläschchen mit den Tabletten, das der Doktor mir gegeben hatte. Es war eine kleine gelbe Phiole, wie sie allgemein üblich waren, sorgfältig in genau der krakeligen altmodischen Handschrift beschriftet, die man bei Dr. Crupiner erwartete. Um die alte Frau zu beschwichtigen, zeigte ich es ihr, und sie taute so weit auf, daß sie die Anweisungen laut las. *Colonel Julian Fayre. Vier Stück eine Stunde vor dem Schlafengehen in warmer Flüssigkeit einnehmen.*

»Vielleicht könnten Sie es heute machen«, sagte ich. »Ich schaue Ihnen zu.«

Sie nickte zustimmend, aber ihre Lippen waren zusammengepreßt und der Blick noch immer verächtlich. Wenn ich hier überhaupt irgendwelche Fortschritte machen wollte, dann nur sehr langsam. Ich beschloß, behutsam zu Werke zu gehen.

Am fünften Abend richtete ich dann meine Bitte an sie. Wir standen im Anrichtezimmer, nach einem weiteren einsamen Abendessen, denn Rita schien nie zu Hause zu sein, wenn nicht gerade eine Party stattfand. Ich machte den Kaffee.

Das Anrichtezimmer hatte eine angenehme Atmosphäre, meiner Vermutung nach war es früher einmal Servierraum gewesen. Jetzt war alles apfelgrün gestrichen und voller antiker Gewürzschränkchen; das Geschirr war viktorianisch und auf der edlen Glasur wimmelte es von lauter winzigen Rosenknospen.

Mrs. Munsen und ich hatten uns stillschweigend auf ein seltsames Arrangement geeinigt. Obwohl theoretisch gesehen der Raum mir gehörte und ich natürlich den Schlüssel behielt, kam sie immer mit hinein. Sie holte mich gegen Viertel vor neun ab, und wir betraten gemeinsam den Raum; sie stand dann dabei, während ich die grüngoldene Kaffeedose herunterholte. ›Kaffir‹ stand darauf, und auf dem Deckel war das Bild eines Eingeborenen. Sie sah zu, wie ich die Milch heiß machte und die Tabletten in die dampfende Flüssigkeit zählte. Dann nahm ich das Tablett, ein kleines gelbes von einem Bord über dem Schrank, und wir marschierten den Korridor entlang zum Musikzimmer. Sie klopfte, und ich ging hinein, sie wartete draußen, bis Julian Fayre mir ernst gedankt hatte und ich wieder herauskam. Es war eine phantastische Zeitverschwendung natürlich, aber es schien das Äußerste zu sein, was ich erreichen konnte. Ritas Anweisungen wurden buchstabengetreu befolgt, aber das war auch alles.

Jeden Tag machte ich einen Versuch, etwas mehr zu tun, aber ohne Erfolg. Einmal packte ich den Stier bei den Hörnern und ging uneingeladen ins Musikzimmer. Julian Fayre war höflich, aber äußerst kühl und sehr bestimmt; das halb belustigte, halb mitleidige Lächeln, mit dem er mich bedachte, war kaum zu ertragen.

Deshalb wandte ich mich an diesem fünften Abend, nachdem ich den Spirituskocher angezündet hatte, an die Haushälterin. »Mrs. Munsen«, begann ich vorsichtig, »was glauben Sie, warum ich hier bin?«

Zu meiner Verwunderung wurde sie rot. »Ich hätte gedacht, das sollten Sie eigentlich viel besser wissen als ich, Miss«, sagte sie.

Auch wenn ich die Folgerung nicht begriff, so war doch klar, daß sie unangenehm war, und mein schwelender Ärger fing plötzlich Feuer. Ich bin von Natur aus nicht geschwätzig, aber bei dieser Gelegenheit war ich zumindest beredt. Ich gab die gesamte Geschichte wieder und endete mit den Anweisungen des Arztes.

»So!« sagte ich endlich atemlos und mit heißen Wangen. »Das sind die schlichten Fakten. Ich bin einzig und allein deshalb in dieses Haus aufgenommen worden, weil man mir trauen kann. Warum bestehen Sie darauf, mich zu behandeln, als sei eben dies nicht der Fall?«

Ich konnte sehen, daß ich sie betroffen gemacht hatte. Ein Teil der Feindseligkeit fiel von ihr ab; sie war sehr neugierig. »Ist das alles, was man Ihnen gesagt hat, Miss?« Ihre Augen blickten so eindringlich in die meinen, als wollten sie die Wahrheit aus mir heraussaugen.

Ich war ganz offen. Schließlich hatte ich nichts zu verbergen. »Das ist alles«, sagte ich. »Ich stelle also keine mysteriöse Gefahr dar, oder?«

Sie antwortete nicht direkt, aber nach einer Pause meinte sie langsam: »Komisch, aber gestern erst hat Rudkin gesagt, er glaubt nicht, daß Sie wissen, was Sie tun.«

»Was?«

»Nichts, Miss. Ich hätte nichts sagen sollen.«

Ich konnte nichts weiter aus ihr herausbekommen, und unser abendliches Ritual wurde bis ins kleinste Detail wiederholt; aber sie mußte mit ihrem Herrn gesprochen haben, denn am nächsten Tag ließ er mich zu sich rufen. Ich spielte eine Stunde für ihn, und danach tranken wir gemeinsam Tee.

Das war der Anfang; aber meine Aufgabe war noch nicht gelöst; das Eis war immer noch ziemlich dick. Ich arbeitete hart und war ständig auf der Hut.

Wenn Julian reden wollte, hörte ich zu; wollte er ein Buch haben, suchte ich es ihm heraus und las es in meiner Freizeit selbst, falls er mit mir darüber diskutieren wollte. Ich gab mir alle Mühe herauszufinden, was ihn wohl interessieren könnte, und ich zog bei allem Mrs. Munsen ins Vertrauen.

Sehr bald vergaß ich, daß all diese Dinge zu meiner Aufgabe gehörten und begann, Spaß daran zu finden. Jedes Anzeichen der Besserung war für mich eine echte Freude, und an seinen schlechten Tagen war ich ebenso enttäuscht wie er. Trotz allem war unsere Beziehung immer noch seltsam unpersönlich. Er behandelte mich, wie ein Kind eine Gouvernante behandelt, die zu Besuch ist: höflich, doch ohne Vertrautheit, und ich achtete darauf, nicht mehr zu verlangen. So ging es ungefähr zwei Wochen, in denen die Dienstboten weniger unfreundlich wurden, Rita kaum einmal aufkreuzte, und der Doktor mich ermutigte. Der Umschwung kam eines Nachmittags. Ich war mit den Abendzeitungen zu ihm gegangen. Wie die meisten Männer, die einmal mehr oder weniger lange in Übersee waren, hegte er die krankhafte Überzeugung, er sei mit den Tagesereignissen nicht auf dem laufenden, und wir glichen das durch ein Studium der Neuigkeiten aus, das weit ausführlicher war, als nötig gewesen wäre. An jenem Tag war das Schulgesetz in den Schlagzeilen, und er begann über Schulen zu reden.

»Da fällt mir ein, ich kannte mal einen reizenden alten Herrn mit demselben Namen wie Sie«, sagte er und sah mich an. »Ich werde ihn nie vergessen, denn er kam einmal mit meinem Vater zum Bahnhof, um mich nach den Ferien zu verabschieden, und er gab mir einen Sovereign – keinen Schein, ein Goldstück. Er hatte einen ulkigen Vornamen: Grey, Grey Brayton. Kennen Sie ihn vielleicht?«

»Onkel Grey«, sagte ich, und danach war ich nicht mehr zu

bremsen. Ich hatte so lange niemanden zum Reden gehabt, daß ich drauflosplapperte, bis meine ganze Einsamkeit und Trauer nach dem Tod des alten Herrn wie weggeblasen waren und sich in der Flut von Worten auflösten.

»Donnerwetter, Sie haben ihn ja wohl angebetet, nicht?« meinte Julian. »Ich wußte nicht, daß Sie seine Nichte sind.«

»Ich habe ihn geliebt«, sagte ich. »Er war alles, was ich an Familie hatte, wissen Sie.«

Bei diesen Worten hob er den Kopf, und in seinem Blick las ich fragendes Erstaunen. »Wollen Sie damit sagen, daß Sie niemanden haben, der zu Ihnen gehört, gar niemanden?«

»Nein«, bestätigte ich fröhlich. »Wenn ich morgen sterbe, gibt es keinen, dem man es mitteilen müßte – außer Sally vielleicht.«

»Sally?«

Ich redete nur zu gern weiter; so erfuhr er alles über Sally, und danach sogar auch noch über Mrs. Austin und Madame Clothilde.

Als ich fertig war, sagte er etwas Merkwürdiges: »Sie sind also völlig allein, nicht? Ob meine Frau Sie wohl deshalb herausgepickt hat?«

»Das glaube ich nicht«, warf ich schnell ein. »Ich glaube, sie hat es aus Nettigkeit getan. Sie kannte mich in der Schule.«

Er sagte nichts darauf, betrachtete mich aber immer noch neugierig, als sei ihm ein neuer und beunruhigender Gedanke gekommen. Es war das erste Mal, daß er Rita erwähnte, und soweit ich wußte, hatte er sie seit meinem Hiersein nicht gesehen. Obgleich sie unter demselben Dach lebten, hätten sie sich wohl kaum ferner sein können. Er ließ das Thema jedoch fallen, und als er wieder sprach, war es über seine eigene Kindheit.

Danach unterhielten wir uns oft; unsere Leben wuchsen unmerklich enger zusammen. Ich war noch nie glücklicher gewesen, und sein Befinden begann sich zu stabilisieren. Die schlechten Tage wurden immer seltener, und Dr. Crupiner war entzückt. Ich bekam Rita immer seltener zu Gesicht, und obwohl wir uns zulächelten, wenn wir in der Halle aneinander vorbeigingen und uns gelegentlich beim Abendessen trafen, so waren immer Gäste dabei, und ich glaube, ich führte kein einziges Gespräch mit ihr.

Henri Phoebus wohnte ganz in der Nähe, wie ich merkte. Er kam ständig vorbei, und seine Anstrengungen als Ritas Entrepreneur schienen beträchtlich zu sein. Demnächst sollte eine Ausstellung ihrer Bilder stattfinden, erzählte er mir einmal, und er stecke bis zum Hals in den Vorbereitungen. Aber wenngleich ich ihn auch recht oft sah, so machte er doch keinen Annäherungsversuch mehr, und ich hatte immer den Eindruck, er fühlte sich in meiner Gegenwart etwas unbehaglich, als jage ich ihm ein bißchen Angst ein, was natürlich lächerlich war. Soweit ich wußte, hatte Julian keine Ahnung von seiner Existenz. Ich tat nichts dazu, das zu ändern.

Eines Abends, als ich nach dem Essen, bevor es Zeit wurde, den Kaffir zu bereiten, bei Julian saß, begann er von seiner Mutter zu erzählen, und danach war das Haus für mich noch einmal so lebendig. Sie hatte es geprägt, natürlich; nur das Studio spiegelte Ritas Geschmack wider. Der Rest war noch genauso, wie die alte Mrs. Fayre es hinterlassen hatte, und nach Julians Beschreibung bildete ich mir ein, sie beinahe ebenso deutlich überall im Haus zu sehen wie der alte Rudkin. Sie war eine kerzengerade, gutaussehende alte Dame gewesen, mit energischer Stimme und einem Lächeln, das ich mir wie Julians vorstellte, unvermittelt und von seltsamer Süße. Er hatte sie geliebt. Er sagte es nicht, aber man hörte es aus jedem Wort heraus, und als er ihren Tod erwähnte, wurde sein Gesichtsausdruck bitter.

»Sie ist unter solchen Qualen gestorben«, sagte er heftig, als nage die Ungerechtigkeit dieses grausamen Endes noch immer an ihm, »im Jahr, bevor ich nach Übersee mußte.«

»Ein Jahr nur? Dann hat sie ja Rita noch gekannt.«

»Nein.« Er runzelte die Stirn und sah so verbittert aus, daß ich wünschte, ich hätte nichts gesagt. »Nein, meine – Frau habe ich zwei Monate vor der Einschiffung kennengelernt.«

So war es also dazu gekommen. Ich hatte schon oft gegrübelt; nun schien es mir klar, daß sich da eine dieser heftigen Liebesgeschichten abgespielt haben mußte, wie sie in den Katastrophenjahren so häufig waren, und die nur allzuoft so endeten. Ich glaubte alles zu verstehen, und beide taten mir unendlich leid. Um das Thema zu wechseln, bemerkte ich, Mrs. Munsen habe mir erzählt, daß sie schon seit dreißig Jahren im Hause sei.

»Mary?« sagte er. »Gütiger Himmel, nein. Sie schwindelt; es müssen eher fünfzig sein. Sie wird langsam kokett, was ihr Alter angeht. Ihr Mann war Gärtner hier, und er ist gestorben, bevor ich geboren war. Sie war meine Kinderfrau, als ich noch gewickelt wurde.«

»Sie ist eine wunderbare Alte«, sagte ich.

»Ja, nicht?« stimmte er zu. »Aber die große Persönlichkeit war Harriet, Mutters Zofe. Sie hätten sie sehen müssen, wirklich, Gillie. Sie hat Rudkin geheiratet, nur damit er in der Familie blieb, jedenfalls behauptete mein Vater das immer. Sie war eine großartige Type, und sie lebte nur für Mutter. Die beiden waren gleichaltrig, und sie ist nur sechs Wochen nach Mutter gestorben. Als sie auch noch weg war und ich fortmußte, hatte ich absolut keine Ahnung, was ich mit ihnen allen tun sollte. Es machte mich ganz krank.«

Da bekam ich einen Einblick in etwas, woran ich noch gar nicht gedacht hatte. Mir war nicht klar gewesen, daß ein Haus wie dieses mit einer so alten Dienerschaft unter Umständen eine fast ebenso große Verantwortung darstellt wie eine Familie. Ich wollte es gerade sagen, als seine nächste Bemerkung mich ablenkte.

»Haben Sie Mary schon mal singen hören?«

»Singen?« wiederholte ich lachend.

Er nickte, und sein Gesicht strahlte vor purem Mutwillen. »Ziemlich unartige alte Musik-Hall-Songs. Sie hat sie mir als

Kind immer vorgesungen, und meine Mutter war schockiert. Wollen wir versuchen, sie mal abends dazu zu bringen, daß sie es wieder tut?«

Wir schafften es. Und ein paar Tage später, als alle anderen aus dem Haus waren, brachten Julian und ich die alte Mrs. Munsen dazu, sich in ihrem schwarzen Kleid in einem großen Sessel zurückzulehnen und, während die kleine Uhr auf ihrer Brust erzitterte, mit erstaunlich kräftiger und ungekünstelter, wenn auch etwas brüchiger Stimme zu grölen: *The captain with his whiskers gave a sly glance at me.*

Sie legte eine Fröhlichkeit an den Tag, die ich nie bei ihr vermutet hätte, und sie kicherte wie ein Schulmädchen, wenn Julian sie neckte. Es war ein unschuldiger, aber wirklich großartig komischer Abend, und wir lachten alle drei, bis uns die Tränen über die Wangen liefen.

An dem Abend sah ich ihn, glaube ich, zum ersten Mal; zumindest sah ich ihn da zum ersten Mal als das, was er war, kein ausgebrannter Kriegsheld, sondern ein fröhlicher junger Mann, der herzzerreißend gut aussah und das Leben vor sich hatte. Merkwürdig atemlos ging ich zu Bett, aber gleichzeitig war ich froh und aufgeregt. Er wurde endlich gesund, und ich war der Auslöser.

Danach war das Ende wohl unausweichlich; dennoch sah ich es nicht kommen, und als es soweit war, kam es mit der ganzen Grausamkeit des Unerwarteten über mich.

Seit neun Wochen und drei Tagen lebte ich in diesem Haus. Es war an einem richtigen Winternachmittag, auf dem Rasen lag Schnee und Schneematsch in den Straßen, die Luft war frostig-frisch und drinnen brannten hell die Feuer. Am Morgen war ich überglücklich gewesen. Das Leben hatte jenen Zustand überwältigender Vollkommenheit erreicht, den man Wonne nennen könnte. Rita hatte mich wissen lassen, daß sie mit mir zufrieden war, die Dienstboten lächelten, wenn sie mich sahen, und Dr. Crupiner war selbst wohl noch verblüffter als ich, als er mir im Überschwang professioneller Begeisterung tatsächlich den Kopf tätschelte. Julian ging es besser; er nahm langsam zu, und er war lebhaft und interessiert.

An diesem Nachmittag war er mit Mr. Churchman, dem Anwalt, der sich um seine geschäftlichen Angelegenheiten kümmerte, in der Bibliothek. Ich trug Tee für sie im Musikzimmer auf, wo wir die meiste Zeit verbrachten, weil es ruhig und abseits vom übrigen Haus lag.

Ich hatte Licht gemacht und die Vorhänge zugezogen, das Feuer loderte. Meine einzige Sorge war im Augenblick, wie ich den Welpen davon abhalten konnte, sich über das Gebäck herzumachen. Er war eine kürzliche Anschaffung. Rita verabscheute Tiere, und wir mußten die Anwesenheit des Hundes, wenn nicht geheim, so doch wenigstens im Stadium zufälliger Gerüchte halten. Es war ein Bullterrier, drei Monate alt, dick und kräftig, und an den richtigen Stellen gefleckt, der mehr oder weniger auf den Namen Stinker hörte. In Gesellschaft nannten wir ihn Tinker, aber wenn wir allein waren, blieb es bei Stinker.

Er kämpfte mit mir um das Gebäck und benahm sich rundum unmöglich; seine großen plumpen Pfoten zerkratzten mir den Hals, während er mit seiner schnellen rosa Zunge erfolglos nach meinem Gesicht leckte. Ich lachte und schob ihn weg, als wir beide, der Hund und ich, merkten, daß Julian hereingekommen war. Er stand in der Tür, schaute uns an, und in seinem Blick war etwas, das ich noch nie gesehen hatte. Stinker tappste zu ihm und sprang wie ein aufgeregtes Kätzchen um ihn herum, ein Gebaren, das bei einem so dicken Hund ungeheuer komisch wirkte; doch er wurde ausnahmsweise nicht beachtet.

Julian schloß die Tür und kam zu mir herüber. Er sah mich immer noch auf diese neue, seltsame Weise an, die ich gleichzeitig herbeigesehnt und gefürchtet hatte.

»Churchman konnte nicht bleiben«, sagte er und zögerte.

»Kommen Sie, und setzen Sie sich«, sagte ich hastig. »Sie

ermüden sich mit Geschäftlichem, das ist einfach verrückt, wo es Ihnen gerade besser geht. Machen Sie sich keine Sorgen. Wenn Sie pleite sind, gehen Mrs. Munsen und ich putzen. Und Stinker wäre eine unbezahlbare Spülmaschine, solange niemand Senf nimmt.«

Ich redete unzusammenhängenden Unsinn, um Zeit zu gewinnen. Ich hatte gesehen, daß genau das, was ich weit aus meinen Gedanken verbannt hatte, nun geschehen würde, nicht in einer entfernten, nebelhaften Zukunft, sondern jetzt, in diesem Augenblick. Ich sehnte es so brennend herbei, daß ich kaum atmen konnte, aber ich wußte auch, daß es das einzige war, was nie passieren durfte, wenn ich auch nur einen Krümel meiner derzeitigen Glückseligkeit behalten wollte.

»Halten Sie den Kerl, solange ich eingieße«, sagte ich.

»Gut.«

Er schnappte Stinker mitten in einem Luftsprung und setzte sich mit ihm hin, aber mir war klar, daß ich es nur verschoben hatte. Als es kam, war es viel schlimmer und doch viel besser, als ich mir vorgestellt hatte, denn er hatte der Sache ins Auge gesehen und sich klug verhalten.

»Gillie«, sagte er und sah mich dabei unverwandt an, sein schmales Gesicht war sehr ernst. »Es tut mir leid, aber Sie müssen gehen, meine Liebe, wissen Sie das?«

Unsere Blicke trafen sich. Es hatte keinen Sinn, sich zu drücken. Danach mußte er mir nichts weiter sagen.

Das Zimmer duftete nach Blumen, der frische süße Duft des Tees hing in der Luft, und weil wir so still waren, konnten wir ganz entfernt die Geräusche von der Straße hören. Ich fühlte mich elend und war doch insgeheim rückhaltlos und leidenschaftlich glücklich. In diesem Augenblick war es lebenslange Verbannung wert, das zu wissen, was nur seine Augen mir gesagt hatten.

»Ich habe schon lange gewußt, daß dies passieren würde«, sagte er, »und ich habe es verdrängt, weil ich mir nicht vorstellen kann, wie ich ohne dich weitermachen soll, aber als ich eben hereinkam und dich hier sah, vor meinem Kamin, mit diesem verdammten, dreisten Welpen, da –«

»Hör auf«, sagte ich rasch. »Laß es gut sein. Red nicht weiter. Ich werde Rita einfach sagen, daß ich gehe.«

Er schwieg ein Weilchen, sein Blick hielt den meinen gefangen. »Also gut, Gillie«, sagte er endlich, und das war alles.

Ich glaube, es war ein kleiner Tod für mich.

Rita war ausgegangen, als ich nach ihr suchte, aber schließlich erwischte ich sie in ihrem Ankleidezimmer. Von dem Moment an, als ich aus dem Musikzimmer trat, war mir klar, daß ich das Haus sofort verlassen mußte. Es lag Dynamit in unserer Beziehung, Julians und meiner. Jede Stunde der Nähe bedeutete eine Qual für uns beide, und wenn wir auch beherzt den Verstand eingesetzt hatten, so war es doch nicht leicht. Ich traute mir nicht.

Ich hatte Schwierigkeiten, zu Rita vorzudringen. Mitzi war bei ihr, und sie waren mit Kleidern beschäftigt. Der Zobelumhang lag über einem Stuhl, und ich nahm an, sie war wieder mal auf dem Weg zu einer Party. Sie saß am Toilettentisch und bog ihre Wimpern in Form; sie hielt den Blick auf ihr Spiegelbild gerichtet, und die Sache war heikel. Sie hörte sich meine Ankündigung an, ohne erkennen zu lassen, ob sie mich verstanden hatte. Sie antwortete nicht gleich, sondern beendete ihre Aufgabe, die langen schwarzen Wimpern hochzubiegen, dann legte sie das Instrument hin, der silberne Rand machte auf der Glasplatte ein ungeduldiges kleines Geräusch.

»Liebste Gillie«, sie seufzte, drehte sich um und nahm meine Hände. Sie lächelte wie immer, aber ihre tiefe Stimme hatte einen harschen Unterton. »Ich muß in sieben Minuten bei Phoebus sein. Komm morgen zu mir, dann bügeln wir all deine kleinen Probleme aus. Du mußt das Leben hier unglaublich langweilig finden. Ich kann es dir nachfühlen, mein Schätzchen. Aber das ändern wir alles, Rita verspricht es.«

Langweilig! Ich hätte sie auslachen mögen. Sie erschien mir plötzlich so dumm, wie sie da saß und ihr wissendes, hartes

Gesicht für Henri Phoebus und seine Freunde zurechtmachte, während ihr jemand so unendlich Wertvolles entging.

»Es tut mir leid«, sagte ich. »Ich weiß, daß es ungelegen kommt, aber ich wollte dir nur sagen, daß ich gehe. Ich konnte nicht gut verschwinden, ohne auf Wiedersehen zu sagen.«

»Aber natürlich gehst du nicht. Ich bin begeistert von dir, du bist ein voller Erfolg, Gillie.«

»Nein, Rita«, sagte ich. »Bitte. Ich meine es ernst. Dank dir vielmals, und lebe wohl.«

Ich bemühte mich, es überzeugend klingen zu lassen, und es gelang mir. Man sah ihr deutlich an, als die Tatsache ihr dämmerte. Sie warf ihre Freundlichkeit ab wie ein unbrauchbares Kleidungsstück, und die Farbe des Zorns flutete über ihr Gesicht bis zu den Haarwurzeln. Mitzi wurde mit einer Geste hinausgeschickt, und Rita fiel über mich her.

»Du hoffnungsloses kleines Dummchen«, rief sie. »Was zum Teufel ist denn eigentlich los?«

Ich hatte mir überlegt, daß es einfacher sein würde, gar keine Erklärung abzugeben. Wir lebten in einem freien Land, und ich ging. Ich war dankbar, und es tat mir leid, wenn es ihr ungelegen kam, aber es hatte keinen Zweck, mit mir reden zu wollen. Ich würde das Haus verlassen, jetzt, heute abend noch; ich hielt es für besser so, mochte sie von mir denken, was sie wollte.

Rita stand auf. Ich hatte schon von Xanthippen gehört, war aber noch nie einer begegnet. Sie war so kräftig, so unerwartet grob unter ihrer hochgestochenen Art, daß ich erschrocken war, wahrscheinlich auch schockiert. Ich verstand langsam, was Julian an ihr entdeckt haben mußte, nachdem er sie geheiratet hatte.

»Machst du jetzt, daß du auf dein Zimmer kommst?« Sie war außer Atem und hatte häßliche Falten um den Mund. »Wir sehen uns morgen früh.«

»Nein«, sagte ich. »Es tut mir leid, wenn du es so siehst, Rita, aber es gibt wirklich nichts, was ich noch sagen könnte. Ich –«

Der Rest des Satzes ging verloren, weil sie mich schlug. Es war ein heftiger Schlag mit dem Handrücken quer über mein Gesicht. Der Schmerz war scharf und unglaublich demütigend. Ich erstarrte.

»Nun gut«, sagte ich und wandte mich ab.

Sie stürzte sich zwischen mich und die Tür, und hinter ihrer Wut bemerkte ich etwas Neues. Eine kalkulierende, gefährliche Mentalität wurde da sichtbar, mächtig und überwältigend. »Du bleibst.«

»Nein, Rita.«

»Ich verstehe.« Sie hob das Kleid hoch, das Mitzi für sie herausgelegt hatte, und schleuderte es quer durchs Zimmer. Sie tat es fast ruhig, mit einem ganz neuen, eisigen Kalkül, das beängstigender war als ihr Wüten. »Geh packen. Du kannst morgen fahren. Ich hoffe, ich sehe dich nie wieder.«

Es lag mir auf der Zunge, darauf zu bestehen, daß ich sofort gehen wollte, aber schließlich hatte ich meinen Punkt gewonnen, und die zusätzliche Nacht schien wenig zu ändern.

Ich hatte die Tür schon geöffnet, als sie mich am Handgelenk packte. Sie zitterte jetzt mehr vor Aufregung, wie mir schien, und ihre Stimme klang eher drängend als ärgerlich. »Morgen engagiere ich jemanden für dich, aber bis dahin will ich den Rhythmus im Haus nicht gestört haben. Bis morgen erledigst du deine Arbeit wie üblich. Verstanden?«

»Gut«, sagte ich, und dann nutzte sie meine Situation in besonders gemeiner Weise aus, wie ich fand.

»Ich gehe heute abend nicht aus. Du hast mir alles verdorben. Wenn du nachher Julians Kaffee machst, bring mir auch eine Tasse. Ich werde wahrscheinlich im Studio sein.«

Ich nahm an, sie wollte deutlich machen, daß ich nicht mehr als ein Dienstbote für sie gewesen war. Es stimmte schließlich.

»In Ordnung«, sagte ich grimmig und ging.

Als ich auf dem Korridor stand, merkte ich, daß wir das ganze Haus aufgescheucht hatten. Mrs. Munsen wartete oben an der Treppe auf mich, und ich sah Rudkins Rockschöße um die Ecke verschwinden.

Meine unnatürliche Ruhe hielt an. Glücklicherweise schien Mary Munsen zu verstehen, und als sie darauf bestand, mir das Abendessen auf einem Tablett im Zimmer zu servieren, versuchte sie nicht, mich zum Reden zu bringen. Sie war eine weise alte Frau, und sie wußte, wie die Dinge standen.

Ich fühlte mich innerlich wie vereist; ich konnte nicht denken, ich konnte nicht planen, ich konnte nicht einmal bedauern. Ich packte allein, schlug die Hilfe der ganz offen tränenvollen Lily aus, und arbeitete mechanisch, bis ich sah, daß mein Reisewecker auf Viertel vor neun stand. Da kam ich zu mir und erfaßte langsam, was wirklich los war. Ich ging. Es hatte in einer Katastrophe geendet. Dies war das letzte Mal...

Als ich das Anrichtezimmer erreichte, weinte ich so hemmungslos, daß ich kaum den Schlüssel ins Schloß bekam. Meine erste Ernüchterung kam, als ich merkte, daß offenbar die Birne kaputt war, denn die Lampe ging nicht an. Wenn ich die Tür zum Flur weit offenließ, fiel gerade genug Licht herein, daß ich sehen konnte, was ich tat. Aber es spielte sowieso keine große Rolle, denn ich war blind vor Tränen, und außerdem war mir alles so vertraut wie meine eigene Hand.

Ich war wütend auf mich, weil ich weinte, aber ich konnte nicht aufhören, und mir graute davor, mit meinem verschwollenen Gesicht zu Rita gehen zu müssen – oder zu Julian, so gesehen. Ich machte die beiden kleinen Tabletts fertig – Julians gelbes, und ein identisches in Rosa für Rita. Ich hatte beide Tassen vollgegossen und zählte gerade die Tabletten für Julian ab, als ich Schritte im Flur hörte. Mrs. Munsen überwachte meine Kaffeezubereitung schon lange nicht mehr, aber ich dachte, sie käme heute abend vielleicht aus Mitgefühl, bis ich sah, daß es Rudkin war.

»Kein Licht, Miss?« fragte er in ähnlich sorgenvollem und bedauerndem Tonfall wie seine Schwester. »Moment mal.« Er stieg mit überraschender Wendigkeit auf einen Hocker und berührte die Birne, worauf es augenblicklich hell wurde. »War nur lose«, meinte er heiter. »Ich bin gekommen, Miss, weil ich dachte, es wäre Ihnen vielleicht lieb, wenn ich Mrs. Fayre ihren Kaffee bringe.«

Sie hatten also alles gehört. Das überraschte mich nicht. Rita hatte eine durchdringende Stimme, wenn sie laut wurde. Seine Freundlichkeit gab mir den Rest, und ich wandte mich ab, damit er mein Gesicht nicht sehen konnte.

»Ich weiß nicht, ob ihr das recht wäre«, murmelte ich.

»Das überlassen Sie mal mir, Miss.« Es klang ungeheuer ritterlich.

»Es ist das rosa Tab- Tablett«, schluchzte ich, und dann hörte ich die Tasse klappern, als er damit forteilte. Ich folgte ihm blind mit der anderen, und ich weiß nicht mehr, wie ich vom Anrichtezimmer ins Musikzimmer kam; aber als ich eintrat, waren die Lichter gedämpft, und Julian saß allein mit Stinker am offenen Feuer.

»Mary?«

»Nein, ich bin es, Julian.«

»Gillie.« Er stand sofort auf und nahm mir das Tablett ab. Sein Gesicht konnte ich nicht sehen, nur seine große, dünne Gestalt, die sich zu mir herunterbeugte. Ich machte keine Anstalten zu erklären, was vorgefallen war, aber er antwortete mir, als hätte ich gesprochen. »Ich habe es gehört«, sagte er. »Es tut mir so leid, Gillie. Ich entschuldige mich für sie.«

Es klang beinahe beängstigend, wie er das sagte. Ich bekam einen Eindruck von seinem Haß, und dessen Intensität überraschte mich.

»Trink deinen Kaffee, bevor er kalt wird«, sagte ich und sah zu, wie er seine Tasse nahm.

Das Licht vom Feuer flackerte, und der Welpe, die Nase zwischen den Pfoten, seufzte tief auf.

Ich kann an diesen Moment nie denken, ohne daß mich eine Welle puren Entsetzens überspült.

Er ging vorüber, die Tasse stand wieder auf dem Tablett, und wir standen uns in dem warmen Halbdunkel gegenüber. So vieles hätten wir uns zu sagen gehabt, und so wenig durften wir sagen.

»Ich fahre morgen früh«, sagte ich. »Leb wohl.«

»Leb wohl, Gillie«, flüsterte er ruhig. Er ging mit zur Tür und hielt sie für mich auf. Dann gab er mir einen Umschlag.

»Keine Widerrede«, sagte er rasch. »Nein, Gillie. Bitte. Ich könnte es nicht ertragen. Du mußt es nehmen, damit ich wenigstens weiß, daß du abgesichert bist, bis – bis später. Bitte, Liebste.«

So hielt ich den Umschlag zerknittert in der Hand, als ich in mein Zimmer kam. Er enthielt einen Scheck über zweihundertfünfzig Pfund und eine Notiz an einen Bankmanager, mit der Bitte, ein Konto für mich zu eröffnen.

Ich ging ins Bett und versuchte zu schlafen. Nie würde ich ihn, oder das Haus oder Mrs. Munsen wiedersehen, dachte ich. Dies war das Ende. Doch ich hatte mich geirrt.

Am nächsten Morgen um sieben wurde das ganze Haus von Mitzis Kreischen geweckt. Sie hatte entdeckt, daß Ritas Bett leer war, und als sie daraufhin ins Studio hinunterging, fand sie ihre Herrin dort auf der Couch liegend. Sie war schon kalt; ihre Augen standen weit offen, die Pupillen waren stecknadelkopfgroß zusammengezogen. Neben ihr auf dem rosa Tablett stand die Tasse, die ich ihr geschickt hatte. Sie war leer.

Jeder wußte es. Jeder im Hause wußte sofort, ohne daß man es ihm hätte sagen müssen, daß der Tod in dieser Tasse war. Jeder, das heißt, jeder außer mir. Und ich hatte den Inhalt zubereitet.

Ich konnte nicht glauben, daß Rita tot war, obwohl Mitzi es so lange gekreischt hatte, bis das Echo die Treppen herauf und durch die Gänge hallte und uns alle aus den Betten riß.

Ich versuchte, einen Sinn in das Geschrei zu bringen, und als die Worte langsam Gestalt annahmen, rappelte ich mich hoch, warf meinen Morgenmantel über, und rannte zur Treppe.

Es war natürlich noch dunkel, aber die Lichter in der Halle brannten, und die kalte Morgendämmerung, die sich grau in den hohen Fenstern zeigte, gab der Szene eine seltsam fremdartige und unnatürliche Atmosphäre.

Ich schaute nach unten und sah Rudkin aus dem Studio kommen. Er zitterte und hatte knallrote Flecken auf den Wangenknochen. Er stützte Mitzi, die aussah, als wolle sie gleich ohnmächtig werden.

Sie war sonst eine stabile, durch nichts zu erschütternde Frau mit dunklem Flaum auf der Oberlippe, wenn auch auf ihrem Kopf eine phantastische Kreation in Blond thronte. Doch nun schien sie gealtert, und ihre Schritte waren unsicher, als wisse sie nicht recht, wohin.

Sie waren schon in der Mitte der Halle, als sie plötzlich zu mir heraufschauten. Ich blickte in zwei Paar verängstigte Augen, aber selbst jetzt erkannte ich nicht das Mißtrauen. Ich war erschüttert, aber nur durch den Tod. Kein Anflug eines weiteren Schreckens drang zu mir durch, und es kam mir nicht in den Sinn, daß ich auf irgendeine Weise verwickelt sein könnte.

»Stimmt es?« fragte ich.

Mitzi gab einen unartikulierten Laut von sich, und ihre Augen blitzten mich an. Sie öffnete den Mund, um zu sprechen, aber der alte Mann ließ sie nicht.

»Gehen Sie schnell wieder in Ihr Zimmer, Miss«, sagte er in scharfem Ton zu mir. »Kommen Sie nicht herunter. Das ist kein Anblick für Sie.«

Es lag eine erschrockene und gleichzeitig gebieterische Bestimmtheit in seinem Befehl, aber ich dachte, damit sei nur gemeint, ich solle mich nicht einmischen, da ich nicht zur Familie gehörte.

»Aber sind Sie ganz sicher?« beharrte ich und warf einen ängstlichen Blick zum Studio. »Es erscheint mir unmöglich. Sind Sie sicher, Rudkin, daß sie wirklich –«

Mitzi fing gräßlich an zu lachen, und der alte Mann schüttelte ihren Arm und brachte sie abrupt zum Schweigen.

»Ich bin ganz sicher, Miss«, sagte er grimmig. »Bitte gehen Sie in Ihr Zimmer, wenn es recht ist.«

Inzwischen herrschte im ganzen Haus reges Leben. Türen wurden geöffnet, und von allen Seiten hörte ich Tuscheln und knappe Fragen. Ich ging langsam zu meinem Zimmer zurück, blieb in der Tür stehen und versuchte anhand des Raschelns und Flüsterns zu erraten, was unten vorging.

Ich nahm an, man hätte mich vergessen. Es fiel mir überhaupt nicht ein, daß der Name, den jeder auf den Lippen hatte, der aus diesem zum Grab gewordenen Studio trat, meiner war.

Die Erkenntnis, als sie dann kam, war furchtbar. Ich schlich, noch immer im Morgenmantel, vor meinem Zimmer herum, als eilige Schritte auf der Treppe zu hören waren, und im nächsten Augenblick Julian mir auf dem Flur entgegenstürzte.

Mein erster Gedanke war, daß er wieder wie ein Skelett aussah, der seidene Hausmantel schlackerte ihm um die langen Beine, sein helles Haar war zerwühlt, und seine Augen waren Höhlen des Jammers. Es lag noch etwas in seinen Augen, und ein Teil davon war Gott sei Dank Ungläubigkeit.

»Julian«, begann ich eifrig und verstummte, als ich seinen Gesichtsausdruck sah.

Er packte mich bei den Schultern, schob mich ins Zimmer und zog die Tür hinter sich zu. »Gillie«, sagte er heiser, »oh, Gillie, was hast du getan?«

Ich schrak vor seinen Augen zurück, deren verzweifelter Ausdruck mir Angst einjagte. »Getan?« wiederholte ich benommen.

Er legte mir beide Hände auf die Schultern, und seine

Finger gruben sich in mein Fleisch. Ich merkte, daß er zitterte, aber sein Blick ließ mich nicht los. Seine Augen schauten suchend in meine, entschlossen und gleichzeitig voller Angst, dort die Wahrheit zu lesen. »Gillie, liebstes Mädchen, was hast du in die Tasse getan?«

Es dauerte einige Sekunden, bis ich verstand, was er meinte, und dann verstand ich alles. In einem kurzen grauenvollen Filmausschnitt sah ich die ganze Geschichte klar vor mir.

Rita war vergiftet worden. Und ich hatte ihr als letztes gestern abend eine Tasse Kaffee gemacht. Es ist bekannt, daß Kaffee jeden Beigeschmack übertönt. Das Motiv? Wer hatte ein besseres als ich?

Einen winzigen Moment lang, während die volle Erkenntnis mich überflutete, ergriff mich wilde Panik. Ich merkte, wie meine Augen groß wurden, während Julian hineinstarrte, und der Mund wurde mir trocken. Doch dann, ganz plötzlich, erschien alles absurd.

»Nichts«, sagte ich gelassen. »Nur Kaffee. Der hat sie nicht umgebracht, Julian. Du hattest selbst welchen.«

Meine Stimme klang ganz ruhig; ihre Natürlichkeit beruhigte sogar mich. Ich wußte, daß ich keine Schuld hatte, noch war mir je auch nur entfernt ein derart schrecklicher Gedanke durch den Kopf gegangen.

Er las wohl etwas von meinen Überlegungen in meinem Gesicht, denn ich spürte, daß die Anspannung von ihm wich, und er blinzelte wie einer, der aus einem Alptraum erwacht. »Oh, Gott segne dich, Gillie«, sagte er mit unsicherer Stimme. »Gott segne deine wunderbare Vernunft, mein Liebes. Es tut mir entsetzlich leid. Vergib mir. Ich hätte es wissen müssen. Der Gedanke ist zu ungeheuerlich; ich hätte ihm keine Beachtung schenken dürfen, nicht einmal für eine Sekunde. Das Ganze kam so plötzlich, daß ich alle Vernunft verloren habe. Zuerst schien es keine andere Erklärung zu geben.« Seine Hände glitten von meinen Schultern, und er nahm meine Hände.

»Ist schon gut«, sagte ich, bemüht ihn zu trösten. »Es ist ja gut, Julian. Werde nur nicht wieder krank. Weißt du –«

Ich brach ab, als hinter uns die Tür aufging und Mrs. Munsen dastand und uns ansah. Julian ließ langsam meine Hände los, und wir drehten uns beide zu ihr um.

Man sah, daß sie beim Anziehen unterbrochen worden war. Ihr vertrautes Kleid stand am Hals offen und enthüllte ein altmodisches Mieder. Der Anblick war in gewisser Weise ungeheuer schockierend und machte die Katastrophe so deutlich, wie nichts anderes es gekonnt hätte. Ihr Gesicht war bis auf ein Geflecht von Äderchen kalkweiß, und als sie sprach, verzerrten sich ihre Lippen. Ihre Worte kamen unerwartet, und sie erschütterten mich. Sie war nicht einmal ärgerlich, sie hatte Angst. »Der Doktor ist unterwegs, Master Julian«, murmelte sie. »Um Himmels willen, Junge, verlassen Sie dieses Zimmer. Lassen Sie sich jetzt nicht mit ihr sehen.«

Hätte sie uns an den Schultern gepackt und unsere Köpfe zusammengestoßen, sie hätte unsere Lage nicht deutlicher machen können.

Julian zuckte zusammen, dann wurde er über und über rot. »Gut, Mary«, sagte er. »Ich gehe jetzt.« Aber bevor er ging, nahm er noch einmal meine Hände und sah ernst auf mich herunter. »Keine Angst, Gillie, und vergib mir um Himmels willen. Es wird alles gut, Liebste. Ich schwöre es. Mach dir keine Sorgen, wenn es geht.«

Mrs. Munsen stand da und hielt ihm die Tür. Ich sah ihr an, daß sie auf jedes neue Geräusch von unten lauschte; ihre Haltung verriet die Dringlichkeit, die sie empfand. Sie seufzte hörbar aber unbewußt, als er ging, aber sie folgte ihm nicht. Statt dessen machte sie die Tür zu und lehnte sich mit dem Rücken dagegen. Einen Augenblick stand sie da und sah mich an, in ihren kleinen dunklen Augen lag etwas seltsam Abwägendes. »Verhalten Sie sich ruhig, und ich helfe Ihnen«, sagte sie deutlich.

Ich starrte sie verblüfft an.

Sie achtete nicht darauf und sprach weiter, noch immer in demselben ruhigen und klaren Ton. »Ich helfe Ihnen so gut ich kann, und ich bin kein Idiot, aber wagen Sie es nicht, *ihn* mit hineinzuziehen. Er hat nie etwas gewußt. Ich kenne ihn, seit er ein Baby war, und kein Mensch kann mich von etwas anderem überzeugen. Retten Sie ihn, und ich werde Ihnen helfen.«

»Aber ich weiß auch nichts«, protestierte ich. »Ehrlich, Mrs. Munsen, Sie irren sich. Glauben Sie mir bitte. Ich habe nichts Unrechtes getan.«

Sie schüttelte den Kopf. »Verhalten Sie sich ruhig«, beharrte sie. »Sagen Sie gar nichts. Das ist das Sicherste für Sie.«

»Aber das ist alles absurd.«

»Nein.« Sie öffnete die Tür und lauschte einen Moment hinaus. Dann machte sie wieder zu und legte einen Finger auf die Lippen. »Sie sind alle unten. Sie ziehen sich am besten an und bleiben hier.«

»Also gut«, sagte ich, »aber Sie unterliegen einem lächerlichen Irrtum. In der Tasse war nichts außer Kaffee, als ich sie aus der Hand gegeben habe. Um Gottes willen, Mrs. Munsen, sehe ich etwa aus wie eine Mörderin?«

Ihre Antwort brachte mich zum Schweigen und traf mein Herz wie ein dünner, kalter Strahl. »Sie hatten so viel zu gewinnen«, sagte sie tonlos. »Ich habe sie auch gehaßt, aber ich bin nicht jung und nicht verliebt. Behalten Sie die Nerven, halten Sie den Mund, und lassen Sie ihn aus dem Spiel. Ich helfe Ihnen.«

Damit ging sie, und ich schlüpfte langsam in meine Kleider. Mir war kalt und elend vor Sorge. Diese ruhige Annahme meiner Schuld hätte ich nie für möglich gehalten.

Ich glaube, ich erwartete, daß die Polizei mich stehenden Fußes festnehmen würde, doch mein erster Besucher war der alte Dr. Crupiner.

Er kam mit schleppenden Schritten den Flur entlang, und ich holte ihm einen Stuhl, bevor ich noch etwas gesagt hatte, so alt und gebrechlich sah er aus. Er sank dankbar darauf nieder und schaute mit trübem, sorgenerfülltem Blick zu mir auf. »Eine Tragödie«, sagte er. »Eine große Tragödie, Miss Brayton. Man hat es Ihnen natürlich erzählt?«

»Ja«, sagte ich. »Ich kann es kaum glauben. Sie war so – so wohlauf gestern, als ich sie sah.«

Er nickte. »Arme Mrs. Fayre. Sie war so herrlich stark. Bemerkenswert vital. Ich glaube nicht, daß ich je einem Menschen begegnet bin, der so viel Energie ausgestrahlt hätte, und nun – du liebe Güte! Man darf gar nicht daran denken.« Der Schock hatte seine Selbstgefälligkeit verschwinden lassen, und er wirkte menschlicher als ich ihn je erlebt hatte.

»Was war es denn?« wollte ich wissen. »Warum ist es geschehen?«

Er kam mit einem Ruck wieder zu sich und betrachtete mich zweifelnd. »Miss Brayton, ich muß ein ernstes Wort mit Ihnen reden. Sie haben ihr gestern abend Kaffee gemacht, wie ich höre?«

»Ja. Oder besser gesagt, sie hat etwas von dem Kaffee bekommen, den ich für Colonel Fayre gemacht habe.«

»Aus demselben Topf?«

»Ja.«

»Hat er seinen getrunken?«

»Ja, ich war dabei.«

»Aha.« Er schwieg ein Weilchen. »Miss Brayton«, meinte er schließlich, »wir haben nach der Polizei geschickt, und ich weiß nicht, ob ich meine Kompetenz überschreite, wenn ich Ihnen dies sage, aber – äh, ich habe mich entschlossen, Ihnen zu vertrauen. Meiner Meinung nach besteht absolut kein Zweifel, daß Mrs. Fayre durch die Überdosis eines sehr stark wirkenden Narkotikums zu Tode gekommen ist, nachdem sie gestern abend den Kaffee getrunken hatte, und es gibt nicht den geringsten Anhaltspunkt, daß sie es selbst genommen hat.«

»Keinen Anhaltspunkt?« murmelte ich verwirrt.

»Kein Röhrchen«, sagte er. »Keine Schachtel. Niemand weiß etwas von irgendwelchen Medikamenten, die sie nahm. Ich selbst habe sie erst vor kurzem behandelt, und ich würde sagen, sie war der letzte Mensch, der zu so etwas Zuflucht nehmen würde.«

»Dann glauben Sie also, es war im Kaffee, was immer es gewesen sein mag?«

»Meine liebe junge Freundin, ich weiß es nicht. Ich glaube gar nichts. Ich erinnere mich nur, daß Mrs. Fayre mir einmal sagte, Sie seien als gelegentlich etwas zerstreut bekannt, ein bißchen geistesabwesend.«

»Nein«, protestierte ich. »Nein. Außerdem, wie hätte ich das anstellen sollen? Woher hätte ich so etwas bekommen? Oh, nein, Dr. Crupiner, in dem Kaffee, den ich ihr geschickt habe, war nichts.«

Er stand steifbeinig auf und seufzte. Ich verstand nur halb, daß er versuchte, mir einen Ausweg zu zeigen. »Das heißt, Sie beschuldigen Rudkin, wissen Sie das?« sagte er sanft.

»Aber natürlich tue ich das nicht!« stieß ich hervor. »Ich beschuldige niemanden. Ich glaube nicht, daß es so war. Ich sehe nicht, wie es hätte möglich sein können.«

Er schüttelte den Kopf, genau wie Mary Munsen. »Denken Sie nach«, sagte er leise. »Überdenken Sie alles sorgsam. Ja, Rudkin?«

Der Butler hatte an die Tür geklopft und streckte jetzt den Kopf herein. Er sah mich nicht an. Der Doktor schien ihn erwartet zu haben.

»Ich komme«, sagte er. »Sie sind da, ja? Miss Brayton, tun Sie mir die Liebe, und bleiben Sie vorerst, wo Sie sind. Auf Wiedersehen. Wir sehen uns wieder.«

Er ging mit großer Würde, und ich blieb einmal mehr allein. Ich tat mein Bestes, um nicht durchzudrehen. Mir war klar, daß alles ein Irrtum sein mußte, genau wie Julian gesagt hatte, aber ein sehr erschreckender. Ich hoffte, die Polizei würde sich beeilen und den richtigen Sachverhalt allen klarmachen. Das sagte mir der rationale Teil meines Verstandes; aber der Rest, der emotionale Teil, war einfach nur verängstigt, und das Gefühl der drohenden Gefahr war sehr stark.

Stunden schienen zu vergehen, bevor die Polizei mich sprechen wollte. Die Wintersonne schien hell an jenem Morgen, und sie tauchte das Zimmer in ein wehmütiges, wäßriges Licht, das auf meine gepackten Koffer fiel und sie noch schäbiger aussehen ließ, als sie schon waren. Endlich klopfte es. Ich machte sofort auf und trat beiseite, um den Mann, der vor der Tür stand, hereinzulassen.

Er sah nicht im mindesten so aus, wie ich erwartet hatte. Nichts von dem unerschütterlichen britischen Polizisten mit dem kühnen Blick. Er war dünn und ein wenig gebeugt, hatte kurzgeschnittenes graues Haar und war etwas schäbig, aber korrekt gekleidet. Er kam ohne ein Wort hereingeschlendert, und ich blickte in ein, ehrlich gesagt häßliches, aber nicht unsympathisches Gesicht mit blassen, freundlichen Augen und einem großen Mund mit zu vielen Zähnen.

»Sie sind also Gillian Brayton«, sagte er mit tiefer, ruhiger Stimme, die nicht im mindesten bedrohlich klang, und fügte dann vernichtend hinzu: »Das Mädchen, das den Kaffee gemacht hat.«

Ich warf ihm einen scharfen Blick zu. Er lächelte ein wenig, aber ich erwiderte es nicht. »Ja, ich habe ihn gemacht.«

»Und Sie fungieren hier als eine Art Gesellschafterin, aber keiner kennt Ihre Pflichten, außer daß Sie den Kaffee machen«, fuhr er fort und sah sich im Zimmer um, wobei sein Blick jede Einzelheit aufnahm.

Ich wußte nicht, was ich darauf antworten sollte, und so schwieg ich. Es stimmte natürlich in gewisser Weise, aber es klang höchst merkwürdig, wenn er es so unverblümt ausdrückte.

»Und Sie sind rausgeflogen.«

»Nein«, protestierte ich. »Nicht direkt. Ich – ich habe gestern abend von mir aus gekündigt.«

»Gekündigt«, wiederholte er tonlos, und ich bekam plötzlich Angst vor ihm. Er besaß Zielstrebigkeit; er hatte einen bestimmten Weg im Auge, er suchte nach etwas, und alle normalen Nebenaspekte menschlichen Miteinanders interessierten ihn dabei nicht. Er setzte sich abrupt auf mein Bett und sah zu mir auf, den Kopf zurückgelegt, den großen, pferdeähnlichen Kiefer vorgeschoben. »Erzählen Sie mir, wie Sie den Kaffee gemacht haben«, sagte er. Sein Ton war umgänglich und ein bißchen herablassend.

Ich erzählte es ihm genau und ging jeden Punkt bis ins kleinste Detail durch.

Er hörte aufmerksam zu. »Sie starb, nachdem sie ihn getrunken hatte, wissen Sie«, sagte er.

»Das habe ich gehört.«

»Von wem?« kam es scharf.

»Vom Doktor und Mrs. Munsen.« Mir fiel gerade noch rechtzeitig ein, daß es vielleicht besser war, Julians Namen nicht zu erwähnen.

»Das ist die Haushälterin? Nettes altes Mädchen. Hat ihr nicht das Herz gebrochen, daß ihre Herrin tot ist. Und Ihnen auch nicht, stimmt's?«

Die letzte Frage kam so direkt, daß ich zusammenfuhr. »Ich habe noch nicht ganz begriffen, daß es überhaupt passiert ist«, sagte ich wahrheitsgetreu.

»Nein, wahrscheinlich nicht. Was meinen Sie denn, wer ich bin?«

»Ein Polizeiinspektor.«

»Falsch. Kommissar. Ein höherer Dienstgrad. Hat die Haushälterin Ihnen gesagt, daß ich komme?«

»Nein. Der Doktor sagte es mir.«

Er seufzte und streckte sich lässig. »Ich habe viele Helfer«, meinte er so trocken, daß ich beinahe lächelte, dann merkte ich, daß er es von mir erwartete. »Egal, im Prinzip haben Sie recht. Mein Name ist Alexander McNaught, Bezirkskommissar. Ein in vielerlei Hinsicht bemerkenswerter Mann.«

Jetzt lächelte ich, und er schien erstaunt.

»Es gibt nicht viel Amüsantes an mir«, sagte er ernst. »Meine Aufgabe ist es, Fragen zu stellen. Wir gehen jetzt zusammen runter und sehen uns diese Anrichte an. Stimmt es, daß Sie den einzigen Schlüssel haben?«

»Ich glaube schon.« Ich zeigte ihm den Schlüssel, da wo er immer lag, in einer kleinen Porzellanschüssel auf dem Kaminsims.

Er nahm ihn ohne Begeisterung und verglich ihn mit meinem Zimmerschlüssel. Sie ähnelten sich nicht, und er zuckte die Achseln.

»Nicht alle Schlösser im Haus sind gleich. Das ist wenigstens etwas. Kommen Sie. Gehen Sie voraus.«

In der Halle waren mehrere Leute – ein Detektiv oder so etwas in Zivil und ein uniformierter Wachtmeister, die mir alle den gleichen, betont desinteressierten Blick zuwarfen, und Rudkin, der mir beherzt zulächelte. Er war also auf meiner Seite. Das war immerhin etwas.

Die Tür zum Studio war geschlossen. Ich blickte auf die glänzende Täfelung und ahnte, was dahinter liegen mußte. Zum ersten Mal begriff ich richtig, daß Rita tot war, und ich schwankte wohl etwas, denn McNaught legte mir die Hand auf die Schulter.

»Noch müssen Sie nicht seekrank werden«, sagte er. »Das Schiff hat noch nicht abgelegt. Ist das hier die Tür?« Er schloß auf und trat zur Seite, um mich vorbeizulassen. »Halten Sie die Arme am Körper. Berühren Sie nichts. Und nun erklären Sie mir noch einmal genau, was Sie gemacht haben, als Sie zuletzt hier drin waren.«

Ich wiederholte die Geschichte so genau ich konnte und deutete dabei auf jedes Utensil. Das kleine Zimmer war jetzt sonnendurchflutet; die leuchtenden Farben der Bemalung und des Porzellans strahlten vertraut und in unschuldiger Schönheit. Als ich an die Stelle kam, wo ich die Tabletten abzählte, unterbrach er mich.

»Wo ist die Flasche?«

»Dort.« Ich zeigte auf die Phiole. Sie stand an ihrem Platz, direkt vor dem ersten Bord, genau da, wo ich sie hingestellt hatte. Als mein Blick darauf fiel, zuckte mein Herz. Die Flasche sah genauso aus. Sie war etwa so voll, wie sie sein mußte, und ich sah die kleinen weißen Tabletten schwach durch das getönte Glas scheinen. Aber das Etikett stimmte nicht. Die Verordnung war mit einer krakeligen Handschrift geschrieben, aber nicht mit genau derselben, und sie war kürzer. Als ich mich vorbeugte, um sie zu lesen, tat McNaught dasselbe.

Mrs. Fayre. Die Tabletten. Eine, wenn die Schmerzen am stärksten sind.

»Oh, mein Gott!« Ich hörte den Ausruf, als hätte jemand Fremdes ihn getan, und McNaught packte mich an den Schultern.

»Was ist los?«

»Es ist falsch«, murmelte ich und deutete auf die Flasche. »Es ist eine andere. Nicht Julians.«

Er drehte mich zu sich herum, und sein Blick war hart und eindringlich. »Sind das die Tabletten, die Sie gestern abend benutzt haben?«

»Ich – ich weiß es nicht.« Nachdem ich das zugegeben hatte, mußte ich es auch erklären. »Es war dunkel. Das habe ich ja schon erzählt. Ich habe Colonel Fayre diese Tabletten seit Wochen jeden Abend gegeben. Es ist das einzige Tablettenfläschchen hier, und nur ich komme ins Anrichtezimmer. Ich – ich lese das Etikett nicht jedesmal – warum sollte ich auch? Ich verstehe nicht, was passiert ist. Wie kommt das hierher?«

»Sie könnten also nicht beschwören, daß Sie gestern abend nicht dieses Fläschchen benutzt haben?«

»Nein. Nein, aber –«

»Aber was?«

»Aber es war Julians Tasse, in die ich die Tabletten getan

habe. Ich habe sie ihm selbst gebracht. Das hier sind offenbar Ritas, nicht? Da steht ›Mrs. Fayre‹.«

»Man sollte es meinen«, sagte er langsam und beugte sich noch einmal vor, um sich die Schnörkel ganz unten auf dem Schild genau anzusehen. Es war wohl ein Datum. Ich konnte es nicht lesen.

McNaught las etwas daraus, denn er rief den Flur hinunter nach Rudkin, hielt mich aber weiter fest. Der alte Mann kam augenblicklich, als habe er schon darauf gewartet. Er sah aus wie ein verwitterter Geist, den ein unsteter Wind vor sich herbläst.

McNaught zeigte ihm das Fläschchen. »Nicht berühren!« ordnete er an. »Aber schauen Sie es sich an. Schon mal gesehen?«

Ich war sicher, daß Rudkin es leugnen würde, und seine Reaktion erstaunte mich. Er las die Zeilen laut und mit unsicherer Altmännerstimme, dann richtete er sich auf, blanke Verwunderung im Gesicht.

»Gütiger Gott, Sir«, sagte er.

»Sie kennen es?«

»Ja, Sir, ich dachte, es sei weggeworfen worden. Als ich es zuletzt gesehen habe, hatte es meine Frau in der Hand.«

»Ihre Frau? Aber sie ist doch tot, oder? Sagten Sie nicht, Sie seien Witwer?«

»Das stimmt, Sir. Und ich bin es seit drei Jahren. Meine Frau gehörte auch zum Haushalt. Sie war Mrs. Fayres Zofe.«

McNaught stieß hörbar die Luft aus. »Die alte Mrs. Fayre ist also vor ihr gestorben? Sie war die Mrs. Fayre, die auf diesem Schild gemeint ist?«

»Ja, Sir. Das war ein Medikament für die alte Herrin.«

»Aha.« McNaught hielt inne und schaute von einem zum andern. »Wußten Sie davon?« wollte er von mir wissen.

»Nein«, erklärte ich.

Er seufzte und wandte sich an Rudkin. »Also gut. Wir reden jetzt von vor drei Jahren. Als Ihre Frau Ihnen dies hier zeigte, hat sie da irgend etwas darüber gesagt? Versuchen Sie, sich genau zu erinnern.«

Rudkin war unerwartet klar. Seine Augen, die ebenso schwarz waren wie die seiner Schwester, wirkten erregt, aber bemerkenswert wenig schuldbewußt. Es war klar, daß er ehrlich neugierig war und gern helfen wollte. »Es war am Tag nach der Beerdigung der armen Misses«, sagte er. »Wir waren alle sehr bedrückt, und die arme Harriet weinte, während sie aufräumte. Ich kam dazu, als sie die Sachen unserer armen Lady aussortierte. Dann hat sie mir das Fläschchen hier gezeigt, ein wunderbares Zeug, sagte sie, und daß sie dem Doktor bis ans Ende ihrer Tage dankbar sei, weil er es der Misses verordnet hat. Es vertreibt die Schmerzen, hat sie gesagt.«

»War das der Arzt, mit dem ich heute vormittag gesprochen habe?«

»Nein, Sir. Sein Bruder. Er ist auch gestorben, noch bevor das Jahr zu Ende war, der arme alte Gentleman.«

»Auch tot?« McNaught war erbittert.

»Ja, Sir. Er und die Misses und Harriet, alle in einem Jahr.«

»Sehr traurig, sicherlich. Was wollte Ihre Frau mit der Flasche machen? Wissen Sie das?«

»Nein, Sir. Ich habe ihr gesagt, sie soll sie dem Doktor zurückgeben, falls die Tabletten gefährlich sind.«

»Sie scheint es nicht getan zu haben.«

»Offensichtlich nicht, Sir.«

»Was hat sie Ihrer Meinung damit getan?«

Rudkin sah auf, und der Blick aus seinen schwarzen Augen war schnell und abwägend. »Wie ich Harriet kenne, hat sie es wahrscheinlich versteckt, Sir, irgendwo im Haus, in der Annahme, man könnte es vielleicht irgendwann gebrauchen. So war sie, meine Harriet.«

»Haben Sie die Flasche seitdem mal gesehen?«

»Nein, Sir. Nie mehr. Bis eben.«

McNaught war noch nicht zufrieden. »Ich finde das seltsam«, sagte er. »So was liegt nicht drei Jahre lang in einem Haus herum, ohne daß es jemandem auffällt.«

»Das kann schon passieren, Sir, wenn es versteckt ist. Es ist ein großes Haus.«

Der Kommissar zog die Schultern hoch. Er wurde immer niedergeschlagener. »Vielleicht«, stimmte er zu. »Noch eine Frage. Sie wissen nicht zufällig, was es *ist,* oder?«

»Ich glaube, das weiß ich, Sir.« Im Gesicht des alten Mannes zuckte es vor Erregung. »Ich glaube, es ist Morphium. Das hat Harriet jedenfalls gesagt.«

McNaught wandte sich von ihm ab und sah mich nachdenklich an. »Und Sie, Miss Brayton«, murmelte er, »wissen Sie zufällig auf Anhieb, wie hoch die tödliche Dosis Morphium ist?«

»Nein«, flüsterte ich.

Er betrachtete mich weiter neugierig, ja beinahe prüfend. »So, so«, sagte er.

Den Rest des Tages verbrachte ich in meinem Zimmer. Sie hielten mich dort fest. Ich stand nicht unter Arrest, war nur eingeladen, dort zu bleiben, und ein Beamter in Zivil war im Flur stationiert, um sicherzustellen, daß ich die Einladung annahm.

Keiner der anderen Hausbewohner durfte zu mir. Als die sicher völlig verschreckte Lily mit einem Frühstückstablett für mich heraufgeeilt kam, bestand der Detektiv unter dem Mäntelchen der Höflichkeit darauf, es ihr abzunehmen. Er war ein großer, salopper Mensch mit sanften Augen und lächelndem Mund, der mir das Tablett hereinbrachte, nachdem er sie weggeschickt hatte. Aber als ich anbot, ihm einen Kaffee einzugießen, wenn er sich eine Tasse holte, warf er mir einen ziemlich merkwürdigen Blick zu.

Doch McNaught hatte nicht mit Mrs. Munsen gerechnet. In meinem Bad gab es einen Trockenschrank, dessen Bodenbretter man herausnehmen und so in den entsprechenden

Schrank in der Küche hinuntersehen konnte, wo die Küchenhandtücher zum Trocknen hingen. Darin hörte ich sie, kurz nachdem Lily wieder nach unten gegangen war, leise klopfen, und als ich hineinschaute, stand sie auf einem Stuhl und sah zu mir herauf.

»Ich bin hier«, sagte sie, als sei es das Wichtigste. »Haben Sie mal bloß keine Angst. Er weiß noch nicht, wo er steht.«

»Was passiert denn?« flüsterte ich.

»Man hat sie weggebracht«, murmelte sie zurück. »Er ist im Studio, macht ein Büro draus, und holt uns einen nach dem anderen herein, um uns auszufragen. Der Koch ist gerade drin.«

»Ist der Doktor nach Hause gegangen?«

»Ja. Rudkin hat sie in der Halle reden hören. Irgendwas über die Unterlagen seines Bruders, in denen er etwas nachsehen sollte. Wir sagen alle, daß wir nichts von dem Fläschchen wußten, das Harriet aufgehoben hat.«

»Ist das wahr?«

»Natürlich. Wir werden doch nicht lügen. Diese Mitzi macht Ärger. Sie haben sie erwischt, wie sie Dr. Phoebus angerufen hat.«

»Ist er herübergekommen?«

»Noch nicht. Miss Gillie –«

»Ja?«

»Sie denken daran, was ich Ihnen gesagt habe. Lassen Sie Mister Julian aus dem Spiel, Kindchen. Er ist nicht kräftig genug, um es durchzustehn. Versprechen Sie das.«

»Ja«, antwortete ich mit Entschiedenheit. »Ich verspreche es Ihnen.«

Sie zog sich zurück, und ich ging wieder ans Fenster, wo ich die Stirn gegen die kalte Scheibe preßte und mich bemühte, klar zu denken. Was immer ich getan hatte, es war irrtümlich geschehen. Das mußten sie, so dachte ich, doch erkennen. Menschen wurden nicht zu Unrecht verurteilt, nicht heutzutage. Indizienbeweise waren nicht alles; außerdem gab es kaum welche, es sei denn, sie entdeckten ein Motiv.

Es hatte keinen Sinn, sich über das Motiv etwas vorzumachen. Ich hatte das beste Motiv der Welt, oder hätte es gehabt, wären Julian und ich nicht die Menschen, die wir waren. So gab es nichts zwischen uns – nichts, das man nach menschlichem Ermessen falsch auslegen konnte.

Nichts. Jetzt, und erst jetzt fiel mir der Scheck wieder ein, und der Brief an den Bankmanager. Ich hatte seit gestern abend nicht mehr daran gedacht.

Mit weichen Knien ging ich durchs Zimmer zu meiner Handtasche. Ich konnte es nicht fassen, daß ich so dumm gewesen war, sie zu vergessen, aber so war es; und noch schlimmer, ich hatte alles im Zimmer liegen lassen, als ich mit dem Kommissar nach unten in die Anrichte ging. Meine Finger waren so zittrig, daß ich kaum die Tasche aufbekam, und als es mir endlich gelang und mir die Leere entgegenstarrte, fröstelte ich bis ins Mark.

Sie hatten das Zimmer durchsucht und den Umschlag gefunden, und nun lagen die belastenden Dinge unten, und jeder konnte seine Schlüsse daraus ziehen.

Als die Mittagszeit kam, brachte der Detektiv mir ein neues Tablett. »Wir wollen der Dame doch den Weg sparen«, sagte er mit aufgesetzter Fröhlichkeit, die nicht einmal ein Kleinkind getäuscht hätte.

Ich konnte nichts essen, und ich konnte nicht denken. Wäre ich schuldig gewesen, hätte ich vielleicht zumindest einen Plan schmieden können. So war ich hilflos. Ich dachte an Julian, und unversehens betete ich, er möge, was immer geschah, durch diese ganze Sache nicht wieder krank werden. Ich glaube nicht, daß Rita mir überhaupt in den Sinn kam.

Es war beinahe drei Uhr, als sie endlich nach mir schickten. Das Zimmer lag schon im Schatten, und ich war steif und ausgekühlt, als der Detektiv den Kopf hereinsteckte, um mir zu sagen, daß ich verlangt würde.

Jetzt kommt es. Jetzt werden sie mich verhaften. Die Worte klangen mir so deutlich in den Ohren, als hätte ich sie ausgesprochen. Ich überlegte, ob ich mich an jemanden um Hilfe wenden sollte, oder ob Onkel Greys alte Anwälte für mich eintreten würden. Wenn ich sie mir so ins Gedächtnis rief, war es allerdings fast besser, wenn sie ablehnten.

Das erste, was mir beim Eintritt ins Studio ins Auge fiel, war der Umschlag, in dem Julians Scheck gewesen war. Er lag auf dem Spiegeltisch, den der Kommissar zu seinem Schreibtisch gemacht hatte. Er war so augenfällig plaziert, daß ich wußte, ich sollte ihn sehen.

Ich nahm ihn auf. »Das war in meiner Tasche.«

Er zog die Augenbrauen hoch. »Wir passen gut darauf auf«, meinte er trocken. Er saß hinter dem Tisch auf einem der weißen Empire-Stühle und wirkte dadurch noch verstaubter. Gleich darauf grinste er mich an. Das war nicht der Empfang, den ich erwartet hatte, und auch sein Eröffnungszug war überraschend. »Haben Sie je versucht, in diesem Haus etwas zu finden?«

»Nein, ich glaube nicht.«

»Dann haben Sie wohl nie was verloren. Also, ich mag mich nicht damit zufrieden geben. Wir haben zwei Dinge verloren, Miss Brayton, und obwohl wir den ganzen Klimbim durchsucht haben, können wir bis jetzt weder das eine noch das andere finden.«

Sein Blick wanderte durchs Zimmer, und ich sah es einmal mehr in all seiner grau-weißen Modernität. Die Flaschen in den antiken Bücherschränken wirkten ziemlich vulgär, wie Ferdie gesagt hatte. Etwas absurd, daß es mir gerade jetzt erneut auffiel.

McNaught wandte sich wieder an mich. »Das erste, wonach wir suchen, ist der zweite Schlüssel zum Anrichtezimmer, falls es je einen gegeben hat. Ein ungewöhnlicheres Schloß, als ich angenommen hatte. Kein anderer Schlüssel im Haus paßt.«

»Ich habe nie einen ähnlichen gesehen«, sagte ich langsam. »Aber meiner lag immer den ganzen Tag in der Schale.«

»Sie waren gestern abend von halb sieben bis Viertel vor neun in Ihrem Zimmer und haben gepackt?«

»Ja, so ungefähr.«

»In der Zeit hat ihn also niemand ausgeliehen. Das andere, was ich gerne finden würde, ist das Luminal.«

»Luminal?«

»Die ursprüngliche Flasche mit den Tabletten. Colonel Fayres Beruhigungsmittel.«

»Oh, hieß es so? Das habe ich gar nicht gewußt«, sagte ich wahrheitsgemäß, und dann, als mir die völlige Absurdität des Ganzen klar wurde: »Aber sie war gestern abend da, im Anrichtezimmer. Sie muß dagewesen sein. Ich habe Julian vier Tabletten gegeben, ich habe sie in seinen Kaffee getan, und ich habe gesehen, wie er ihn getrunken hat.«

»Das sagten Sie schon.« Es klang eher resigniert als geringschätzig, und sein nettes, häßliches Gesicht wirkte kummervoll. »Setzen Sie sich hier hin«, sagte er und deutete auf einen Stuhl beim Tisch. »Ich möchte über etwas anderes mit Ihnen reden. Übrigens, Ihnen ist bewußt, daß wir Notizen machen, nicht?«

Es war mir bewußt. Ich hatte den Mann mit dem Füllfederhalter gleich beim Hereinkommen bemerkt. »Ja«, sagte ich, »das habe ich gesehen.«

»Sie sind eine sehr besonnene junge Dame.«

»Ich fühle mich nicht so.«

Er quittierte das mit schiefgelegtem Kopf und einem fragenden Blick, etwas freundlicher sagte er: »Wie ich Colonel Fayres Worten entnehme, war er es, der Ihnen nahegelegt hat, zu gehen. Stimmt das?«

»Ja.« Jetzt kam es.

»Der Grund, den er angibt –« McNaught warf einen Blick auf den Notizblock vor sich und sprach die Worte betont langsam aus – »der Grund, den er angibt, ist, daß er den

Eindruck gewonnen hatte, Sie hätten ihn allmählich zu sehr ins Herz geschlossen.«

Wenn er gehofft hatte, mich damit zu erschüttern, wurde er enttäuscht. Ich wußte nicht, ob das alles war, was Julian gesagt hatte, noch ob er es überhaupt gesagt hatte. Ich blieb auf der Hut. »Hat er das geglaubt?« fragte ich vorsichtig.

»Wußten Sie es nicht?«

»Er hat es mir nicht gesagt.«

»Dann drücken wir es mal so aus: Stimmte es?«

Es war schwierig. Ich wußte nicht, wieviel von der Antwort abhing.

»Stimmte es?«

»Ich mag ihn sehr gern«, sagte ich hilflos. »Ich habe ihn so gern, daß ich sofort eingewilligt habe, als er mir vorschlug zu gehen.«

»Weil Sie es für anständig hielten?«

»Weil ich – ich wollte helfen«, sagte ich.

»Ich verstehe.« McNaught kippelte mit dem zierlichen Stuhl, der gefährlich knarrte. Sein Vorstoß kam aus heiterem Himmel. »Offenbar hatte Colonel Fayre den Eindruck, daß Sie von seiner Frau bewußt ins Haus geholt wurden, in der Hoffnung, er würde sich mit Ihnen kompromittieren.«

»Was?« Ich war aufgesprungen, jegliche Vorsicht war vor lauter Zorn und Überraschung vergessen.

Er winkte mir, mich zu setzen. »Das ist Ihnen also neu?«

»Es ist absurd. Ich bin engagiert worden, weil Rita mir vertrauen konnte. Der Doktor hat es mir ganz zu Anfang gesagt.«

»Das hat er mir auch gesagt«, McNaught kratzte sich am Ohr. »Andere ziehen die zweite Version vor.«

»Aber wozu?« beharrte ich. »Warum sollte sie so etwas wollen? Welche Frau würde das wollen?«

Er betrachtete mich mit seinen hellen Augen. »Ich frage mich, ob jemand auf dieser Erde so unschuldig sein kann, wie Sie aussehen«, meinte er. »Natürlich sind Sie erst zwanzig und ›wohlerzogen‹, wie man so sagt. Es mag Ihnen noch nicht in den Sinn gekommen sein, daß ein Richter gewisse Vergehen im Verhalten einer Ehefrau durchaus entschuldigen und sich sogar so weit vergessen könnte, ihr einen erklecklichen Unterhalt zuzuerkennen, wenn ihr Mann sie unter ihrem eigenen Dach betrügt.«

»Das glaube ich nicht«, sagte ich. »Ich kann es von niemandem glauben, und ich glaube es nicht von Rita. Es ist ein ekelhafter Gedanke. Rita hat mich ausgesucht, weil wir in der Schule Freundinnen waren.«

Die hellen Augen schauten ruhig und fragend. »Ziemlicher Altersunterschied«, bemerkte er. »Dicke Freunde können Sie nicht gewesen sein. Sie sind heute erst zwanzig, und Mrs. Fayre hat schon einige Jahre im Ausland gelebt, oder?« Er hatte so entsetzlich recht. Ich konnte direkt fühlen, wie sich die Erde unter mir auftat. Seine abscheuliche Andeutung erklärte so vieles, besonders meinen Empfang im Hause.

»Das waren Fayres Hintergedanken, als er Sie zum Gehen aufforderte.«

»Nein.«

»Woher wissen Sie das?«

Ich sah die Falle gerade noch rechtzeitig. »Dann hätte er mich früher weggeschickt, nicht erst jetzt.«

McNaught kippte geräuschvoll mit seinem Stuhl wieder nach vorn. »Warum haben Sie die Birne losgedreht, so daß sie gestern abend nicht anging?«

»Das habe ich nicht.«

»Aber sie war losgedreht, oder? Rudkin hat sie wieder festgeschraubt?«

»Ja.«

»Birnen in Lampen lösen sich nicht von allein.«

»Ich habe es nicht getan. Warum sollte ich?«

Er antwortete nicht, sondern wechselte mit verwirrender Plötzlichkeit das Thema. »Colonel Fayre hat Sie nicht gleich zu Anfang rausgeworfen, weil er keine Angst vor Ihnen hatte. Aber dann hatten Sie schließlich doch Fortschritte gemacht.«

»Nein.«

»Sie sagen also, daß Sie nicht eingeweiht waren. Sie und Mrs. Fayre haben nicht gemeinsame Sache gemacht?«

»Ja.«

»Sie waren also doch beteiligt?«

Ich war dabei, mich hoffnungslos zu verheddern, und ich wußte es. Er war mein Feind geworden, und langsam aber sicher machte er mich mürbe.

»Entscheiden Sie sich. Was war es nun? Sie haben gemeinsam mit ihr die ganze Geschichte ausgeheckt, und gestern abend hat der Colonel alles durchschaut? Ist es so?«

»Nein.«

»Dann –«

»Entschuldigen Sie vielmals. Ich hatte keine Ahnung, daß hier jemand ist.« Die sanfte Stimme von der Tür überraschte wohl alle.

McNaught hielt mitten im Sturm inne und starrte wütend durchs Zimmer, seine Augen blitzten vor Ärger. »Wer hat Sie hereingelassen?«

Die abrupte Frage ließ den Besucher, der schon auf dem Rückzug war, umkehren, und Henri Phoebus erschien. Ich war entsetzt über die Veränderung, die mit ihm vorgegangen war. Er sah aus, als habe er eine lange und schreckliche Tortur hinter sich. Sein plumpes Gesicht war angespannt, und die Augen lagen tief in den Höhlen. »Ich bin schon ein kleines Weilchen im Haus«, sagte er mit einer Spur seiner normalen Munterkeit.

»Steht denn niemand an dieser Tür?« wollte McNaught wissen.

»Im Augenblick nicht. Aber es tut mir leid, wenn ich störe. Ich werde mich sofort zurückziehen. Wie ich schon sagte, ich dachte, das Zimmer sei leer.«

McNaught ließ ihn gehen, aber er folgte ihm in die Halle,

und wir hörten ihn in scharfem Ton mit dem Wachtmeister sprechen, der für einen Augenblick seinen Posten verlassen haben mußte. Gleich darauf kam er zurück, nahm aber die Befragung nicht wieder auf. In seinen Augen lag ein neuer Ausdruck. Er sah nachdenklich aus, so als versuche er, sich etwas ins Gedächtnis zurückzurufen, was ihm entfallen war. »Wer ist das? Kennen Sie ihn?« Ich sagte es ihm, und er schüttelte den Kopf. »Phoebus?«

»Ich glaube, er ist ziemlich bekannt – zumindest hat Rita das mir gegenüber angedeutet. Er war ihr Entrepreneur.«

»Was zum Teufel ist denn das?«

»So etwas wie ein Impresario, oder? Sie hat doch gemalt.«

»Habe ich gehört«, murmelte er abwesend. »War er oft hier?«

»Ziemlich oft.«

»Hat er sie gekannt, als sie im Ausland war?«

»Ich –« Die Worte erstarben mir auf den Lippen, als ich zufällig seinen Gesichtsausdruck bemerkte.

Der Gedanke, der ihm gekommen war, hatte ihn offensichtlich erschüttert. Er stand da und starrte vor sich hin, auf seinem Gesicht mischte sich Unglauben mit Verwunderung.

»Ich weiß es nicht«, beendete ich meinen Satz.

Er sah mich kurz mit leerem Blick an. »Nein«, meinte er endlich. »Nein, das können Sie nicht wissen. Sie gehen am besten in Ihr Zimmer und bleiben dort. Hören Sie, Mason.«

Der Mann mit dem Notizbuch stand auf und kam zu ihm, und ich war momentan vergessen; aber sobald ich aus dem Zimmer trat, war der dicke Detektiv wieder an meiner Seite und sobald wir oben ankamen, nahm er seinen Posten im Flur wieder ein. Als ich mein Zimmer betrat schaute ich zufällig in den Spiegel. Ich sah aus wie in sehr hellem Licht verblichen, und in meinem Gesicht traten Knochen hervor, von denen ich gar nichts gewußt hatte.

Ich setzte mich hin und versuchte, mir alles etwas deutlicher zu machen, aber mein Verstand war verwirrt von der einen grauenvollen Frage, die mich die ganze Zeit verfolgte und sich immer dann zwischen meine Gedanken drängte, wenn sie klar und konstruktiv sein sollten.

Hatte Julian wirklich gedacht, Rita und ich –

Ich glaubte es nicht. Ich konnte es nicht glauben, aber ich wußte es nicht genau. Julian hatte mir nie in Worten gesagt, daß er mich liebte. Angenommen, ich war die ganze Zeit über in einem schrecklichen Irrtum gefangen gewesen, und er war nur freundlich zu mir, während er dachte –

Weiter mochte ich nicht denken, ich weigerte mich einfach, aber ich ging durch eine kleine Vorhölle, dort oben in der Dämmerung jenes Winterabends.

Etwas später klopfte mein Gefängniswärter wieder. Ich dachte, er sei gekommen, um mich zu weiteren Fragen nach unten zu rufen, aber er brachte mir nur ein neues Essenstablett. Er setzte es auf dem Tisch ab, ging wieder, und ließ mich mit offenem Mund davor stehen. Daran war nicht die Teekanne oder die hauchdünne Tasse schuld, sondern das Tablett selbst.

Es war rosa. Ja, sicher war es rosa. Es mußte das sein, das ich gestern abend für Rita zurechtgemacht hatte. Und doch konnte ich mir nicht vorstellen, daß jemand so grausam war, es aus dem Studio zu holen, nachdem man die vergiftete Kaffeetasse weggebracht hatte, und es mir nun zu schicken.

Ich nahm das Teegeschirr herunter und knipste das Licht an. Jetzt konnte ich sehen, daß es gelb war. Und die Wahrheit – oder zumindest ein Teil davon – dämmerte mir ganz entfernt.

Ich beschloß, bis nach Mitternacht zu warten; vorher wagte ich es nicht. Ich hatte vor, nach unten ins Studio zu gehen und mir das Tablett anzusehen, wenn es noch da war.

Es war ein schlimmes Wachen dort oben in dem freundlichen kleinen Zimmer, das mir so ans Herz gewachsen war. Das Tablett lag, wo ich es abgelegt hatte, hin und wieder warf ich einen Blick darauf, und jedesmal war ich sicherer, daß meine Annahme stimmte.

Gegen zehn hörte ich ein Klopfen vom Trockenschrank und

eilte ins Bad, wo ich gleich darauf Mrs. Munsen auf dem Stuhl stehend zu mir hochschauen sah.

»Der Kommissar ist endlich gegangen«, flüsterte sie. »Vor zehn Minuten ist er weg und hat gesagt, Sie sollen nicht gestört werden.«

»Und die anderen? Hat er sie mitgenommen?«

»Nein, die sind noch da, aber sie bleiben sicher nicht die ganze Nacht. Rudkin meint, sie lassen wahrscheinlich einen Mann in der Halle, der auf uns aufpaßt, aber man weiß nie. Ich gehe jetzt ins Bett. Ich bin todmüde.«

»Das kann ich mir vorstellen«, sagte ich abwesend.

Ich überlegte schon die ganze Zeit, ob ich sie wohl um etwas bitten konnte, einen Gefallen, aber die Frage blieb mir im Hals stecken.«

»Dr. Phoebus hat sich auch davongemacht«, flüsterte sie. »Ich habe ihm geradeheraus gesagt, dies sei nicht das richtige Haus für Besucher. Er ist ab wie ein geprügelter Hund. Hat sich überall herumgetrieben heute, wie ein Irrer. Lily hat ihn sogar einmal in *ihrem* Schlafzimmer gefunden.«

»In Ritas Schlafzimmer?« sagte ich überrascht.

»Ja. Da hatte er doch wahrhaftig den Teppich zurückgeschlagen, und als Lily ihn angestarrt hat, da hat er nur gefragt, ob die Polizei noch im Studio ist.«

»Dort war er also noch nicht?« fragte ich schnell, während meine Gedanken zu dem Tablett flogen.

»Allerdings nicht«, bestätigte sie grimmig und kletterte langsam vom Stuhl. »Er und Mitzi haben den ganzen Tag in allen möglichen Ecken miteinander herumgeflüstert. Wenn Sie mich fragen, da spielt sich was ab zwischen den beiden, wovon wir nichts wissen. Die suchen etwas. Also, gute Nacht, Miss, und vergessen Sie nicht, was ich Ihnen gesagt habe.«

»Oh, bitte warten Sie«, murmelte ich hastig, dankbar, daß sie die Röte in meinem Gesicht nicht sehen konnte. »Mrs. Munsen, könnten Sie – dürfte ich Sie bitten, dem Colonel eine Nachricht zu überbringen?«

Sie war sofort mißtrauisch. Ich fühlte förmlich, wie sie mich im Halbdunkel des Schrankes scharf beäugte. »Was wollen Sie ihm sagen?«

Ich wußte es nicht. Das war das Schreckliche. Ich wollte nur eine Reaktion, ein bißchen Bestätigung. Es war Wahnsinn. Das war mir klar, und ich schämte mich dafür. Aber mehr als meine Sicherheit, mehr als alles auf der Welt, interessierte mich, ob es stimmte, was McNaught angedeutet hatte.

Sie wartete auf eine Antwort, und ich wollte sie auf gar keinen Fall gegen mich aufbringen. Da fiel mir eine mögliche Entschuldigung ein. »Ich – ich wollte ihm sagen, daß sie von dem Scheck wissen«, erklärte ich.

Zu meiner Verwunderung lachte sie leise. »Das weiß er alles schon.«

»Woher wissen Sie das? Hat er – hat er es Ihnen gesagt?«

»Nein, ich habe gehört, wie sie ihn ausgefragt haben.«

»Mrs. Munsen, wie können Sie das gehört haben? Wo waren Sie?«

»Im Studio«, sagte sie ruhig. »Es gibt Mittel und Wege in diesem Haus Dinge zu hören, wenn man sich auskennt.«

Das Eingeständnis ihres Lauschens kam vollkommen selbstverständlich. Da wurde mir klar, daß Julian für sie immer noch ein Kind war; sie hatte nicht die geringsten Skrupel, wenn es um sein Wohlergehen ging.

»Was hat er denn erzählt?« fragte ich atemlos.

»Die Wahrheit natürlich«, antwortete sie verächtlich. »Er hat es nicht nötig zu lügen. Er hat ihnen gesagt, daß er ein mittelloses Mädchen nicht ohne einen Pfennig in die weite Welt schickt.«

Das klang schrecklich kalt.

»Es war ziemlich viel Geld«, murmelte ich.

»Das haben die auch gesagt«, stimmte sie zu, »und versucht, es negativ hinzustellen. Aber er hat sie schnell auf ihre Plätze verwiesen. Er sei ein reicher Mann und nicht gewöhnt, halbe Sachen zu machen.«

»Ist das alles, was er gesagt hat?«

»Alles, was ich weitergebe, Miss, und ich bringe ihm keine Briefchen. Der junge Herr ist ins Bett gegangen und, so Gott will, inzwischen eingeschlafen. Wenn ich Sie wäre, würde ich das jetzt auch tun.«

Ich hörte sie vom Stuhl steigen, kniete mich auf den Fußboden und lauschte ihr nach. »Mrs. Munsen«, sagte ich. »Ich habe es nicht getan.«

Einen Augenblick herrschte Stille, dann tönte ihre Stimme zu mir herauf, hart im Dunkel. »Es tut mir nicht leid, daß es geschehen ist«, sagte sie. »Und nun gehen Sie ins Bett, und behalten Sie einen klaren Kopf. Beten Sie, wenn Sie keine Angst davor haben.«

Um elf ging der dicke Detektiv. Zumindest konnte ich seine breite Gestalt nirgends entdecken, als ich aus meiner Tür sah. Ich mußte also nur auf den anderen Mann achten, von dem Rudkin gemeint hatte, sie würden ihn in der Halle wachen lassen.

Trotzdem war ich ziemlich nervös. Ein paarmal meinte ich Schritte auf dem Flur zu hören, aber wenn ich hinlief, um nachzusehen, war nie jemand da.

Schließlich knipste ich das Licht in der Passage aus, aber ich war immer noch nicht sicher, ganz allein in diesem Flügel des Hauses zu sein. Einmal glaubte ich, etwas wie den Zipfel eines Rocks oder Mantels um die Ecke verschwinden zu sehen.

Ich zog mich aus und legte mich aufs Bett, um zu warten. Wenn ich lange genug wartete, konnte ich vielleicht an dem Mann unten vorbei ins Studio schleichen.

Um Viertel vor zwölf knipste ich das Licht aus und wartete im Dunkeln weiter. Ich wagte nicht, an Julian zu denken. Im Finstern waren alle meine Ängste noch schlimmer, und ich fühlte mich verlassen und gleichzeitig wie in einer Falle. Niemand kam in meine Nähe, und kein Geräusch war zu hören.

Als die Kirchenuhr auf der gegenüberliegenden Flußseite eins schlug und der träge, melodische Ton der Stunde über dem Wasser verhallt war, nahm ich meinen ganzen Mut zusammen, öffnete die Tür, und trat auf den Gang.

Im Haus roch es warm und süß nach Möbelpolitur, Holz und einer Mischung aus anderen Düften. Ich trug immer noch den alten Morgenmantel aus meiner Schulzeit, die Schuhe hatte ich ausgezogen, um meinen Weg über die Teppiche und das Parkett in der Halle geräuschlos ertasten zu können.

Die ganze Welt schien in Finsternis versunken. Nirgendwo ein Lichtschimmer. Die Vorhänge waren zugezogen und die Straßenbeleuchtung ausgesperrt. Die einzigen Laute waren das durchdringende Ticken der Standuhr oben an der Treppe und das Klopfen meines Herzens.

Ich war so damit beschäftigt, herauszufinden, ob in der Halle ein Beobachtungsposten saß, und wenn ja, wo genau er sich befand, daß ich nicht nach hinten horchte.

Ohne ein Rascheln gelangte ich zum Treppenabsatz. Die Falten meines wollenen Überwurfs machten kein Geräusch, und meine nackten Füße sanken lautlos in den dicken Teppich.

Als ich die Hälfte der Treppe überwunden hatte, knarrte hinter mir eine Stufe, und ich meinte Atmen zu hören. Nur mein Griff am Geländer verhinderte, daß ich fiel. Ich blickte über die Schulter zurück, und das Dunkel kräuselte sich und zog sich zusammen, während ich hineinstarrte. Ich war sicher, im Schatten ein tieferes Schwarz zu erkennen, als dort hätte sein sollen; einen Moment stand ich wie erstarrt und wagte vor Angst kaum zu atmen.

Schließlich tastete ich mich weiter voran, aber mir war jetzt entsetzlich bang und während mir ein Kribbeln über die Kopfhaut rann, fühlte ich genau, wie sich mir im Dunkeln jedes einzelne Haar sträubte.

Endlich berührte mein Fuß das kalte Parkett in der Halle. Noch einmal blieb ich ganz still stehen und strengte meine

Ohren an. Ich fürchtete mich gleichermaßen vor dem, was vielleicht hinter mir war, wie vor dem Posten, der meiner Vorstellung nach irgendwo vor mir saß.

Aber diesmal war kein Geräusch zu hören, nichts, nur das laute Ticken der alten Uhr im Dunkel über mir. Ich hatte immer noch einen langen Weg. Die Halle war weitläufig, und die Studiotür lag ganz am anderen Ende. Ich ließ das Geländer los und trat in die Finsternis.

In dem Augenblick hörte ich den Seufzer. Er war sehr deutlich, sehr menschlich und grauenerregend nah, etwas hinter und über mir.

Ich fuhr herum, zu Tode erschrocken. Mein nackter Fuß verursachte bei der Drehung auf dem polierten Holz ein Quietschen, und gleich darauf schoß von der Tür zum Studio der Strahl einer Taschenlampe – breit, weiß und unausweichlich. Er erfaßte uns beide, mich und den Mann an meinen Fersen.

Daß der Mann hinter mir Julian war, sah ich in dem Augenblick, als seine Arme mich umschlossen. Ich sah seinen verängstigten, fragenden Blick und seinen zu einer harten Linie zusammengepreßten Mund. Dann fühlte ich nur noch die Arme, die mich einschnürten und den plötzlichen gnädigen Frieden, als mein Körper gegen die kühle Seide seines Morgenmantels gepreßt wurde.

Ich spürte ihn zittern, und der Lichtstrahl aus der Taschenlampe wurde kürzer.

Als ich den Mund aufmachen wollte, legte er seine Hand darüber, und ich schwieg. Er tat mir ungewollt weh, und ich wußte plötzlich, daß es mir gefiel, und daß er es genau wie ich empfand, mit demselben verwegenen Aufwallen von Schmerz.

Und in diesem Moment, dem hoffnungslosesten von allen, begriff ich erst alles über Julian und mich, und alle meine Zweifel schmolzen, und das Weh in meinem Herzen schwand.

Jetzt wußte ich, wer den ganzen Abend in meiner Nähe gewesen war, als ich glaubte, ich sei allein in diesem geisterhaften Flügel des Hauses, und wen ich beinahe gesehen hatte, als er im Flur um die Ecke verschwand. Ich wußte, es war Julian, der an meiner Tür gewacht hatte, nachdem der Detektiv fort war und der in der Nähe geblieben war, falls es Schwierigkeiten gab, und ich ihn brauchen sollte. Es war gut, das zu wissen.

In der Zwischenzeit kam das Licht näher, behielt uns gleichmäßig in seinem breiten Strahl, und als ich ins Halbdunkel dahinter blinzelte, konnte ich McNaughts Gesicht über dem hellen Schein ausmachen.

Zu meiner Überraschung machte er keine Anstalten, etwas zu sagen, sondern bedeutete uns, still zu verharren. Über meinen Kopf hinweg nickte Julian. McNaught grinste grimmig, und die Taschenlampe ging aus.

Wir warteten vielleicht drei Minuten, obgleich sie uns wie Stunden vorkamen. Es herrschte vollkommene Schwärze, und in den Schatten konnte ich nichts erkennen. Ich hatte keine Ahnung, was los war, oder was kommen würde, und ich lehnte mich zufrieden gegen Julian, dessen Arme mich noch immer umfingen, dessen Herz gegen meine Schulter pochte, und dessen Atem über mein Haar hauchte.

Plötzlich sprach McNaught; seine tiefe Stimme klang scharf in der Dunkelheit. »Jetzt«, sagte er.

Im nächsten Augenblick wurde die Tür zum Studio aufgestoßen, und eiliges Füßescharren war zu hören. McNaught hatte Verstärkung dabei. Sie waren in der dunklen Halle verborgen gewesen und hatten gewartet, daß sich im Studio etwas tat, und ich war, mit Julian auf den Fersen, mitten in diesem Hinterhalt heruntergekommen.

Die Polizisten schwemmten uns mit in das Zimmer, in dem Rita gestorben war.

Der große Raum war kalt und nur schwach beleuchtet. Die einzige Lichtquelle war beim Kaminvorleger, wo eine brennende Taschenlampe lag und ihren zufälligen Strahl über den Fußboden und die Wand schickte.

Ich glaube, als erstes fiel mir nach diesem Augenblick völliger Verwirrung ein Vorhang ins Auge. Er wurde von dem kräftigen Zugwind hoch ins Zimmer gebläht. Darunter kam der dicke Detektiv, der mich oben bewacht hatte, durch das niedrige, weit offene Fenster hereingeklettert.

Dann sah ich Henri Phoebus. Er kniete auf dem Kaminvorleger und hatte einen Arm tief in einem kleinen Schränkchen, das in der Vertäfelung, rechts unter dem eingebauten Bücherregal, wo die Flaschen und Gläser aufbewahrt wurden, sichtbar war. Ich hatte keine Ahnung gehabt, daß es da war. Es hatte sich in den Rillen der Leiste verborgen.

Aber es war wohl nicht so sehr ein geheimes Schränkchen als vielmehr ein vergessenes. Die alte Mrs. Fayre und Harriet hatten in dem Bücherschrank das Minton-Geschirr aufbewahrt und nie jemandem erlaubt, daran zu rühren, deshalb war es unwahrscheinlich, daß noch einer im Hause von dem Versteck darunter wußte.

Ich erblickte Henri Phoebus im Moment seiner ersten Überraschung. Auf seinem bleichen Gesicht stand ein bizarrer Ausdruck des Schreckens, und sein plumper Körper wirkte in der erstarrten Haltung steif und unnatürlich wie eine Wachsfigur.

Mich erkannte er als erste. Er kniete da, starrte mich einen Moment lang an, rappelte sich dann hoch und stürzte auf mich zu. »Du«, schrie er, »du hast sie umgebracht. Du hast es gewußt!«

Während ich zurückschrak, spürte ich, wie Julians Arm mich enger faßte und aus dem Weg drehte. Gleichzeitig warf sich der fette Detektiv nach vorn und packte Phoebus um die Knie. Sie fielen gemeinsam, und sofort schloß sich ein Ring von Polizisten um sie.

Da knipste jemand das Licht an, und in der Helligkeit wurde das Zimmer wieder vertraut. Ritas Persönlichkeit war so lebendig in diesem Raum, daß sie mich fast überwältigte. Man konnte sich kaum vorstellen, daß sie nicht hier sein sollte, kraftvoll und übermächtig wie eh und je. Ich erschauerte.

Inzwischen war McNaught um die kämpfende Gruppe auf dem Teppich herumgegangen, um das Schränkchen zu inspizieren, und gleich darauf kam er zu mir. Er hielt etwas in der Hand.

»Sehen Sie«, sagte er, und sein nettes, häßliches Gesicht strahlte vor Zufriedenheit. »Das dürfte es wohl sein, oder?«

Ich starrte darauf. Es war Julians Tablettenfläschchen.

»Und hier ist der Schlüssel«, fuhr er fort und zeigte ihn mir. »Beides war da drin. Das klärt die ganze Geschichte, denke ich.«

Ich besah mir neugierig den Schlüssel. Er war ganz neu, ein Zwillingsbruder dessen, den ich vom Anrichtezimmer besaß.

»Das ist der Beweis«, sagte McNaught fröhlich. »Das ist genau das, was wir brauchen.«

In der Zwischenzeit hatte Phoebus seinen Widerstand aufgegeben. Er hockte schlotternd auf dem Boden. Sein Bezwinger zog ihn hoch. Er machte keinen weiteren Versuch, mich zu beschuldigen, aber seine Augen ruhten unablässig auf meinem Gesicht, und ich wandte mich vor der wilden Wut in ihren Tiefen ab.

McNaught beachtete ihn nicht. Er sah hinüber zum andern Ende des Zimmers, wo ein vierschrötiger Inspektor um die Fünfzig gleichmütig wartete.

»George, du übernimmst jetzt«, sagte er, »du kennst die Anklage?«

Der Inspektor nickte energisch. »Kannst es mir ruhig überlassen, Mac, versuchter Mord – Beihilfe zum – okay?«

»*Versuchter* Mord«, entfuhr es mir, »aber –«

McNaught nahm mich fest am Ellbogen und führte mich zwischen den Grüppchen hindurch aus dem Zimmer in die Halle. Julian kam mit uns, dicht an meiner Seite, und aus dem

Augenwinkel sah ich, wie der Inspektor sich Phoebus vornahm.

»Versuchter Mord am Colonel natürlich«, sagte McNaught, als wir außer Hörweite waren. »Der Kerl ist ein Anstifter, also wird es wahrscheinlich auf Komplott hinauslaufen. Und nun, Miss Brayton«, fuhr er mit plötzlicher Heftigkeit fort, »was zum Henker haben Sie sich eigentlich gedacht, hier herunterzuschleichen und uns beinahe die Arbeit der ganzen Nacht zunichtezumachen? Ihnen war wohl nicht klar, daß wir nichts gegen ihn in der Hand gehabt hätten, wenn wir ihn nicht mit dem Beweisstück erwischt hätten.«

»Ich wollte mir das Tablett ansehen!« sagte ich.

»Das Tablett?« Seine Stimme wurde scharf, und seine großen grauen Augen betrachteten mich neugierig. »Wann haben Sie sich denn das ausgedacht?«

Ich war immer noch verwirrt und ein bißchen ängstlich. Ich warf einen Blick zu Julian. »Ich verstehe nichts«, sagte ich. »Du? Wer hat Rita umgebracht?«

McNaught blieb vor uns stehen, sein unordentliches Gebiß erschien hinter einem grimmigen Lächeln. »Sie, Miss Brayton«, sagte er ruhig, und nach einer spürbaren Pause: »Glaube ich.«

Ich merkte, wie Julian an meiner Seite erstarrte, und im selben Augenblick sah ich das volle Ausmaß der Tragödie.

Sie würden beweisen, daß ich in meiner jämmerlichen Zerstreutheit einen Fehler gemacht und Tabletten aus einer Flasche genommen hatte, ohne mir das Etikett genau anzusehen. Ich würde noch einmal davonkommen, aber dann würde es für Julian und mich nie wirkliches Glück geben. Was immer nun geschah, was immer wir zu tun beschlossen, wo immer wir hinfuhren, Rita würde stets da sein, dunkel und hart und schön, und zwischen uns stehen wie ein düsterer Schatten.

Julians und mein Blick trafen sich, und in seinen Augen las ich meine eigenen Gedanken.

McNaughts tiefe Stimme durchbrach das Schweigen. »Wenn Sie irgendwo ein Feuer haben, könnten wir uns davor setzen, wenn es Ihnen recht ist«, sagte er. »Es ist ziemlich kalt geworden. Ich weiß nicht, ob Sie es gemerkt haben.«

Wir setzten uns ins Musikzimmer. Das Feuer war fast niedergebrannt, aber Rudkin, der in einem hellbraunen Morgenrock und dicken Schal so ganz anders wirkte als in seinem üblichen, formellen Habit, brachte Bündel mit Anmachholz und entfachte eine Glut, die das warme Halbdunkel mit Harzgeruch erfüllte.

Inzwischen flatterte Mrs. Munsen, voll angekleidet, wie eine schlanke schwarze Fledermaus umher und reichte einen heißen Drink von einem Silbertablett. Die beiden alten Dienstboten waren wie zwei gute Hausgeister in dem Augenblick erschienen, als Julian sie brauchte. Mir war lebhaft bewußt, daß ihre Sorge ebenso groß war wie meine eigene, ihr Schicksal war an Julians gekettet, ihr Glück hing von seinem ab.

McNaught war noch genauso hellwach und dominant wie den ganzen Tag über. Der Mann war nicht totzukriegen. Er setzte sich uns gegenüber in den tiefen Ledersessel und schnüffelte genüßlich an seinem Glas. Wir betrachteten ihn argwöhnisch.

Es dauerte eine Weile, bevor er sprach. Ich war mir nicht sicher, ob er das bewußt tat, oder ob er nur wartete, bis das alte Geschwisterpaar sich zurückzog. Sie gingen schließlich, aber mir fiel ein, was Mrs. Munsen gesagt hatte, daß es Mittel und Wege gebe, in diesem Haus mitzuhören, und ich überlegte, ob sie wirklich so weit weg waren.

Endlich sprach der Kommissar, und seine Worte drehten unsere Welt vor unseren Augen um. »Sie müssen sich damit abfinden, Colonel Fayre, und es ist nicht angenehm. Aber sie war nicht Ihre Frau.« Er streckte die Beine zum Feuer hin aus und gab uns Zeit, den vollen Gehalt seiner erstaunlichen Mitteilung aufzunehmen.

Ich sah nervös zu Julian. Er saß steif und aufrecht in seinem Schaukelstuhl, die Haut über den feinmodellierten Knochen seines Gesichts schien wie gespannt, seine Augen waren zusammengezogen, der Blick ungläubig. »Nicht meine Frau?«

McNaughts nettes, häßliches Gesicht drückte unerwartetes Mitgefühl aus. »Nein, Sir. Sie war nicht Ihre Frau. Ich kann verstehen, daß es ein ziemlicher Schock für Sie sein muß, aber so etwas kann man gar nicht klar genug sagen. Sie war Mrs. Henri Phoebus.«

Ich hatte das Gefühl, ich müsse gleich loslachen. Ich weiß nicht warum, aber es war, als sei eine unerträgliche Fessel zersprungen und habe mich befreit. Meine Hand fand Julians, und er hielt sie ganz fest.

»Das habe ich nicht gewußt«, sagte er.

»Nein, Sir. Das nehme ich auch nicht an.«

McNaughts Stimme klang immer noch ungewöhnlich milde. »Aber ich hoffe, Sie sehen es mir nach, wenn ich sage, daß Sie noch einmal davongekommen sind. Ich möchte Ihnen die ganze Sache klar darlegen. Es ist eine jener einfachen Geschichten, die von der Mitte her gesehen kompliziert wirken, sich aber, wenn man vorn anfängt, entwirren lassen wie ein Strang Wolle.«

Ich tappte noch immer im dunkeln. Die Art und Weise, wie McNaught sprach, schien uns noch einen Funken Hoffnung zu lassen; doch die eine überwältigende und schreckliche Tatsache blieb bestehen, und sie beherrschte mein gesamtes Denken.

»Aber Sie haben doch gesagt, ich hätte sie umgebracht«, murmelte ich mit belegter Stimme.

Er drehte sich um und beäugte mich auf meinem Hocker zwischen Julian und dem Kamin. Seine Augen blickten freundlich, doch es gab keine Abschwächung. »Das haben Sie, Miss«, beharrte er ernst, und nach einer Pause fügte er hinzu: »Glaube ich.«

Ich schloß die Augen, um ihn nicht zu sehen, aber ich hörte

Julians Bewegung, als er sich vorbeugte. »Waren die beiden Schwindler, Kommissar?« fragte er leise.

McNaught warf ihm einen kurzen anerkennenden Blick zu. »Ja, Sir«, meinte er ruhig, »zwei von der schlaueren Sorte.«

»Aber das ist unmöglich«, brach es aus mir hervor, »ich habe Rita in der Schule gekannt, und –«

McNaught schüttelte den Kopf dazu. »Das ist Jahre her«, sagte er. »Und der Schritt vom geraden Wege ist schnell getan. Vielleicht erzähle ich Ihnen die Geschichte ja besser, soweit ich sie kenne. Ich habe ein paar gute Leute darauf angesetzt, um die Informationen in der kurzen Zeit zu bekommen, und ich habe sie nachgeprüft, alles stimmt. Wenn ich hier fertig bin, schreibe ich meinen Bericht, also gebe ich Ihnen vielleicht ein kleines Resümee. Es wird mir genauso helfen wie Ihnen.«

Julian bedeutete ihm, fortzufahren. Er war bleicher, als ich jemals einen Menschen gesehen hatte, und in seinen Augen lag ein erbitterter Ausdruck.

»Also«, McNaught setzte sich zurecht. »Das sind die Fakten, soweit wir in der Lage waren, sie nachzuprüfen. Vor zehn Jahren, als Rita ihr Internat verließ, ging sie ins Ausland zu ihrer Mutter, die sich von ihrem Mann getrennt hatte. Die Mutter war ein Abenteurertyp, eine hoffnungslose Spielerin, und als ihre Tochter sich mit Henri Phoebus anfreundete und ihn heiratete, hatte sie offenbar nichts weiter dagegen einzuwenden. Mutter und Tochter trennten sich danach.« Er hielt inne und überlegte seine Worte, als schreibe er schon an seinem Bericht. »Zu dem Zeitpunkt«, fuhr er gleich darauf fort, »war Henri Phoebus ein kleiner Hochstapler in Paris. Er war nicht besonders ansehnlich, aber auf Frauen wirkte er offenbar attraktiv, obwohl Rita Raven anscheinend die einzige war, die ihm wirklich Eindruck gemacht hat. Sie schlossen eine Partnerschaft, und mit ihrer Hilfe wuchs er in größere Dinge hinein.«

»Sie hatten ihn schon mal gesehen«, warf ich ein, als mir die

Erleuchtung kam. »Sie haben ihn wiedererkannt, als er heute nachmittag im Studio auftauchte.«

»Aha, das ist Ihnen also nicht entgangen.« Er sah mich anerkennend an. »Ja, ich habe ihn erkannt, aber nicht sofort. Ich vergesse kein Gesicht – das ist Teil meines Erfolges. Ich bin Phoebus zum ersten Mal in Monaco begegnet, wo ich gemeinsam mit der Sûreté am Le-Grand-Fall gearbeitet habe; ein französischer Inspektor zeigte ihn mir, als wir dort in einem Café saßen. Er erzählte, das sei einer ihrer interessanteren Kriminellen. Als ich ihn heute sah, kam mir sein Gesicht gleich bekannt vor, aber ich konnte es nicht unterbringen, bis Sie sagten, er nenne sich Mrs. Fayres Entrepreneur.«

»Wie meinen Sie das? Ich verstehe nicht.« Julian sprach in scharfem Ton, und ich merkte, welch eine unerträgliche Enthüllung es für ihn sein mußte.

»Es war dasselbe Wort, das der Mann von der Sûreté benutzt hat«, erklärte McNaught. »Er beschrieb die Methode, nach der Phoebus und seine Frau vermutlich vorgingen. Es war ein seltsames Geschäft, soweit ich mich erinnere. Sie war auf ihre Weise eine ganz begabte Malerin und malte einige ziemlich fragwürdige moderne Bilder, die wiederum eine fragwürdige Art von Leuten in die ausgewählten kleinen Ausstellungen lockten, die sie veranstalteten. Alles war sehr teuer und sehr affektiert, und gleichzeitig ziemlich ekelhaft. Ich muß nicht weiter ins Detail gehen, oder?«

Julian schüttelte den Kopf, und wir lauschten in fasziniertem Schweigen, wie seine tiefe Stimme weiterbrummte.

»Wenn die Frau die geeigneten Vögel angelockt hatte, pickte sich Henri Phoebus seine Opfer heraus. Seine Methode war recht einfach. Er präsentierte sich als Psychoanalytiker besonderer Art und versammelte nach und nach eine kleine und wohlhabende Klientele um sich. Sein Auftreten war charmant, und so gewann er einen bestimmten Typ reicher, dummer und wenig tugendhafter älterer Frauen. Es gibt sie zuhauf in gewissen europäischen Hauptstädten. Sie kamen zu ihm, um über sich selbst zu reden, und alles war zunächst sehr privat und vertraulich. Phoebus erfuhr viele Geheimnisse. Danach –« er zuckte die Achseln, »war es schlicht und ergreifend Erpressung. Das Pflaster in Wien, Monte Carlo und Madrid war bald zu heiß, als daß sich beide gleichzeitig dort hätten aufhalten können. Sie sind bestimmt weit herumgekommen.«

Julian bewegte sich in seinem Sessel, und er tat mir entsetzlich leid. Sogar McNaught räusperte sich, das erste Zeichen von Verlegenheit, das ich bei ihm beobachtete.

»Bei Beginn des Krieges kamen sie nach London«, fing er langsam an und fügte dann abrupt hinzu: »Ich möchte Ihre Gefühle nicht verletzen, Sir, aber es ist meine Pflicht, Ihnen eine delikate Angelegenheit so offen wie möglich vorzutragen.«

»Sie sind eine Seele an Freundlichkeit mir gegenüber, Kommissar«, murmelte Julian, und der Unterton in seiner Stimme blieb mir nicht verborgen, auch wenn er McNaught entging. »Bitte fahren Sie fort.«

»Nun gut, Sir. Ich muß Sie erinnern, daß Sie ein junger Offizier kurz vor dem See-Einsatz waren, als Sie diese – äh – Dame kennenlernten. Sie waren ein wohlhabender Mann und ein attraktiver Junge, wenn ich das bemerken darf, aber ehrlich gesagt, Ihre Chancen, lebendig wieder nach Hause zu kommen, standen nicht sonderlich gut, stimmt's?«

»Ja. Oh, ja. Das ist sicher richtig.« Julian ließ die Worte abwesend fallen. Er überlegte gerade etwas, das ihm schwerfiel zu sagen. Ich kannte ihn so gut, daß ich sein Zögern spürte und wie er darum kämpfte, das Widerstreben zu überwinden. »McNaught«, sagte er endlich, »dies ist nicht so leicht zu erklären, und ich fürchte, ich mache mich vielleicht nicht ganz verständlich. Aber ich frage mich, ob Sie verstehen, wenn ich es Ihnen so sage: Mir war durchaus bewußt, daß Rita einige Jahre älter war als ich, und es war einer der Gründe, weshalb ich –«

»Eine Art Ehe mit ihr einging.«

»Weshalb ich sie vermeintlich geheiratet habe.« Julian machte die Korrektur sehr eindringlich. »Ich glaubte nicht, daß ich zurückkäme, Kommissar.«

Zu meiner Überraschung schien McNaught ihn besser zu verstehen als ich. Er hob den Kopf, und auf seinem Gesicht war tiefes Mitgefühl zu lesen. »Ich verstehe sehr gut, daß ein junger Mann sich schrecklich sorgen kann, wer sich wohl um sein Heim und um die getreue langjährige Dienerschaft kümmert, die ihm seine Mutter bei ihrem Tod hinterlassen hat«, sagte er unerwartet, »besonders, wenn er sie alle von Kindheit an kennt. Ich war selbst im letzten Getümmel und weiß, wie es ist, wenn man fort muß und alles zurückläßt. Man tut die blödsinnigsten Dinge, damit alles erhalten bleibt.«

Julian wechselte einen Blick mit ihm und verzog das Gesicht. »Sie sind sehr scharfsinnig«, sagte er.

»Das gehört zu meinem Beruf.« McNaught war wieder in seine fröhliche Großtuerei zurückgefallen. Es war unmöglich, ihn nicht gern zu haben. »Also«, sagte er, »meiner Ansicht nach hat Mrs. Phoebus die Möglichkeit gesehen, einen jungen Offizier zu ›heiraten‹, dem sie sich als intelligente, verantwortungsbewußte junge Frau präsentiert hatte. Genau die richtige, sich um seine Schutzbefohlenen zu kümmern. Und gleich nach der Hochzeit ging er nach Übersee.«

»Und hat alles ihr überlassen«, sagte Julian trocken.

»Nicht ganz, Sir«, korrigierte McNaught rasch. »Unterschätzen Sie Ihren Anwalt nicht. Ohne ihn hätte Familie Phoebus Sie womöglich ausgenommen. Er hat Mrs. Rita schon sehr früh durchschaut und sie gezwungen, für die Angestellten und das Haus zu sorgen. Für sich selbst hat sie gesorgt, so gut sie konnte, daran zweifle ich nicht, und Phoebus ging es ebenso gut, aber wirklichen Schaden konnten sie nicht anrichten. Darauf hat er geachtet.«

»Ich werde es ihm ewig danken«, sagte Julian voller Inbrunst, »aber ich verstehe nicht, wieso sie mit diesem Entrepreneur-Geschäft weitergemacht haben. Schließlich hatten sie doch alles Geld, das sie brauchten.«

»Das wohl schon, aber nicht die Freunde«, erklärte McNaught. »Rita Phoebus war eine Frau, die sich nur in einer Gruppe wohlfühlte. Parties waren ihr Lebenselixier. Also hat Phoebus mit seinen alten Tricks in Nullkomma nichts wieder einen Kreis Gleichgesinnter um sie versammelt. Alles ging problemlos, bis Sie nach Hause kamen. Sie waren ein kranker Mann, aber Sie erholten sich rasch. Die ausschweifenden Freunde blieben langsam aus. Die Sache lief nicht mehr so gut.«

»Und da haben sie daran gedacht, mich umzubringen«, sagte Julian geradeheraus.

»Ja«, bestätigte McNaught knapp, und wir saßen ein Weilchen schweigend da. Trotz des knisternden Feuers war mir, als sei es im Zimmer eisig kalt geworden. Es hatte nur so wenig gefehlt, und Rita hätte ihr Ziel erreicht.

»Trotz allem«, fuhr McNaught fort, »trotz allem war es ein ziemliches Unterfangen für die beiden. Sie waren Schwindler und Erpresser, aber mit Mord hatten sie es noch nie versucht. Um ehrlich zu sein, ich glaube, die Idee kam der Frau erst, als sie das Morphium entdeckte, das die gute Harriet in dem Schränkchen unter den Büchern versteckt hielt. Mrs. Rita muß es gefunden haben, als sie das Porzellan der alten Dame durch ihre Cocktailzutaten ersetzte. In der Küche sagte man mir, daß sie es eigenhändig getan hat.«

»Aber woher wußte sie, daß es Morphium war? Es stand ja nicht auf dem Etikett«, warf ich ein.

»Ach, ich möchte wetten, Phoebus erkennt Morphium, wenn er es sieht«, meinte er streng. »Es sah dem Luminal bemerkenswert ähnlich, stammte aus derselben Apotheke und war fast gleich verpackt. Das hat sie gesehen und sicher sofort erkannt, wie leicht man da einen Fehler machen konnte.«

»Warum hat sie es nicht selbst getan?« Die Frage kam wieder von mir.

McNaught sah mich groß an. »Sie wußte, daß sie einer

Untersuchung nie und nimmer standhalten konnte, Miss«, antwortete er prompt. »Sie wußte, daß es notgedrungen zu weitreichenden Ermittlungen und anschließender Verhandlung kommen würde. Das war unausweichlich, und wenn die Polizei einmal anfing, ihre Motive zu durchleuchten, dann war mit Sicherheit der Teufel los. Nein, so durfte sie es nicht machen.«

»Und da hat sie sich Gillie geschnappt, um – mein Gott, Kommissar, das ist ja entsetzlich!« Julian beugte sich vor, die Knöchel seiner zusammengepreßten Hände waren schneeweiß.

»Ja, Sir«, sagte McNaught leise. »Sie hat sich Miss Brayton geschnappt. Eigentlich hat sie das getan, was Frauen oft tun, wenn es Schmutzarbeit zu erledigen gibt – sie hat sich ein Mädchen genommen. Sie war allerdings sehr clever; sie hat genau das richtige Mädchen gefunden. Sie hat ein offensichtlich unschuldiges junges Ding ausgesucht, das keine Verwandten besaß, die hinterher Ärger machen konnten, und noch dazu eines, das schon in dem Ruf stand, ein bißchen zerstreut zu sein. Genau der Typ von Mädchen, den ein Untersuchungsrichter als Mensch einstufen würde, dem ein dummer Fehler unterläuft.« Er hielt inne und grinste mir zu. »Die Leute in Totham Abbey waren sehr hilfsbereit. Ich habe heute morgen, nachdem der Doktor mir diese kleine Information gegeben hatte, einen Mann hingeschickt.«

»Oh«, sagte ich mit trockenem Mund.

»Der Arzt hat ihr die ganze Zeit über in die Hände gespielt«, bemerkte er. »Er ist ein aufrechter Bursche, aber nicht gerade eine Intelligenzbestie. Die Praxis scheint sein Bruder zusammengehalten zu haben. Mrs. Rita hat ihn völlig zum Narren gehalten; er war bereit, absolut alles zu glauben, was sie ihm sagte. Er war ganz sicher, daß Sie einen Fehler gemacht und die Flaschen verwechselt hätten, während in Wahrheit natürlich jemand die Tabletts oder die Tassen vertauscht hat.«

»Aber ich nicht«, sagte ich.

»Nein?« Er betrachtete mich mit schiefgelegtem Kopf. »Vielleicht nicht. Vielleicht war es Rudkin. Er sagt, er sei farbenblind, und ich wüßte nicht, weshalb ich ihm das nicht glauben sollte. Die beiden Farbtöne sind bei künstlichem Licht sowieso leicht zu verwechseln. Das haben Sie heute nachmittag festgestellt, nicht wahr?«

»Ja«, sagte ich. »Aber gestern abend habe ich es nicht gemerkt.«

»Vielleicht nicht«, meinte er. »Sagen wir, Rudkin hat die Tabletts verwechselt, oder Sie haben, verheult wie sie waren, nicht gemerkt, auf welchem Tablett die Tasse stand, in die Sie die Tabletten getan hatten. Aber, angenommen, es wäre Ihnen aufgefallen, hätte es einen Unterschied gemacht?«

»Ich verstehe nicht«, sagte ich hölzern.

Er sah mich neugierig an. »Es ging ja nur um ein Beruhigungsmittel, oder?« sagte er. »Und das hätte Mrs. Fayre kaum geschadet, nach einem Temperamentsausbruch, der, wie man hört, sensationell war.« Er seufzte zufrieden und lehnte sich in seinem Sessel zurück. »Ihnen ist jetzt alles so einigermaßen klar, oder? Mr. und Mrs. Phoebus hatten ihren Plan schon einige Zeit fertig, aber Mrs. Rita hat ihn nicht ausgeführt, bis Sie sich von Ihnen dazu gezwungen fühlte.«

»Weil ich ihr gesagt habe, daß ich gehen wollte?«

»Genau. Sie haben sie überrumpelt, und in ihrer typischen Verwegenheit beschloß sie, sofort zu handeln. Sie mußte nicht viel dazu tun, aber es erforderte einen gewissen Mut. Sie hatte vor, mit dem zweiten Schlüssel, den sie zu diesem Zweck hatte anfertigen lassen, ins Anrichtezimmer zu gehen, das Tablettenfläschchen auszutauschen, die Birne loszuschrauben und dann zu warten. Ich habe erst überlegt, ob diese Mitzi ihr da geholfen hat, aber ich denke eher nicht. Mitzi war zwar schon seit Jahren bei ihr, trotzdem glaube ich kaum, daß Mrs. Rita ihr so weit vertraut hätte. Außerdem wußte die Österreicherin nicht, wo das Schränkchen war. Sie hat heute den ganzen Tag etwas gesucht.«

Ich saß mit gerunzelter Stirn da. Eine Kleinigkeit irritierte mich. »Wie könnte ein Untersuchungsrichter denn auf die Idee kommen, ich hätte die Flaschen verwechselt, wenn nur die mit dem Morphium da war?«

»Kluges Mädchen«, applaudierte er. »Sie wollte natürlich noch einmal hingehen. Da bin ich ganz sicher. Sie wollte in der Nacht ins Anrichtezimmer zurückgehen, um das Licht wieder in Ordnung zu bringen und das Luminal wieder hinzustellen. Es dazulassen, wagte sie nicht, sonst hätten Sie ja gemerkt, daß zwei Flaschen statt einer da waren. Dann hätten Sie die Etiketts gelesen, die richtige benutzt, und sich erkundigt, was es mit der anderen auf sich hat. Stimmt's?«

»Ja, natürlich.«

»Natürlich. Das wußte sie. Also wollte sie es danach wieder hinstellen.« Er hatte sichtlich Spaß daran, alle Knoten zu entwirren. »Und am nächsten Morgen hätte sie dann der Polizei unbekümmert schwören können, beide Flaschen seien die ganze Zeit über dagewesen«, fuhr er triumphierend fort. »Sie hätte es sich sogar leisten können, aufrichtig zu sein und offen zuzugeben, daß sie das Morphium selbst gefunden und es, nicht wissend, worum es sich handelte, ins Anrichtezimmer gestellt hatte, lange bevor Sie oder der Colonel ins Haus kamen.«

»Da hätte ich widersprochen.«

»Natürlich«, sagte er. »Aber wer hätte Ihnen geglaubt? Sie hätten ausgesehen wie ein verängstigtes Schulmädchen, das versucht, eine Unachtsamkeit zu vertuschen. Es hätte eine sehr unangenehme Untersuchung gegeben.«

Er hatte recht, ich wußte es. Ich sah alles vor mir, genau wie er es beschrieben hatte. Ich wäre total hilflos gewesen, und Rita hätte nur den Kopf geschüttelt und mir gesagt, ich hätte ihr das Herz gebrochen.

»Sie beide können Ihrem Glücksstern für eine zufällige Geste danken«, fuhr McNaught unheilvoll fort. »Hätte Mrs. Rita nicht beschlossen, auf Nummer Sicher zu gehen und selbst von dem Kaffee zu trinken, dann hätte sie Erfolg gehabt. Ich säße dann hier und würde Miss Brayton wegen Nachlässigkeit verwarnen, sie für ihre Lügen tadeln, und –« er räusperte sich – »wir wären allein.«

»Da ich tot wäre«, sagte Julian.

»Ja, Sir«, stimmte McNaught leise zu. »Sie haben sie die ganze Zeit unterschätzt, wenn ich das sagen darf, Sie haben ihr ein niedriges Motiv dafür zugetraut, daß sie diese junge Dame ins Haus geholt hat, aber Sie haben es nicht niedrig genug angesetzt. Sie hat den Kaffee getrunken, um zu beweisen, daß sie völliges Vertrauen in Miss Braytons Fähigkeiten hatte, für den Fall, daß man sie je fragen sollte. Das entbehrt nicht einer gewissen Ironie.«

Ich stand auf. »Aber trotz allem, ich war es«, sagte ich. »Ich habe sie umgebracht.«

»Warten Sie«, McNaught kratzte sich am Ohr. »Es gibt einen kleinen Rest Zweifel darüber. Ich sollte es nicht erwähnen, weil ich es nie werde beweisen können, aber Ihrem Gewissen zuliebe, Miss Brayton, denken Sie an Rudkin.«

»Rudkin?«

Er sah mich nicht an. »Rudkin ist ein kluger alter Mann. Ich bezweifle, daß ihm viel entgeht.« Er senkte die Stimme, obwohl wir allein waren. »Angenommen«, begann er, »nur einmal angenommen, wohlgemerkt, Rudkin hat etwas von dem geahnt, was da im Busch war. Die lose Glühbirne muß ihm zu denken gegeben haben, wissen Sie, auch wenn Ihnen nichts dabei eingefallen ist. Angenommen, er sah die beiden Tassen stehen, und es kam ihm in den Sinn, daß es eine gute Idee sein könnte, sie zu vertauschen.«

Wir starrten ihn völlig verblüfft an, halb ahnend, was kommen würde.

»Wenn er im Irrtum war«, murmelte McNaught, »dann war es kein Schaden. Mrs. Fayre würde schlicht ein Sedativum nehmen, das nach der Art und Weise, wie sie sich benommen hatte, nur gut für sie sein konnte. Auf der anderen

Seite würde es dem Colonel wohl nicht schaden, wenn er einmal ohne seine Medizin schlafen ging. All das gilt nur, wenn Rudkin mit seinem Verdacht falsch lag. Wenn er recht hatte –« McNaught hielt inne. »Dann war es kriminell von ihm«, sagte er. »Aber niemand wird das je wissen, oder? Ich nehme nicht an, daß er reden wird.«

Danach schwiegen wir lange, und auch später, als McNaught sich verabschiedet hatte, redeten wir kaum.

Stinker schnarchte in seinem Körbchen. Mrs. Munsen und ihr Bruder machten sich in der Küche Tee, und das heimelige Klappern des Geschirrs tönte von fern durch das stille Haus zu uns. Julian und ich blieben, wo wir waren, vor dem herunterbrennenden Feuer.

Dann sagte ich ihm, daß ich zurück in mein Londoner Zimmer gehen würde.

Er mißverstand mich nicht, er sah mich nur an, seine Augen blickten fest in die meinen.

»Für wie lange, Gillie?« fragte er.

Letzter Akt

1

Sie lief durch den Regen. Ihre hohen Absätze klapperten und rutschten auf den Pflastersteinen, die braun und glatt wie abgelutschte Karamelbonbons aussahen; und den blonden Kopf mit dem fröhlichen grünen Filzhütchen hielt sie gegen die Böen gesenkt.

Die Nachricht in Victors Hotel hatte kurz und bündig gelautet, er sei ›schon gegangen‹. Typisch Victor, zu Zoff hinauszurennen, um die Geschichte als erster anzubringen. Sie hastete weiter, der lästige Wind preßte ihr den engen Rock um die schlanken Knie, und sie verwünschte den so offensichtlich taxilosen Vorort.

Es dunkelte schon, und die Straßenlaternen gingen eine nach der anderen an. Dies war der alte Teil von Bridgewyck, der sich noch etwas von dem schmucken, ruhigen Marktflekken aus der Zeit bewahrt hatte, bevor eine Expansionswoge darüberhinwegrollte und ihn der großen, fünfundzwanzig Kilometer entfernten Stadt zuschlug. Die Straße war von dunklen Gärten gesäumt, in denen sich zwischen verschwiegenen Baumgruppen solide Einfamilienhäuser verbargen.

Margot Robert, die große Hoffnung des frisch reformierten *Théâtre de Beaux Arts de Paris et Londres,* war nicht in der Stimmung, das alles zu bewundern. Sie wurde allmählich ziemlich naß. Dunkle Flecken machten sich auf dem grauen Stoff ihres Kostüms breit, und die Seiten ihres ledernen Wochenendköfferchens glitzerten wie fließendes Wasser, wenn das Licht darauf fiel.

Licht fiel auch gelegentlich auf ihr Gesicht, und dann drehten sich vorbeieilende Passanten trotz des Regens um und sahen ihr nach.

Erst kürzlich hatte die Intelligenzija dreier Metropolen heiß über diese junge Schauspielerin diskutiert, deren unglückselige Mutter in den längst vergangenen Tagen des Ersten Weltkriegs ein Bühnenstar war; doch was man auch sonst über sie sagen mochte, niemand äußerte je die Ansicht, sie sei nicht schön. Mit ihren vierundzwanzig Jahren besaß sie all den lichten Reiz eines Bildes von Fragonard. Sie war schlank, porzellanfein und pastellfarben, eine Sonnenblumenblondine mit Ehrenpreisaugen. So viel war unwiderlegbar, und man konnte sich dazu stellen, wie man wollte, je nach Geschmack. Doch damit endete abrupt der Porzellanpuppeneffekt. Die letzten Jahre hatten dem Porzellan Charakter aufgedrückt. Entschlossenheit lag in dem spitzen Kinn, und der Mund, sanft und klar geformt wie der eines Kindes, wußte zu lächeln, doch nie affektiert. Auch Mut lag in den Zügen und Intelligenz, Attribute, die der alte Monsieur Fragonard bei einem Modell nie geduldet hätte.

Maurice Odette, der Theaterkritiker, der seit wenigen Wochen in New York schrieb, hatte klagend protestiert, ›hinter solchem Gesicht darf doch Verstand sich nicht verbergen‹, dennoch war er bei der Abschiedsparty der Truppe am Abend vor ihrer Rückreise quer durch den Stork Club gewatschelt, um ihr etwas Nettes zu sagen.

Aber sie dachte nicht an diese Triumphe, als sie endlich durch die hohen Eisentore trat. Sie war mit Zoff beschäftigt. Zoffs Reaktionen spielten immer eine Rolle.

Eine Kiesauffahrt, gesäumt von tropfenden Lorbeerbüschen, führte zu einer Monstrosität von einem Vorbau. Dieses seltsame Gebilde, das in den achtziger Jahren als das Eleganteste vom Eleganten galt, war ein Wintergarten aus buntem Glas, eine Schaufensterfront mit einer Kuppel wie eine Kirche, der vor die Eingangstür und mindestens zwei Fenster gebaut war. Drinnen drängten sich Palmen und Geranien, und es roch leicht medizinisch. Das Mädchen lächelte, als sie in die schwach beleuchtete Wärme trat und innehielt, um den altmodischen Klingelzug zu betätigen. Es war absurd, wie sehr das ganze Haus aussah wie Zoff selbst. Als Sir Kit angeboten hatte, es seiner alten Freundin zur Verfügung zu stellen, nachdem der Sturm in Europa losgebrochen war, mußte ihm klargewesen sein, wie exakt es der berühmten *doyenne* des französischen Theaters zu Gesicht stehen würde, deren Karriere zu den schillernden Geschichten der großen Zeit kurz vor den Kriegen zählte.

Das Haus war eine Inkarnation von Zoffs Zeitalter. Die albernen Palmen und der solide Komfort, die Goldbronze und die dicken Teppiche, die falsche Gotik und die zugluftgeschützten Türen, all das verkörperte die Welt, welche sie beglückt und empört hatte, und die nun so fern war wie nur der gestrige Tag es sein kann.

Dennoch, was auch sonst vergangen sein mochte, Zoff blieb. Margot hatte ihre energische Stimme nachmittags am Telefon gehört und war dankbar dafür. In einer unsteten Welt verkörperte Zoffs berühmtes Temperament noch immer eine verläßliche, wenn auch eruptive Kraft.

Die Tür ging auf, langsam erst, und dann mit einem Ruck, als Genevieve, brauner denn je, und wenn möglich noch runder, auf der Schwelle erschien. Hinter ihr lag die Wärme und Farbenvielfalt des überladenen Vestibüls wie eine Kulisse.

»Margot! *Chérie!*« Sie zog das Mädchen herein und schloß es in ihre Arme, die stark wie die eines Matrosen waren, während sie unablässig entsetzte Papageienschreie über nasse Kleidung, Anweisungen zum Schuhewechseln, Fragen, Kosewörter, all die lauten Äußerungen ihrer Willkommensfreude und Zuneigung von sich gab.

Vierzig Jahre in Zoffs ziemlich anstrengenden Diensten hatten Genevieve nicht verändert. Sie war immer noch eine provenzalische Bäuerin, offenherzig, stur und unermüdlich. Alles störte sie für einen Moment und nichts für länger. In ihrem ordentlichen schwarzen Kleid und dem kleinen schwarzen Häubchen machte sie einen grobschlächtigen, düsteren Eindruck, aber ihre großen Hände waren liebevoll, und in ihren kleinen schwarzen Augen lag eine Heiterkeit, wie man sie manchmal in den Augen älterer Nonnen sieht.

Für Margot bedeutete sie Zuhause. Vor dreiundzwanzig Jahren hatte Zoff eine ihrer großen Gesten gemacht. Bei der Nachricht von Marthe Roberts tragischem Tod nach einer Überdosis Veronal hatte sie sich gleich in die Wohnung ihrer jungen Rivalin fahren lassen, das schreiende, einjährige Baby in die Arme genommen und es höchstpersönlich zum Wagen getragen, während das Kind erschöpft in ihren Pelz weinte. Danach hatte sie Margot natürlich an Genevieve weitergereicht, und an sie erinnerte Margot sich auch am besten. Genevieve hatte sie auf ihren daunenweichen Knien gewiegt und ihr komische alte Reime aus der Provence in die Ohren gesummt, bis sie schlief. Und Genevieve war es gewesen, die sie morgens weckte, die sie wusch und fütterte, sie küßte und schalt und sie schließlich vergessen machte; und so war nun trotz allem Genevieve und nicht Zoff die *Maman*.

Die alte Frau war hocherfreut, ihren Liebling zu sehen.

»Es war also ein Riesenerfolg, diese kleine Tour, ja?« wollte sie wissen. »*Succès fou?* Ach, erzähl mir nichts über dieses Amerika. Wenn ich nur an die Zeiten denke, die wir dort erlebt haben, Madame und ich, bevor du geboren warst! Im ganzen Land sind wir herumgereist, von einem Ende zum anderen. Wenn sie Madame nicht fotografieren konnten, dann haben sie mich fotografiert. Du mußt gleich raufgehen und es ihr erzählen, sie wird sich so freuen. Sie kann ein bißchen Freude gebrauchen. Sie ist jetzt immer so müde. Das paßt nicht zu ihr, weißt du.«

Müde? Zoff müde? Das klang unwahrscheinlich. Im direkten Umkreis von Madame Mathilde Zoffany litten sonst alle, nur nicht sie, an diesem Übel.

Margot sah beunruhigt aus. »Ich gehe sofort«, sagte sie, und nach einer Pause: »Ist Victor hier?«

Sie hatte kaum ausgesprochen, da hörte man Schritte oben auf der Galerie, und beide wandten sich ein bißchen schuldbewußt um, während ein Mann graziös mit federndem Schritt und glänzenden Schuhen die Treppe herunterkam. Graziös, elegant, *soigné,* all diese Worte paßten auf Victor Soubise, und wären nicht die sich andeutenden Hängebäckchen gewesen, so hätte auch das Wort schön noch dazugehören können. Er kam sogleich auf Margot zu und nahm ihre Hand. Zoffs älterer Enkel hatte nichts von der Energie dieser bemerkenswerten Frau, aber in seinem schmallippigen Mund und den schwerlidrigen Augen lag nicht zu übersehender Charme. Im Augenblick schien er mit sich selbst zufrieden. Unter seiner langen, normannischen Nase hatte er etwas von einer Katze, die eben am Sahnetopf war. Margot ignorierte seine Begrüßung.

»Du hast mit Zoff gesprochen.«

Er lächelte sie entwaffnend an. »Natürlich. Nach unserer Diskussion beim Essen gestern abend dachte ich, das sollte ich vielleicht besser tun.« Er hatte eine helle, leutselige Stimme und wirkte wie immer völlig gelassen. Sein Tonfall war ungeheuer vernünftig.

»Ist – ist sie ärgerlich?«

»Aber Darling!« Er brach in Gelächter aus. »Du siehst aus wie vierzehn, weißt du das? Nein, natürlich nicht. Unsere *chère maîtresse* ist sehr mitfühlend. Sie hat mir erzählt, alle großen Schauspielerinnen seien ihren Verlobten gegenüber schwierig. Ich habe viele alte Geschichten gehört.«

Margot zuckte die Achseln. Sie lächelte nicht, und ihre Augen waren eine Schattierung dunkler geworden.

»Du bist nicht besonders klug gewesen, Victor. Das verzeihe ich dir nicht.«

»Tut mir leid.« Er machte eine entschuldigende Geste. »Ich nahm an, du kämst heute vormittag. Denis hat sich für heute abend angesagt. Das wußtest du natürlich?« Er warf ihr einen eindringlichen Blick zu und vermerkte mit Befriedigung, daß ihr Gesicht ausdruckslos wurde, während Genevieve, die dem Gespräch gefolgt war, bei dem Namen ein ungehaltenes Schnalzen hören ließ. Denis Cotton, einziger Sohn von Zoffs älterer, inzwischen verstorbener Tochter, wurde im Hause nicht oft erwähnt. Zoff mochte ihn seiner Mutter wegen nicht.

»Nein, ich hatte keine Ahnung.« Margot sah erstaunt von einem zum anderen.

Victor lachte. »Du warst sechs Monate fort, meine Liebe, und bist nicht im Bilde«, sagte er. »Während deiner Abwesenheit hat Denis hier Besuche mit recht interessanten Folgen gemacht, so scheint es jedenfalls. Wobei mir einfällt, ich würde nicht ins Wohnzimmer gehen, wenn ich du wäre.«

»Das ist ungezogen«, schalt ihn Genevieve, als sei er noch ein Kind. »Sie ist eben erst angekommen, sie ist tropfnaß, und sie war noch nicht einmal bei Madame. Nein, das ist abscheulich. Laß sie in Ruhe. Sie wird alles früh genug erfahren.«

Margot fing an zu lachen. Genevieve, die schimpfte, und Victor, der Geschichten erzählte, das war Zoffs Haushalt, wie ihn jeder kannte. Sie legte der alten Frau einen Arm um die Schultern und drückte sie. »Was ist im Wohnzimmer, Genevieve? Sag's mir, oder ich gehe nachsehen.«

Genevieve hob den Arm und packte Margots Hand mit eisernem Griff. »Sei leise«, murmelte sie. »Die Türen in diesem Haus sind nicht allzu dick. Sir Christopher Perrins ist drin.«

»Sir Kit? Warum hast du mir das nicht gleich gesagt? Ich wollte morgen zu ihm gehen. Ich sage nur rasch guten Tag.«

»Nein.« Der Griff wurde fester. »Noch nicht. Noch nicht gleich. Er hat den *juge d'instruction* dabei.«

»Sie meint einen Inspektor«, warf Victor lässig ein. »Einen britischen Polizeiinspektor, sehr eindrucksvoll, und so nützlich wie ein Zirkuspferd, unter den Umständen.«

Margot sah ihn an und schnitt eine mitfühlende Grimasse. In den meisten Häusern ist die Polizei ein hinreichend ungewöhnlicher Besuch, um im Familienkreis gewisse Aufregung hervorzurufen. Zoff hatte unbedeutendere Konventionen nie respektiert. Im Lauf ihrer Karriere hatte sie Hunderte von Malen nach der Polizei geschickt. Früher hatte es auf der Präfektur eine exakte Akte für ihre Beschwerden gegeben und einen Beamten, der sich ihre Sorgen anhörte, und sie hatte sich für das Entgegenkommen revanchiert, indem sie bei Wohltätigkeitsveranstaltungen für die Polizei auftrat. Es war ein höchst freundschaftliches Arrangement gewesen.

»Wieder mal der Schmuck, nehme ich an?« Margot sagte es leichthin, und bevor Victor antworten konnte, fuhr Genevieve energisch mit breitem und überzeugendem Akzent dazwischen.

»So was in der Richtung. Es ist gar nichts, wirklich nichts weiter.« Dann sah sie drohend zu Victor, der über ihren Kopf hinweg Margot anlächelte.

»Das Thema wurde gewechselt«, sagte er. »Hör mal, liebes Kind, willst du dir vor unseren Augen eine Lungenentzündung holen?«

»Mein Gott, ja!« Genevieve kam mit einem Ruck wieder zu den praktischen Dingen. »Du kommst sofort mit nach oben, Margot. Wenn du trocken bist, kannst du zu Madame hineingehen. Nein, nein, kein Gerede mehr, ich verbiete es. Komm schon, komm mit!«

Sie nahm Victor das Köfferchen ab, schob ihn beiseite, ergriff den Arm des Mädchens und dirigierte sie zur Treppe. Victor berührte ihre Hand, als sie an ihm vorbeiging.

»Wir sehen uns dann beim Essen«, sagte er, wandte sich um und ging den fliesenbelegten Gang hinunter.

Die alte Frau warf ihm einen Blick nach. »Also, was ist los?« wollte sie wissen.

»Ich werde ihn nicht heiraten. Das habe ich ihm gestern abend gesagt.«

»Eh bien?« Genevieve klang unbeeindruckt. Sie schob das Mädchen vor sich die Treppe hinauf. »Diese Kriege«, sagte sie

atemlos, als sie oben angekommen waren, »wenn *les guerres* nicht gekommen wären, dann wärst du schon fünf Jahre verheiratet, und Madame wäre Urgroßmutter. Das ist das Schlimme an solchen Verlobungen, sie halten nicht gut.«

»Ich konnte ihn wohl kaum heiraten, als er in Buenos Aires war.« Margots Stimme klang abwehrend, wenn auch undeutlich, während ihr in der Zurückgezogenheit eines Schlafzimmers unnachgiebig der Unterrock über den Kopf gezogen wurde.

»Nein«, stimmte die alte Frau zu und schnaufte dabei vor Anstrengung. »Und wenn er tot in einem Keller läge, nach dem Kampf für *la patrie,* dann könntest du ihn auch nicht heiraten. Zieh den Schlüpfer aus. Er ist auch naß. Unsinn, ich fühle es; er ist feucht, sage ich.«

Eine ergebene und zerzauste Margot stand, nur mit einem Handtuch bekleidet, im Zimmer, als die Tür aufging. Eine Duftwolke kam mit dem Bukett extravagant unsaisongemäßer Rosen hereingeweht, hinter denen sich die Gestalt verbarg, die es trug.

Im nächsten Moment ertönte ein Begeisterungsschrei. Die Blumen flogen unter einem Regen von Blütenblättern in hohem Bogen quer durchs Zimmer, während Zoff in ausgelassenster Laune die Arme ausbreitete.

»Darling, Darling, Darling! Was machst du denn bloß? Mein Gott, sehen wir nicht aus wie direkt aus dem *Figaro.* Ich wollte eine Rede halten, in meiner besten Manier, die alte Schauspielerin grüßt den jungen neuen Star, und was passiert? Ihr verderbt alles, du und diese trottelige Alte. Hier nackt herumzustehen! Mein Liebes, wie wunderschön du bist, und wie *rosa!*« Sie lachte und weinte, verteilte Küsse und Umarmungen, die Jahre fielen wie rieselnde Haarnadeln von ihr ab, ihre Augen blitzten wie schmale, schwarze Diamanten in ihrem dunklen Gesicht.

Ganz kurz überlief Margot das alte kindische Schaudern, das diese stürmische Persönlichkeit stets bei ihr ausgelöst hatte, wenn sie nach einer Trennung wieder zusammentrafen. Sie liebte Zoff, verdankte ihr alles, und bewunderte sie aufrichtig, aber sie hatte dennoch ein bißchen Angst vor ihr, selbst jetzt, da die große Schauspielerin schon über siebzig war, und sie zu berühren einer Berührung elektrischer Leitungen gleichkam.

Als spüre sie etwas von dieser Reaktion, nahm die Berühmtheit sich ein wenig zurück.

»Mein hübscher kleiner Fratz«, sagte sie unter erneuten Küssen, um die Irritation zu ersticken. »Wie ich dich liebe. Und ich freue mich so, dich zu sehen, weißt du das? Welch ein schreckliches Land ist das hier nur, Margot, und welch ein abscheuliches Haus. Mein Gott, wie sehne ich mich danach, von etwas anderem zu hören! Wie geht es all meinen lieben Amerikanern? Was haben sie dir von mir erzählt?«

»Sie ermüden sich«, unterbrach Genevieve, als seien sie mitten in einer Debatte. »Wir werden alle dafür zahlen müssen. Warum konnten Sie nicht in Ihrem Zimmer warten, bis ich das Kind zu Ihnen bringe? Sehen Sie sich die Blumen an! Völlig ruiniert! Außerdem, wenn Sie sich diese Blumen leisten können, warum haben Sie ihr dann keinen Wagen geschickt? Sie ist naß bis auf die Haut.« Während ihrer Tirade watschelte sie zu den Rosen hinüber, sammelte sie auf und schüttelte sie ärgerlich wieder in Form. Zoff betrachtete sie kühl und setzte sich aufs Bett wie auf einen Thron.

»Kein Taxi?« fragte sie Margot mit aufgesetzter Überraschung. »Habe ich es nicht gesagt? Ein schreckliches Land! Es ist typisch. *Ma foi,* welch eine Nation!«

In Ruhestellung war Zoff nicht schön und war es nie gewesen. Sie war eine grobknochige Frau, nicht sehr groß, mit einem pfiffigen, unerschrockenen Gesicht, in dem ein breiter Mund und kleine Augen ihren Charakter noch unterstrichen. Ihr sichtbarer Charme lag in ihrer Anmut, die erstaunlich war. Sie verzauberte jede Bewegung und verlieh Liebreiz jeder Pose. Der Rest war Temperament. Selbst jetzt, da ihre

Lippen unter dem dunklen Lippenstift blau waren und ihr Haarschopf nicht länger golden, sondern weiß und strohig, floß Energie gleich einem Strom aus ihr. Wenn sie lachte, und das war oft, schossen ihre Augen kleine dunkle Blitze.

»Heiter«, sagte sie mit exzellentem Ekel. »Weißt du, *chérie*, die Leute hier sind immer heiter. Es gilt als Tugend. *Mon dieu*, ich verstehe es nicht! Sie tragen härene Hemden und gehen damit tapfer lächelnd auf und ab, zu höflich, sich zu kratzen. Abstoßend. Und ich, ich werde wohl hier sterben. Das darfst du aber Kit nicht erzählen. Der alte Schurke will mich aus seinem scheußlichen kleinen Haus werfen, jetzt, wo ich nicht mehr reisen kann. Er ist ein Monster, dieser Kerl.«

Margot beugte sich über die frischen Strümpfe, die Genevieve herbeigezaubert hatte, und verbarg ihr Lächeln. Das also war die neue Plage. Zu Zoffs großen Tugenden gehörte ihre Offenheit. Man rätselte nie lange, was sie wohl bedrükken mochte. Es kam und ging, aber nicht als gärendes Geheimnis. Die Familie hatte jedoch eine geschickte Technik entwickelt, und Margot wechselte das Thema.

»Ich habe den Kopfschmuck getragen«, sagte sie.

»In *Phèdre*?« Zoff ließ sich übertölpeln. »Du bist natürlich zu groß dafür«, sagte sie rasch. »Dadurch wirkt er nicht. Aber ich nehme an, es hat dir ein bißchen Mut gemacht, *oui*? Wie hieß das neue Stück, *L'amant*? Sehr dramatisch? Nein? Du mußt es mir vorlesen, wenn ich nicht mehr so müde bin, und ich zeige dir vielleicht, wie man es spielen sollte. Ich bin sehr krank. Hast du das gewußt? Der Doktor hier, ein kompletter Idiot, sagt, daß ich eines Tages sterben werde.«

»Das werden wir alle, Gott sei Dank«, sagte Genevieve, die immer noch schmollte. »Der arme Mann hat gesagt, Sie sollen sich ruhig verhalten.«

»Ruhig?« Die tiefe Stimme schwoll zu einem geschulten Crescendo. »Etwas anderes bleibt mir ja gar nicht übrig, in diesem absurden, provinziellen Hinterhof! Ich bin ja hier lebendig begraben, wenn ich nicht gerade ermordet werde –«

»Tiens!« unterbrach Genevieve. »Das arme Kind...«

»Natürlich«, Zoff blickte zerknirscht drein. »Meine arme kleine Margot, schon halb ertrunken heute, da mag sie nicht noch von Alter und Krankheit und anderen Scheußlichkeiten hören. Nein, wir wollen von ihr reden.« Sie hielt überlegend inne, und der schalkhafte Ausdruck in ihren dunklen Augen wurde nachdenklich. Margot zog einen Schlüpfer an und glättete die Seide über ihren schlanken Hüften. Sie wartete und lauschte gespannt, die weißgoldene Lockenfülle auf ihrem Kopf sah verwuschelt aus, ihr Kinn entschlossen.

Zoff taxierte sie, augenscheinlich gleichmütig, dann reckte sie plötzlich herausfordernd das Kinn und sagte über die Schulter hinweg:

»Sieh dir diesen Knochenbau an, Genevieve, diese Schatten hier, so bläulich auf dem weißen Rücken. Meiner war nie so gut, nie. Nicht mal bei meiner ersten Beichte. Ich habe meinen Weg ohne große Schönheit machen müssen. Dennoch, sie ist beachtlich. Selbst heute, wo man weiß, wie wenig sie zählt, nimmt sie einem den Atem. Du bekommst ein schwarzes Kleid, *ma petite,* mit tiefem Rückenausschnitt. Bis zu deinem kleinen Steiß.«

Die Stimme verhielt nur einen Lidschlag. Dann fügte sie kurz hinzu: »Mein armer Enkel Victor Soubise ist also jetzt nicht mehr gut genug für die talentierte Mademoiselle Robert?«

»Oh, Zoff!« Margot fuhr herum, und die Röte stieg ihr ins Gesicht. Das war Zoff mit ihren ungezogensten Tricks, unfair, und das auch noch voller Genuß. »Tu das nicht, Liebste. Nimm es nicht so. Ich wollte mit dir darüber reden. Es ist mir nicht in den Sinn gekommen, daß Victor zu dir rennen könnte, bevor ich hier bin.«

»Warum sollte er nicht?« Zoff spielte die Matriarchin und sah auch so aus, dabei spielte sie nicht nur. Hinter ihr standen Generationen kleiner Landbesitzer im *Sud,* und sie befaßte sich mit einem Problem, das jeder von ihnen voll und ganz verstanden hätte. »Deine Heirat mit Victor ist festgelegt, seit du fünfzehn bist«, sagte sie. »Es ist nur dem Zufall dieses unglückseligen Krieges zu verdanken, daß ihr in diesen wichtigen Jahren getrennt wart. Es geht um eine ernsthafte Familienangelegenheit. Es geht um Vermögen.«

Das war's, natürlich. Zoff hatte den Finger auf einen wichtigen Punkt gelegt. Wie sie sagte, es galt, ein beträchtliches Vermögen zu bedenken.

Wie sie gern betonte, erwarben andere Schauspielerinnen andere Dinge. Sarah Bernhardt zum Beispiel bevorzugte Löwen. Aber Zoff hatte sich stets an Landbesitz gehalten, und auch wenn Frankreich in einer Generation zweimal besetzt worden war, blieb noch immer viel davon.

Erst einmal war da beinahe das gesamte berühmte Cap d'Azur zwischen Nizza und Marseille. Zoff und Genevieve waren beide dort geboren, als es noch nicht viel mehr als ein Weiler war, aber Zoff hatte das Land nicht verkauft, nachdem sie es mitsamt dem Küstenstreifen geerbt hatte, sondern Geld in die Erschließung gesteckt und es mit Hilfe ihrer Freunde in Mode gebracht.

Während der kurzen Herrlichkeit ihrer zweiten Ehe mit Mégard, dem damaligen Parfumkönig, war Geld in ihre Unternehmungen geflossen, und selbst nach der Okkupation konnte ihr getreuer alter Notar sehr optimistisch von Pachten und Bodenzins berichten.

Das Cap war lange nicht alles an Immobilien. Es gab noch Luxusappartements in Paris, die sie selbst aus dem Herrenhaus in der Rue St. Anne gemacht hatte. Es war ihr Witwenanteil von ihrem ersten Mann gewesen, demselben Conte d'Hiver, dessen Andenken sie so beschmutzt hatte in jener *cause célèbre,* die ganz Paris schockiert und sie beinahe ihre Popularität gekostet hatte.

Dann war da noch das Superhotel in Lyon, das sie während der Depression von 1917 für ein Butterbrot erworben hatte, und der Kai und die Lagerhäuser in Port Mauritius, die sie von ihrer eigenen Großmutter geerbt hatte, der sagenhaften Mère Zoffany phantastischen Angedenkens.

Und schließlich gab es die beiden edlen Weinberge an der Rhône, deren Übertragungsurkunde ihr angeblich der arme Lampre, der große Buchmacher, noch von seinem Totenbett aus geschickt hatte. Sie sei im Stroh um eine Champagnerflasche versteckt gewesen, hieß es, und so der gierigen Menge der Gläubiger entgangen, die sich in den Vorräumen seines feinen Hauses tummelte.

All das blühte noch, alles warf Dividende ab. Zoff hatte ihre Bevollmächtigten mit Genie herausgepickt, und sie hatte ein Gespür dafür, etwas zur rechten Zeit festzuhalten. Und natürlich war da auch noch ihr Schmuck. Es gab also ganz sicher Vermögen zu bedenken.

Margot stand da, schaute nun Zoff an und folgte den Gedankengängen hinter der schmalen Stirn. Die alte Frau dachte an ihre Besitztümer und was daraus werden sollte.

In dieser Sache war sie nicht so frei, wie man hätte glauben können. Nach französischem Gesetz kann man Verwandte nicht einfach enterben. Wenn in Frankreich die Kinder schon die Sünden ihrer Eltern bis ins dritte und vierte Glied erben, so bekommen sie zumindest auch deren Vermögen.

Jeder wußte, wie Zoffs Vermögen verteilt werden mußte. Sie hatte nur zwei direkte Nachkommen, zwei Enkel. Das waren die Cousins Victor und Denis, Söhne ihrer beiden Töchter, eine aus jeder ihrer Ehen.

Also mußte, nach den Gesetzen des Landes, jeder Enkel ein volles Drittel des gesamten Vermögens bekommen, und nur das restliche Drittel war frei. Dieses letzte Drittel sollte Margot zufallen, bis auf bestimmte Summen für Genevieve und andere Dienstboten. Es war alles ganz einfach und völlig unausweichlich. Und doch schreckte Zoff, wie viele andere, die durch unermüdlichen persönlichen Einsatz Vermögen angehäuft haben, davor zurück, ihres zu verteilen. Sie hatte es wachsen sehen, hatte es zweimal beinahe an die *boches* verloren und spürte nun wieder die Erregung, es in Händen zu halten. Für sie war es etwas Lebendiges.

Des Vermögens wegen war die Ehe zwischen Margot und Victor geplant worden, als der Junge noch die Schulbank drückte und das Mädchen im Kinderwagen lag. Blieb Denis, der andere Enkel. Selbst Zoff hatte gemerkt, daß an Denis kein Weg vorbeiführte.

Sie hatte bestimmt ihr Bestes getan. Der skandalöse Fall, den sie nach ihrem Streit mit ihrer älteren Tochter, der kränklichen Élise d'Hiver, vor die französischen Gerichte gebracht hatte, war um ein Haar das Ende ihrer Karriere gewesen. Die Vorstellung, daß eine Mutter in aller Öffentlichkeit vor Gericht aufstand und schwor, das Baby, das sie bei dem berühmten Empfang im Arm hatte, als ihre heimliche Heirat mit d'Hiver verkündet wurde, sei nicht ihr eigenes Kind gewesen, war selbst den versessensten Fans zuviel.

Zoff verlor und zog sich für eine Weile zurück. Élise heiratete einen bettelarmen amerikanischen Soldaten des Ersten Weltkriegs und starb im Wochenbett. Aber auch nachdem dieser in der Picardie gefallen war, gab es das Baby, Denis, immer noch.

Der Junge war Zoff von Anfang an ein Dorn im Auge. Er war auf dem kleinen Anwesen, das seine Mutter von ihrem Vater geerbt hatte, von Dienstboten aufgezogen worden und hatte nie Unterstützung von Zoff bekommen.

Selbst dieser neue Krieg hatte ihn nicht ausgelöscht. Er hatte sich der Résistance angeschlossen und als Medizinstudent im zweiten Studienjahr im Untergrund gearbeitet, wo er sich der Wunden jener annahm, die gegen die Invasoren kämpften. Nach einem Dutzend Entkommen um Haaresbreite gab es Denis immer noch.

Derzeit beendete er seine Ausbildung in einem Londoner Krankenhaus, wo er sich auf die letzten Prüfungen vorbereitete, die er aus Zeitmangel nicht mehr hatte ablegen können, bevor der Terror wieder über das Land schwappte. Wenn

Zoff starb, mußte er ein Drittel ihres Vermögens bekommen. Da biß die Maus keinen Faden ab. Ein Drittel mindestens mußte vom Ganzen abgezwackt werden, und nun sollte sie schon wieder teilen.

All das konnte Margot genau nachvollziehen, während sie in dem großen Schlafzimmer stand und gedankenvoll die alte Frau ansah. Sie empfand das Ganze als unzeitgemäß. Es war lästig, es gehörte einer vergangenen Epoche an, aber es ließ sich nicht umgehen, so war es nun mal.

»Ach Liebste«, sagte sie. »Es tut mir so leid. Versuch doch, oh, versuch doch zu verstehen.«

Zoff hielt ihr Kinn schief. Es war eine charakteristische Bewegung, die ihr etwas seltsam Raffiniertes verlieh.

»Du hast dich also ganz und gar gegen Victor entschieden?«

»Ja – das heißt, natürlich nur dagegen, ihn zu heiraten.«

»*Eh bien.* Dieser Wandel in deinem Herzen, er hat auf deiner Reise nach New York stattgefunden, ja?«

»Nein, nicht direkt. Die endgültige Entscheidung habe ich auf der Rückfahrt getroffen. Aber ich hatte schon seit einiger Zeit daran gedacht, seit ich Victor zum ersten Mal wiedergesehen habe, nachdem er aus Südamerika zurück war. Wie lange ist das her? – mindestens sechs Monate.« Sie sprach ernst, aber vorsichtig. Es geschah alles auf die schlimmstmögliche Weise. Zoff war vorgewarnt und gewappnet, und ihre Persönlichkeit war eine Macht, gegen die man ständig ankämpfen mußte.

»Du mochtest Victor plötzlich nicht mehr? Du fandest ihn verändert? Er war kein Held, er hatte nicht gekämpft. War es das?« Ihre schwarzen Augen blickten durchdringend, und Margot sah weg. Es war einfach nicht möglich, Zoff zu erklären, daß ein Mann, der einem achtzehnjährigen Mädchen als aufregendes Rätsel kultivierter Weltgewandtheit erschienen war, in den Augen einer erfahrenen Frau von vierundzwanzig zu einem ziemlich boshaften, altjüngferlichen Junggesellen herabgesunken war. Zoff würde sich für derartige Enthüllungen nicht interessieren. Es konnte gut sein, daß sie erwiderte, ein Ehemann sei kein Liebhaber, und was erwarte man eigentlich? Zoff lebte noch in einem längstvergangenen Frankreich. Margot seufzte und wandte sich wieder der Schlacht zu.

»Victor liebt mich nicht, und ich liebe ihn nicht«, sagte sie. »Wir haben uns nie geliebt, höchstens wie Bruder und Schwester. Das reicht nicht aus für eine Ehe, Zoff, nicht heutzutage. Und mach dir keine Sorgen um das Vermögen, Liebste. Gib ihm meinen Anteil und seinen eigenen. Das kannst du tun. Ich gehöre nicht zur Verwandtschaft. Du hast alles für mich getan, und ich bin mehr als dankbar. Ich verdanke dir alles, und ich liebe dich, aber mehr will ich nicht. Ich komme schon zurecht, Zoff. Mach dir meinetwegen keine Gedanken. Du kannst mich dabei vergessen.«

Genevieve war hinter das Bett getreten, und nun waren die beiden alten Gesichter, die sich nur im Ausdruck ähnelten, erwartungsvoll dem jungen zugewandt. Abwesend hob Zoff die Hand und berührte die von Genevieve, die auf ihrer Schulter lag. Sie sprach für beide.

»Margot«, sagte sie, »eines müssen wir sofort wissen, *immédiatement,* jetzt gleich. Wer ist der Mann?«

»Der Mann?«

»Ja, *ma chère,* der Mann. Der Mann, den du statt Victor heiraten willst. Wie heißt er?«

Margot fing an zu lachen. »Ihr Dummchen!« sagte sie. »Natürlich gibt es keinen. Das hätte ich dir doch sofort erzählt.«

»Keinen?« Zoffs Augenbrauen sahen aus wie zwei große Zirkumflexe. »Ich hoffe, du bist nicht unnormal«, sagte sie vernichtend. »Nein, natürlich nicht; es ist einer dieser enormen Amerikaner, reicher als ich womöglich. Laß die Finger von ihm. Vergiß ihn. Er holt dich aus Europa fort. Du wirst deine Heimat nie wiedersehen.«

»Zoff, sei doch nicht albern. Es ist die Wahrheit, wirklich. Es gibt niemanden.«

Zoff schnüffelte laut und unromantisch. Sie stand auf und hakte Margot unter.

»Vielleicht ist sie doch keine so schlechte *vedette*, nicht, Genevieve? Eine sehr hübsche Vorstellung, *ingénue, chérie*. Komm mit und sieh dir an, was ich getan habe, um diese miserable Hundehütte wohnlicher zu machen. Der arme Kit ist so böse auf mich. Ich habe einen alten Maurer bestochen, damit er mir hilft, die bestialischen Restriktionen zu umgehen, mit denen dieses infantile Land sich umgibt, und ich habe aus allen drei vorderen Schlafzimmern einen einzigen großen Salon gemacht. Nicht gut, aber besser als zu ersticken.«

»Sie hat das Haus ruiniert«, bemerkte Genevieve ruhig. »Sir Kit ist *galant* gewesen, aber die Tränen haben in seinen armen Augen gestanden, als er es gesehen hat. Lauf schon, Kind. Ich bringe dir ein Kleid, und du kannst dich drüben frisieren.«

Margot ließ sich nicht täuschen. Dieses brillante Ablenkungsmanöver gehörte zu Zoffs Lieblingstaktiken. Sie würde das Hauptthema wieder aufgreifen, sobald Margots Aufmerksamkeit nachließ. Dennoch, die Sache mit den Veränderungen klang verblüffend, und das war sie auch, wie sich herausstellte, als sie durch die Halle in den Raum traten. Sie hatte es genauso gemacht, wie sie gesagt hatte. Zwei Wände waren eingerissen, und die ganze Front des Hauses in ein riesiges Zimmer verwandelt, in dem Zoffs ungeheures Rokokobett fast verloren wirkte. Es war eindrucksvoll, aber für alle außer der *chère maîtresse* völlig unbrauchbar.

»Die anderen«, erklärte Zoff majestätisch, »schlafen sonstwo. Es gibt kleine Zimmer unten, und auch Dachkammern. Ganz bequem, glaube ich. Ich bin noch nicht oben gewesen, wegen meines armen Herzens. Wie findest du es?«

»Es ist erstaunlich«, sagte Margot wahrheitsgemäß. »Außergewöhnlich, Darling. Kann man es warm halten?«

»Genau zwanzig Meter lang.« Zoffs Stimme klang befriedigt. »Ich absolviere meinen täglichen Spaziergang, indem ich einmal auf und ab gehe. Die Spiegel an jedem Ende geben mir das Gefühl, weiter zu gehen. Es gefällt dir nicht, du dumme kleine Bourgeoise.«

»Doch, in gewisser Weise schon. Ich glaube nur, daß es nicht nötig war.«

»Genau das hat Kit auch gesagt. Der Mann hat eine gemeine Seele. Er möchte mich hier raushaben, weil sein Sohn, ein General, aus dem Osten kommt und mit seiner häßlichen Frau und seinen abscheulichen Kindern hier wohnen will. Ich werde von allen Seiten attackiert. Margot, sag's mir, ganz schnell, ist es Denis?«

Die letzte Frage kam als sanftes Zischen, laut genug, ein Theater zu füllen, und die kräftigen Finger gruben sich in den Arm des Mädchens.

Obwohl sie auf den Angriff gewartet hatte, wurde Margot von seiner Plötzlichkeit überrumpelt. Sie erstarrte.

»Denis?«

»Ja, der Mann, den du heiraten willst. Ist es Denis?«

»Zoff, du bist ja wahnsinnig. Natürlich nicht. Denis will überhaupt niemanden heiraten. Hast du ihn denn nicht gesehen, Darling? Er ist ein Fanatiker. Er ist in seine Arbeit verliebt. Er wird nie Zeit für eine Ehe haben.«

Zoff grunzte. »Ich habe ihn gesehen«, sagte sie mit eigenartiger Bitterkeit. »Seit er in London ist, kehrt er den pflichtbewußten Enkel heraus. Jedenfalls hat er mich schon zweimal besucht. Wie du sagst, er ist fanatisch.« Sie hielt inne und fügte beiläufig hinzu: »Aber wie ich höre, hast du dich mit ihm getroffen. Ihr habt zusammen gegessen.«

»Ja, zwei Mal, bevor ich in die Staaten gefahren bin. Er hat mich im Theater abgeholt und mich zum Essen ausgeführt. Dabei hat er die ganze Zeit über seine Arbeit geredet.«

»In irgend so einem dreckigen kleinen *cabinet* wahrscheinlich.«

»Kein besonders großartiges Lokal, nein. Er hat kein Geld, Zoff.« Um der Neugier zu entgehen, suchte Margot Zuflucht bei einer Frage, die sie schon länger beschäftigte. »Zoff, ich weiß, daß es mich nichts angeht, aber bezahlst du Sir Kit eigentlich etwas für das Haus hier?« wollte sie wissen.

»Bezahlen?« Die Berühmtheit war entgeistert. »Er sollte *mich* bezahlen, damit ich in dieser widerwärtigen Ruine wohne. Natürlich bezahle ich ihm nichts. Ich bin sein Gast.«

Margot zögerte. »Ich glaube, es geht ihm nicht besonders gut. Weißt du, der Krieg hat ihm ziemlich übel mitgespielt.«

»Tant pis!« Zoff zuckte die Achseln. »An seinen Problemen können wir nichts ändern. Es ist eine Ehre für ihn, mich hier zu haben. Armer Kit, er hat mich einmal sehr geliebt. Manchmal liebt er mich sogar jetzt noch ein bißchen. Findest du das sehr abstoßend?«

Margot blinzelte. Zoff war wirklich eine Plage. Das Alter schien sie zu umspielen, ohne sie zu berühren; es versuchte höchstens hie und da zu Wort zu kommen, vielleicht.

»Die Liebe ist etwas höchst Seltsames«, verkündete die große Schauspielerin feierlich. »Darum sollten diese Familienheiraten, die so äußerst wichtig sind, stattfinden, wenn man noch sehr jung ist. Man kann alles lieben, wenn man nur jung genug ist. Wahrscheinlich fangen die Leute deswegen an zu weinen, wenn sie plötzlich mit Jugend konfrontiert werden. Es ist Neid. Sie legte den Kopf schief und bohrte dem Mädchen ihren langen Zeigefinger in die Schulter. »Kommt die Liebe, wenn man schon älter ist, dann sieht die Sache anders aus. Lieben bedeutet schmelzen, verstehst du, sein ganzes Selbst in eine Form gießen. Was immer man danach auch tut, der Abdruck bleibt. Entrinnt man dem ersten Mann, verliebt man sich bald in einen anderen, der genau wie er ist, und so fort, für immer. Es ist eine schwerwiegende Sache.«

Sie setzte sich in den Ohrensessel, der, solange Margot denken konnte, stets am Fußende ihres Bettes gestanden hatte.

»Du hast in einem schmutzigen *estaminet* mit ihm gegessen«, bemerkte sie, »und dennoch bist du ein zweites Mal mit Denis ausgegangen, *ma chère*.«

»Ach, laß doch Denis aus dem Spiel!« Trotz aller Vorsicht klang die Stimme der Jüngeren betroffen, und Zoffs Augen flackerten vor plötzlichem Schmerz. Sofort änderte sich ihre ganze Stimmung.

»Ich denke zu viel und zu schnell, jetzt, wo ich alt bin«, verkündete sie. »*Pauvre petite,* vergib der alten Zoff. Sie entwickelt dumme Gedanken, genau wie all die anderen alten Frauen. Und nun zieh dich an. Ich muß nach unten. Muß mit einem Polizisten reden.« Sie stand langsam auf und ging zur Tür hinüber, und zum ersten Mal fiel dem Mädchen auf, daß sie etwas tatterig geworden war. Aber auf der Schwelle war es die alte Zoff, die mit einem schelmischen Ausdruck auf dem breiten Gesicht zurückblickte. »Ich muß ihm sagen, daß ich einen dummen Fehler gemacht habe«, meinte sie. »Ich wünschte, ich wäre so alt wie du. Dann wäre natürlich er es, der sich bei mir entschuldigen müßte.«

An den Worten war nichts Bedrohliches, doch als die Tür hinter ihr zufiel, erschauerte Margot. Sie setzte sich an den Toilettentisch, um ihre Frisur in Ordnung zu bringen.

2

Sir Christopher Perrins ging traurig den Flur entlang. Das Haus gehörte ihm, aber er kannte es kaum noch. Seit Zoff es durcheinandergebracht hatte, war die vertraute Atmosphäre einer Zufluchtsstätte vollkommen verschwunden. Der ärgerliche Polizeiinspektor an seiner Seite war ein Anachronismus, wie er im Buche stand.

In seiner Jugend hatte Kit Perrins zu jenen heiteren kleinen

Männern gehört, deren runde Gesichter und lächelnder Frohsinn leicht das Mißverständnis aufkommen lassen, sie könnten weder Verstand noch tiefe Gefühle haben. In diplomatischen Kreisen wie auch unter jenen, die den eleganteren Sportarten frönten und sich in den großen Landhäusern jener Zeit ein Stelldichein gaben, war er ein großer Favorit, ohne eine große Gestalt zu sein. Erst später, im Rückblick, merkten seine Freunde, was er für ein guter Kerl gewesen war, und auch wie nahe die tragischen Elemente seiner Lebensgeschichte ihm gegangen sein mußten.

Seine Ehe hatte sich als elender Fehlschlag erwiesen, aber er beschwerte sich nie, und keiner hörte von der Verbitterung, die seine kalte, gierige Frau in sein Leben brachte, das sie vierzig Jahre lang teilte. Sein Vermögen schrumpfte zwangsläufig in den wechselvollen Zeiten, und ein Land, das sich nie großzügig gegenüber den Männern gezeigt hat, auf die es baute, hatte ihn für lebenslange Dienste kaum belohnt. Trotz allem, mit seinen siebzig und ein paar Jahren, scherzhaft ausweichend, was die ›paar‹ anging – er blieb ein runder und lächelnder Mann, den nur seine Runzeln und die leichte Unsicherheit seiner sommersprossigen Hände alt machten.

Im Augenblick war er zutiefst schockiert. Im Laufe ihrer langjährigen Freundschaft hatte Zoff ihm viele peinliche Situationen beschert. In beinahe fünfzig Jahren hatte sie ihre Fähigkeit, ihn zu Tode zu erschrecken, nicht verloren, und gelegentlich hatte sich sogar seine kultivierte Seele entrüstet. Heute war es ihr wieder einmal gelungen. Seine runden, braunen Augen blickten vorwurfsvoll. Diese letzte Szene, die sich vor noch nicht zehn Minuten abgespielt hatte, als sie seelenruhig all die schrecklichen Anschuldigungen vom Morgen rückgängig machte, da hatte er wirklich ein paar Mal schlucken müssen. Er sah zu dem ärgerlichen Polizisten auf, der neben ihm ging. »Die Franzosen sind diffizil«, bemerkte er vorsichtig.

»Alte Damen sind oft schwierig, meinen Sie.« Inspektor

Lee sprach es offen aus. Er war ein großer, kräftiger Mann mit intelligentem Gesicht, das normalerweise einen milden, um nicht zu sagen resignierten Ausdruck hatte. Doch im Augenblick war er furchtbar wütend und scherte sich nicht darum, ob man es ihm anmerkte. Kit seufzte. Es gab Zeiten, da wünschte er fast, er hätte Zoff den Hunnen überlassen, aber wie immer schämte er sich dessen gleich darauf wieder.

»In ihrem Land ist Madame Zoffany viele Jahre lang so etwas wie eine kleine Königin gewesen.«

»Oh, ich verstehe sehr gut, Sir.« Der Inspektor unterbrach ihn, weil er nicht noch mehr davon hören mochte. Als die Beschwerde auf dem Revier eingegangen war, hatte er sich etwas Interessantes versprochen, und nun eine solche Erklärung zu bekommen, war frustrierend. »Ich verstehe, was Sie mir sagen wollen. Sie hat es getan, weil sie jemanden ärgern wollte, und nun hat sie ihre Meinung geändert. So etwas haben wir oft, aber gewöhnlich«, fügte er boshaft hinzu, »aus anderen sozialen Schichten. Da ruft dann so eine Alte einen Wachtmeister und erzählt ihm eine Menge Unsinn, und er gibt ihr den Rat, sich einen heißen Schlaftrunk zu genehmigen und ins Bett zu gehen. Ich bin heute selbst herübergekommen, weil an einer ernsten Anschuldigung von solcher Adresse meist etwas dran ist.« Er hielt inne und fügte bedeutungsvoll hinzu: »Ich kann wohl sagen, ich bin jetzt ziemlich sicher, daß nichts dahintersteckt, und doch ist und bleibt es ein seltsamer kleiner Zwischenfall, das müssen Sie zugeben.«

»Ein unglückseliger Zwischenfall«, korrigierte Sir Kit milde.

»Eigenartig«, beharrte Lee, teils um sich zu rächen. »Man fragt sich, wie wohl die Beziehung zu ihren Enkeln ist, wissen Sie, und dann –« Er brach abrupt ab. Margot war um die Ecke gebogen und kam nun auf sie zu. Sie trug ein dunkelblaues langes Kleid, dessen Farbe die ihrer Augen aufnahm, und die Wirkung war bemerkenswert.

Kit, der sie anbetete, und der sich auf das Wiedersehen

gefreut hatte, hätte sie am liebsten sonstwohin gewünscht. Sie kam mit ausgestreckten Händen zu ihm.

»Da bin ich.«

»Margot, mein liebes Kind!« Lee beobachtete düster interessiert die Umarmung.

»Das ist dann wohl die Adoptivenkelin, ja?« sagte er.

Kit runzelte die Stirn. Der Mann war im Recht und hatte eine Wut, aber er nutzte die Situation aus.

»Das ist Mademoiselle Robert, Inspektor«, sagte er steif. »Eine junge Freundin und Erbin von Madame Zoffany. Margot, ich bin sofort bei dir. Schön, dich zu sehen, Liebes. Die Reise ist dir offensichtlich nicht schlecht bekommen, Gott sei Dank.«

Es lag Lee auf der Zunge, zu sagen, daß die junge Dame prächtig aussah, wo immer sie gewesen sein mochte, aber er hielt sich zurück. Das Mädchen wirkte zwar ganz menschlich, aber sie waren alle gleich, diese Leute. Wenn einer von ihnen Ärger machte, scharten sie sich um ihn und verdeckten ihn wie Spieler auf einem Fußballfeld den Mann, dem die Shorts heruntergerutscht sind. Als sie gerade weitergehen wollte, kam ihm jedoch ein Gedanke. Im Vorbeigehen sprach er sie an.

»Sie sind die junge Dame, die Madame Zoffanys Sinneswandel bewirkt hat, oder?« Sofort bemerkte er, daß er ins Schwarze getroffen hatte. Das Mädchen sah verblüfft, aber wachsam aus, und der alte Mann wurde rot, fing sich aber sofort wieder.

»Sie unterschätzen Madame Zoffany, Inspektor«, sagte er leichthin. »Kein Mensch auf dieser Erde hat je ihre Meinung für sie geändert. Das geht nach einem – äh – eigenen Wetterhahnprinzip. Mademoiselle Robert ist eben erst von einer Auslandsreise zurückgekehrt und weiß noch gar nichts von dem Irrtum, der Sie heute abend hergeführt hat. Ich hatte gehofft, sie würde es auch nicht erfahren. Und nun, Inspektor, bleibt mir nichts weiter, als noch einmal meinem aufrichtigen Bedauern Ausdruck zu verleihen. Margot, ich glaube, das Essen ist serviert. Ich komme gleich nach, mein Liebes.«

Lee wußte, wann er entlassen war. In dieser ruhigen Stimme der alten Schule schwang ein Chor anderer Stimmen mit, die weder so sanft noch so höflich klangen, Stimmen von Anwälten, Stimmen von Richtern, Stimmen von hochrangigen Polizeibeamten beim Abkanzeln von Untergebenen, die ihre Befugnisse überschritten haben. Er gab bedauernd nach.

Margot lächelte zum Abschied und schritt den Flur hinunter, einen Hauch *L'heure bleu* zurücklassend. Lee folgte Sir Kit zur Haustür, wo sie sich freundschaftlich trennten. Aber der Inspektor ging in den Regen hinaus und überlegte, ob er nicht doch über etwas gestolpert war. War der alte Mann nicht allzusehr darauf bedacht gewesen, zu verhindern, daß er das Mädchen ausfragte? Lee war sich nicht ganz sicher. Dieses Haus sollte man sich wohl merken.

Sir Kit eilte zurück durch die Halle. Er war müde und schämte sich der ganzen schockierenden Angelegenheit aus tiefstem Herzen. Es war nicht fair von Zoff, es war wirklich nicht fair. Er war sehr böse auf sie. Seine Stimmung hob sich ein wenig, als er ins Speisezimmer trat. Von allen Räumlichkeiten war es noch am ehesten der erneuerungsfreudigen Hand seiner derzeitigen Bewohnerin entronnen. Die ausgeblichene chinesische Tapete und das strenge, spätgeorgianische Mahagoni waren noch so, wie er es aus seiner Kindheit kannte, und in der Atmosphäre lag immer noch dieselbe Wärme und Geborgenheit und Höflichkeit wie vor langer Zeit, als seine Tante Birdwood, die ihm das Haus hinterlassen hatte, ihn zum ersten Mal an ihrem Mittagstisch empfangen hatte.

Victor und Margot saßen bereits, als er hereinkam, und hatten zwischen sich einen Platz für ihn freigelassen. Offensichtlich hatte Zoff beschlossen, nicht zu erscheinen. Sie kam in letzter Zeit selten zum Abendessen herunter, aber Kit verstand, daß sie ihm heute aus dem Weg gehen wollte. Es konnte immerhin sein, daß sie sich ein kleines bißchen schämte. Er hoffte es. Zugleich vermißte er sie. Sie hätte ruhig kommen können, dachte er, sie hätte ruhig kommen können. Margot freute sich, ihn zu sehen, das war wenigstens ein Trost. Sie lachte ihm jetzt entgegen und klopfte auf den Stuhl neben sich.

Wie gewöhnlich bediente Felix. Er war seit ungefähr fünfunddreißig Jahren in Zoffs Diensten und hatte es, nach Sir Kits Begriffen, nie auch nur annähernd zu einem einigermaßen annehmbaren Diener gebracht. Jetzt war er ein alter Mann, dünn und etwas heruntergekommen, mit grauem Haar und traurigen Augen. Kit fand, er wirkte wie ein Ober in einem Boulevardcafé, und früher hatte er Zoff seinetwegen Vorhaltungen gemacht.

»Aber er schläft nie, *mon ami*«, hatte sie ihm entgegengehalten. »Das ist ein solcher Vorteil.«

So war Felix geblieben, und hier war er immer noch, schlich auf schwarzen Filzpantoffeln herum, servierte schlampig und lauschte schamlos den Gesprächen. Heute abend allerdings dachte er immerhin daran, den Stuhl herauszuziehen, und Sir Kit setzte sich dankbar zu lauwarmer Suppe und seiner lieben Margot.

»Ich habe schon angefangen«, sagte Victor. »Ich hoffe, du vergibst mir. Ich sah eine Karottenscheibe langsam erstarren und dachte, sie oder ich sollte aus der mißlichen Lage befreit werden. Das Gesetz hat sich wohl verabschiedet?«

»Endlich.« Kit verzog über seinem Löffel das Gesicht. »Eine unglückselige Angelegenheit glücklich zu Ende gebracht«, fügte er mit einer Entschiedenheit hinzu, die dazu angetan war, selbst Victor zum Schweigen zu bringen. »Hat Zoff uns etwas zu trinken spendiert?«

Felix füllte sein Glas mit Sherry. »Importiert von der Regierung, M'sieu.«

Kit nahm die schlechte Nachricht gelassen. »Und danach?«

»Danach den Latour, M'sieu, weil Mademoiselle wieder da ist.«

Kits Lächeln kehrte zurück, und er legte eine Hand auf Margots.

»Ich freue mich so, dich zu sehen, mein Liebes«, sagte er aufrichtig. »Und über den Latour können wir uns auch freuen, nicht? Ich habe Zoffs Gepäck verflucht, als sie damit ankam, aber ich sehe inzwischen ihre weise Voraussicht. Wir brauchten einen Möbelwagen, um ihre Schrankkoffer von den Docks zu holen. Es war ja schon Krieg – Gott sei meiner armen Seele gnädig, ich weiß nicht, wie sie es gemacht hat.«

»Les pourboires.« Glücklicherweise sprach Felix es nicht laut aus, auch wenn seine Lippen die Worte formten. Erfahrung hatte ihn gelehrt, keine Bemerkungen dazwischenzuwerfen, wenn Sir Kit am Tisch saß, aber er ließ es sich dennoch angelegen sein, es zu tun, um sich selbst zu beweisen, daß er nicht unterwürfig war. Wenn Zoff das Manöver bemerkte, amüsierte es sie ungeheuer.

»Es mag vielleicht nicht der rechte Zeitpunkt sein, aber ich wüßte gern –« fing Victor an, als Margot den Kopf schüttelte.

»Dies ist mein Willkommensessen«, sagte sie. »Es gibt alles, was ich gern mag, soweit das derzeit möglich ist. Wie findet ihr das als Begrüßung zu Hause?«

Victor zuckte die Achseln. »Wie du meinst«, sagte er spitz, »aber ich finde nicht, daß wir das so einfach auf die leichte Schulter nehmen können. Wenigstens sollten wir Denis warnen, nicht herzukommen.«

»Mein lieber Freund«, Sir Kit strich sich erschöpft über die Stirn, »mein lieber Freund, nicht beim Latour, ja?«

»Wie Sie wünschen.« Victor schien entschlossen, sich wie ein verwöhntes Kind zu benehmen. »Ich meine nur, daß Sie einen gefährlichen Fehler machen, wenn Sie annehmen, daß Zoff sich nicht völlig darüber im klaren war, was sie sagte. Deutlicher kann ich es nicht ausdrücken, oder?«

Sir Kit legte Messer und Gabel hin. »Zoff hat ihre schändliche Klage gegen Denis zurückgezogen«, sagte er langsam. »Sie hat jedes Wort zurückgenommen, vor der Polizei. Ich finde wirklich, daß wir es dabei belassen sollten.«

»Das habe ich von Genevieve gehört. Aber dennoch, wenn Zoff je geglaubt haben sollte –«

»Ernsthaft – Victor.« Sir Kits Zorn stieg gefährlich an. »Ich wäre dankbar, wenn Sie dieses abscheuliche Thema fallenließen. Der junge Cotton ist bewußt verleumdet worden, daran zweifle ich nicht. Das Mindeste, was wir tun können, ist, Schweigen zu bewahren. Zoff muß verrückt sein, und Denis gehört mein tiefes Mitgefühl.«

»Das ist sehr nett von Ihnen, Sir Kit.« Die Stimme von der Tür hinter ihnen war sehr dunkel. Der Tonfall war lässig und freundlich, aber das eigentliche Timbre war unverwechselbar. Margot fuhr bei dem Klang herum, Victor verstummte, und die Atmosphäre veränderte sich deutlich, als eine neue Kraft ins Zimmer floß.

»Denis, mein guter Junge.« Sir Kit brachte sein Glas in Sicherheit und wollte aufstehen.

»Bitte, bleiben Sie sitzen, Sir.« Der Neuankömmling trat näher, um die Anwesenden zu begrüßen, wobei ihm das Kerzenlicht vom Eßtisch eine Eleganz verlieh, die ihm nicht von Natur aus gegeben war. Er war kräftig und kompakt, größer als Victor und etwas schwerer. Rein äußerlich hatte er nicht die geringste Ähnlichkeit mit seinem Cousin. Er war blond, mit einem energischen, häßlichen Kinn und ernsten, tiefliegenden Augen, und er gehörte nicht Victors Welt an, noch Sir Kits. Eine moderne, zweckmäßige Robustheit, die beide ein bißchen altmodisch erscheinen ließ, umgab ihn. »Tut mir leid, daß ich zu spät komme«, sagte er, »aber die Züge waren gegen mich. Genevieve hat mich hereingelassen und direkt hierher geschickt. Hallo, Margot. Hallo, Soubise. Ich setze mich zu dir, Victor, wenn ich darf – dann kann ich dich ansehen, Margot.«

Er fühlte sich wohler in seiner Haut als alle anderen zusammen, und das Herausragendste an ihm war eine gewisse Autorität, die auf ihre Weise ebenso nachhaltig wirkte wie Zoffs. Alle fühlten sich von ihm angezogen, und alle wehrten sich dagegen. Diese Zwiespältigkeit regte das Gespräch an und behinderte es gleichzeitig, und der leise Anklang von Unbehagen, ja beinahe von Gefahr, der im Hause hallte, seit Margot es betreten hatte, wurde deutlicher, während das Essen seinen Fortgang nahm. Kit hielt den Ball galant am Rollen, und Denis assistierte ihm, aber die beiden anderen waren ungewöhnlich still. Aber es war doch Felix, auf den Denis am sichtbarsten Eindruck machte. Eine Zeitlang bediente er jedenfalls beinahe gut und trug eine höchst uncharakteristische Ehrerbietung zur Schau. Felix erinnerte sich also auch an ein solches Kinn und eine solche Stimme. Sir Kit hatte vergessen, daß der Klotz schon so viele Jahre zum Haushalt gehörte.

Mit dem Eis kam Zoffs zweite Überraschung für die Heimkehrerin, eine Flasche rosa Champagner. Er war viel zu süß für Kits Geschmack, aber der Anblick entzückte ihn. Ein paar Minuten lang fühlte er sich in eine verlorene und herrliche Welt zurückversetzt und saß wieder mit einem schönen Mädchen am Tisch, das ihm über ein hohes Glas hinweg zulachte, während zwischen ihnen kleine, duftende Bläschen perlten. Er war plötzlich so glücklich, daß er die Strapazen des Tages schon vergessen hatte, und dann hörte er wie Victor das Geplauder unterbrach, und eine Welle heiligen Zorns erfaßte ihn.

»Wie lange bleibst du noch hier, Cotton?«

»Am Krankenhaus? Ungefähr drei Wochen.«

»Und danach fährst du gleich zurück?«

»Gütiger Himmel, ja!« antwortete der Jüngere voller Inbrunst. »Ich bin schon viel zu lange fort gewesen.«

»Gibt es so viel zu tun?« Das war Margot. Sie saß aufrecht da, und ihre Augen, die ihn beobachteten, waren so dunkelblau wie das Porzellanblau ihres Tellers.

»So viel, daß ich –« er brach lachend ab. »Ich habe ihr alles erzählt«, sagte er zu Kit gewandt, »ich habe dagesessen und erzählt, bis die Ober die Stühle auf die Cafétische stellten. Ich habe geredet und geredet, bis mir die Stimme versagte und Margot ganz blaß war vor Erschöpfung. Es gibt natürlich viel zu tun. Der Umbruch hat Gott weiß was ausgelöst. Es wird Ewigkeiten dauern, alles wieder in den Griff zu bekommen, und das heißt, Eile ist geboten.«

Er sprach ganz ungeziert, und Sir Kit empfand Sympathie für ihn.

»Neulich habe ich meinen alten Freund Anthony Watkin getroffen«, bemerkte er. »Er sagt, daß Sie sich in St. Mark's hervorragend bewähren. Stimmt das?«

Denis errötete. »Das war sehr freundlich von ihm«, sagte er. »Ich hatte natürlich schon gewisse Erfahrungen aus der Widerstandsbewegung.«

»Sind Sie Chirurg?«

»Ich hoffe, daß ich mich in der Richtung spezialisieren kann.«

»Viel Glück dabei«, sagte Sir Kit und legte aufrichtige Wärme in das Klischee.

»Viel Glück, wahrhaftig«, stimmte Victor ernsthaft zu. »Als Zukunftsplan klingt es für mich wie die Hölle. Ich glaube nicht, daß ich Europa derzeit ertragen könnte. Menschenmassen sind mir ein Greuel, selbst, wenn es keine Vertriebenen sind. Drei Wochen sagst du? Dann kommst du wahrscheinlich nicht noch einmal heraus? Das halte ich für klug.« Er sprach mit offensichtlicher Aufrichtigkeit, und Denis drehte sich auf seinem Stuhl um.

»Das meinst du hoffentlich positiv?« sagte er lachend.

»Allerdings.« Victors schwere Lider verschwanden, und seine Augen wirkten dadurch unerwartet entwaffnend. »Allerdings. Ich finde nur, man sollte es dir sagen. Und die anderen sollten es auch zur Kenntnis nehmen. Zoff würde nicht aus einer bloßen Laune heraus etwas so Schreckliches tun. Ihr kennt Zoff nicht.«

Die letzte Ungerechtigkeit war zu viel für Sir Kit, der fast daran erstickte. Margot mischte sich ein.

»Zoff besteht aus ganzen Welten von Kursivgedrucktem«, sagte sie. »Lassen wir uns dadurch nicht verwirren. Ich habe die Einzelheiten noch nicht mitbekommen, aber ich nehme an, Zoff hat wieder mal wegen ihrer Juwelen die Polizei bemüht. Stimmt's? Und wahrscheinlich hat sie diesmal Denis erwähnt, weil er der Neuankömmling im Haushalt ist. Es ist sehr peinlich, ich weiß, aber das liegt in der Natur der Sache, nicht? Zoffs Schmuck löst Familienkrisen aus, seit wir Kinder waren. Es gehört zu meinen ersten Erinnerungen, wie Zoff einen Smaragdohrring verloren hatte und Genevieve beschuldigte, sie hätte ihn verkauft, um Kerzen zu erstehen und der heiligen Katharina einen Ehemann abzuschmeicheln.«

Ein verlegenes Schweigen trat ein, als sie ausgeredet hatte, und selbst Felix' Geklapper mit den Obsttellern klang nervös. Denis malte mit dem Zeigefinger Muster in ein auf dem polierten Holz verschüttetes Salzhäufchen. Als er schließlich zu ihr aufblickte, war sein Lächeln entschuldigend.

»Meine Großmutter hat nicht viel für mich übrig«, sagte er, offensichtlich, um die Erklärung so harmlos klingen zu lassen wie er konnte. »Ich fürchte, sie glaubt, ich sei vielleicht allzusehr darauf bedacht, das Geld zu erben, das ich für meine Klinik in Caen brauche, und als ich angekündigt habe, daß ich heute herauskomme, hat sie um Polizeischutz gebeten. Ich fürchte, sie hat Angst, daß ich sie womöglich umbringen könnte. Das ist es doch, nicht wahr, Sir Kit?«

»Ach – ach du liebe Güte«, sagte Margot unpassend. »Das *kann* sie einfach nicht ernst gemeint haben. Ich habe nie erlebt, daß sie etwas derart Schreckliches getan hätte. Sie würde es nicht wirklich und wahrhaftig ernst meinen. Zoff – nun, also Zoff macht schon manchmal Sachen.«

»Was hast du denn oben zu ihr gesagt, daß sie ihre Meinung geändert hat?« wollte Victor wissen und beobachtete sie dabei gespannt. Alle schauten sie an, und sie hob hilflos die Hände.

»Nichts weiter. Ich wußte doch gar nichts davon. Wir hatten ja nur etwa zehn Minuten, solange ich mich umgezogen habe.« Ihre Stimme verebbte, während ihr plötzlich und brutal die Wahrheit dämmerte. Zoff *wußte* es. Natürlich. Auf irgendeine erschreckend intuitive und ihr ureigene Weise hatte sie es herausgefunden. Zoff hatte sie kaum gesehen, und schon hatte sie über diese demütigende Sache Bescheid gewußt, die ihr passiert war, dieselbe Sache, die ihr sogar jetzt die Zunge lähmte und lästige Tricks mit ihrem Atem spielte.

Zoff war nicht überrascht gewesen, das war immerhin ein Segen. Es gab im Repertoire der gesamten Weiblichkeit keine Narretei, die Zoff nicht vertraut war. Nie hätte sie es unbegreiflich gefunden, daß eine erfolgreiche, begehrte junge Frau sich bei aller Erfahrung und Weltgewandtheit hilflos und unglücklich fühlte, weil sie nicht einmal eine Stunde lang einen Fanatiker mit angenehmer Stimme vergessen konnte, der sein Herz anderen Dingen verschrieben hatte. Selbst die Tatsache, daß dieses Wunder ihr nach nur zweimaligem Zusammentreffen widerfahren war, hätte Zoff nicht erstaunt. Sie hätte es als katastrophal betrachtet, aber nicht als unmöglich.

Ihre erste Reaktion war typisch praktischer Natur gewesen. Sofort nach der Entdeckung hatte sie unverzüglich eine Anschuldigung zurückgezogen, die so unerhört war, daß sie die Attraktivität des jungen Mannes für jedes interessierte Auge nur erhöhen mußte. Zoff war nie diskret. Es war schon schlimm genug, diese herrliche Grausamkeit zu erleiden, ohne auch noch zu wissen, daß darüber geredet wurde.

Schuldbewußt tauchte sie aus ihren Gedanken auf und merkte, daß Kit gerade sein Bestes tat, um ein schönes Abendessen zu retten.

»Felix«, sagte er eben, »als ältester anwesender Gast darf ich wohl darum bitten, daß Sie uns etwas vom Courvoisier unserer Gastgeberin bringen.«

»Madame hat angeordnet, heute abend den Napoléon zu servieren, M'sieu.«

»Gütiger Himmel, hat sie immer noch welchen?« Sir Kit war so verblüfft, daß er all seine Sorgen vergaß. »Eine bemerkenswerte Frau«, sagte er ehrfürchtig. »Also, Margot, mein liebes Kind, du mußt öfter nach Hause kommen.«

So hatte Zoff also ihren kleinen Finger gehoben, und den armen Kit wieder einmal darumgewickelt. Und doch, es war Unheil angerichtet. Die drei jungen Leute schwiegen befangen, während der Regen die langen Gesprächspausen mit heftigen kleinen Trommelwirbeln gegen die Fensterscheiben füllte.

3

Das Wohnzimmer von Clough House in Bridgewyck stammte aus einer friedvollen Zeit. Die weiß getäfelten Wände waren nicht allzu hoch, hatten aber seinerzeit mühelos zwanzig Paare bei der Polka gefaßt, und ringsum hingen in zierlichen ovalen Rahmen alte kolorierte Stiche. Kits Tante Birdwood hatte hier ihr bestes Nußbaummobiliar gelassen, und auf dem geblümten Teppich gruppierten sich, wie ausladende alte Damen beim Picknick, Ohrensessel mit breiten, harten Sitzflächen und Chintzrüschen, die halb auf die kräftigen Klauenfüße herunterhingen.

Diese Insel aus Untadeligkeit hatte Zoff mit ihren extravaganten Schätzen vollgepackt, und der Effekt war gleichzeitig störend und ein bißchen erregend, als sei Madame Pompadour zum Tee zu Jane Austen gekommen.

Felix servierte dort nach dem Essen Kaffee, ein weiteres Zugeständnis an Sir Kit, den die kleine Formalität freute. Im Kamin brannte ein Kohlenfeuer, die verblichenen Seidenvorhänge waren zugezogen und schlossen den Regen aus, und als Margot sich gemütlich hinter dem silbernen Tablett zurechtgesetzt hatte, kam der alte Mann hereingeschlendert, aufgeräumt und fröhlich, eine Zigarre zwischen den Lippen. Sie sah verstohlen zu ihm auf und dachte, wie charmant er doch sei und wie bemitleidenswert dabei, da er so dankbar die letzten Überbleibsel eines eleganten Lebensstils genoß, die es noch gab in einer Welt, deren Silberglanz schon stumpf geworden war.

»Die beiden sind nach draußen gegangen, um Victors Auto anzusehen«, sagte er und lächelte aus den blauen Rauchschwaden um seinen Kopf auf sie herunter. »Sie kommen gleich. Wirklich höchst erstaunlich, wie junge Männer immer die neuesten Fortbewegungsmethoden inspizieren wollen, sobald sie anständig gefüttert sind. Zu meiner Zeit zogen wir los, um gegenseitig unsere Pferde zu begutachten, wahrscheinlich liegen diese Dinge uns einfach am meisten am Herzen. Sehr interessant. Du siehst wunderschön aus, mein Kind.«

»Vielen Dank, liebster Kit. Oder ist das nicht richtig? Was sollte man auf so eine Bemerkung sagen? Ich weiß es nie.«

»Nichts Kluges jedenfalls«, meinte er prompt. »Keinen Zucker, Liebes. Schlichten schwarzen Kaffee. Danke. Also, das haben wir noch ganz gut über die Bühne gebracht, wenn man es recht bedenkt. Denis hat sich hervorragend benommen, fand ich.«

Margot lehnte sich weit in ihrem Sessel zurück, das intensive Blau ihres Kleides hob das Weiß ihrer Arme hervor.

»Allerdings nicht gerade eine von Zoffs erfreulicheren Vorstellungen«, meinte sie schließlich.

»Nein«, bestätigte er, »aber dennoch, echt Zoff. Das macht es weniger schlimm, weißt du. So war es immer, und gebe Gott, daß es so bleibt. Du hast ganz recht, wenn du sagst, sie lebt ihr Leben kursiv. Das stimmt, und alle wissen es, also spielt es keine Rolle.«

Er setzte sich etwas erschöpft und zog seinen Sessel näher ans Feuer.

»Eine schreckliche Anschuldigung«, sagte er. »Natürlich monströs. Ich weiß nicht, was man dazu gesagt hätte, wenn ein anderer sie erhoben hätte. Aber weißt du, jeder erkennt Zoffs übertriebenes Temperament, wenn auch vielleicht nur unbewußt. Niemand hat es ernstgenommen, nicht einmal die Polizei.« Er seufzte. »Das war es dann wohl«, meinte er.

Margot schwieg. Sie schaute in die blauen Flammen zwischen den roten Kohlen, und ihr Gehirn spekulierte oder versuchte zu spekulieren, was für eine Art von Beziehung einmal zwischen Zoff und Kit bestanden haben mußte, um diese schlichte Treue bei ihm auszulösen. Aber im Herzen wußte sie, daß sie wartete, lauschte, hoffte, daß Denis hereinkam. Sie war zwar sehr erbittert über diese Tatsache, konnte ihr jedoch nicht entrinnen. Einmal meinte sie, Schritte in der Halle gehört zu haben, und ihr Herz schlug höher, und ihr Atem ging rascher. Sie runzelte die Stirn und richtete sich ungeduldig auf.

»Kit, sollten wir Zoff nicht dazu bewegen, nach Hause zum Cap d'Azur zurückzukehren?«

»Wie?« Er schreckte aus seinen Gedanken hoch. »Ich wünschte, du würdest das tun, meine Liebe. Ich weiß nicht, was sie dir gesagt hat, aber ich gebe zu, daß ich so weit gegangen bin, es ihr vorzuschlagen. Ich bin in einer teuflischen Situation. Das Haus hier gehört meinem Sohn. Ich habe es ihm schon vor Jahren überschrieben. Als eine Art Hochzeitsgeschenk, genau gesagt. Dann kam der Krieg, er mußte in Indien bleiben, und ich habe es Zoff, mit seinem Einverständnis, für die Zwischenzeit angeboten. Jetzt ist er mit Frau und kleinen Kindern auf dem Weg nach Hause und möchte natürlich darin wohnen.« Er hielt inne und schüttelte den Kopf. »Sie ist nicht einmal glücklich hier«, sagte er traurig. »Unter uns, sie ist richtig unzufrieden. Erst war es die Küche. Dann sagte sie, alles sei von Fliegen verseucht, und wir haben das in Ordnung gebracht. Und jetzt findet sie die Zimmer zu klein. Trotzdem möchte sie nicht, daß ich mich um ihren Rückflug in den Süden kümmere. Dabei könnte sie in ein paar Stunden dort sein. Aber sie denkt an ihr Gepäck. Es sind Tonnen, und man müßte alles in Kisten packen und ihr nachschicken. Der Gedanke gefällt ihr nicht.«

Er ließ seinen Blick im Raum herumwandern, und sie folgte ihm. Zoffs Sachen waren überall, und nichts davon sah besonders beweglich aus. Allein der Vincennes-Kandelaber – jeder schlanke Arm ein Strauß exquisiter Blüten – stellte ein beängstigendes Verpackungsproblem dar.

»Holla, die Uhr ist stehengeblieben.« Er stand auf und schlenderte durchs Zimmer. »Das geht nicht. Zoff ist abergläubisch in solchen Dingen.«

Die Uhr war ein kostbarer Besitz. Sie war von Jérome Martinot für Henri IV. gefertigt worden und über einen Meter zwanzig hoch, eine anmutige, wenn auch extravagante Geste aus Ormolu und Buhlarbeit mit keckem Emaillezifferblatt und einem Vater Zeit aus Messing obenauf. Die Schrauben, die den schweren Wandsockel stützten, mußten Tante Birdwoods Täfelung beschädigt haben, und die Farbenpracht ließ die Wheatleys erblassen, aber für sich genommen, war es ein wunderhübsches Stück. Zoff liebte diese Uhr. Sie hatte sie von einem König geschenkt bekommen und bestand darauf, sie überallhin mitzunehmen, trotz Genevieves Protesten, daß sie sich besser eine Dampfwalze als Maskottchen ausgesucht hätte.

Margot beobachtete Kits geraden Rücken, während er das Gehäuse aufmachte.

»In Ordnung?« wollte sie wissen.

»Margot, komm mal her.« Sein Ton erschreckte sie, und sie war sofort bei ihm.

»Was ist los?« fragte sie, und er trat zurück, damit sie es sehen konnte.

Die Uhrzeiger waren schlank und schön gearbeitet, aber sie waren aus Eisen und widerstandsfähig. Dennoch hatte sie jemand aus ihrer Verankerung gerissen und die Spitzen verbogen. Das Pendel lag auf dem Boden des Gehäuses, und sein Schaft war in zwei Teile zerbrochen.

Margot stand da und starrte den Schaden an, die sinnlose Bösartigkeit machte sie erblassen. Nachdem so viel von angeblicher Gewalt in diesem Haus die Rede gewesen war, erschreckte das Beispiel der vollendeten Tatsache besonders. Jemand hatte sich offensichtlich erhebliche Mühe gemacht, bewußt zu zerstören. Diese Entdeckung in Tante Birdwoods Wohnzimmer war schlicht unfaßbar.

»Ich kann es nicht glauben«, sagte sie.

»Klingle doch mal bitte, mein Liebes.« Kits Kopf steckte noch immer halb in der Uhr.

Felix kam nach einer kleinen Weile. Er schlängelte sich durch die Tür, ganz offen ungehalten über den Ruf außer der Reihe, doch als er sah, was los war, fiel ihm die Kinnlade herunter.

»Sacré!« sagte er und brach dann in eine laute Flut von Patois aus. »Das ist ein Vorzeichen. Ein böses Omen. Es gibt einen Feind. Jemand, ein Vandale, ein *sale cochon,* unaussprechlich, war im Haus. Das gibt Ärger. Madame wird außer sich sein. Man muß es ihr sofort sagen. Womöglich bringt es sie um.«

»Ein Grund mehr, es ihr nicht zu erzählen.« Kit sprach in gereiztem Ton. »Machen Sie nicht so einen infernalischen Lärm, Felix. Seien Sie kein Narr, guter Mann. Reißen Sie sich zusammen. Holen Sie Genevieve und – und kein Wort zu Madame. Ich konnte den Kerl noch nie leiden«, fügte er hinzu, als die Tür sich geschlossen hatte. »Ein unausgeglichener Bauer, und ein verdammt schlechter Diener, meiner Meinung nach. Wirklich eine scheußliche Geschichte, Margot. Eine erbärmliche Putzfrau, die sich irgendwie rächen wollte, nehme ich an.«

»Eine ziemlich kräftige Putzfrau«, meinte Margot abwesend und merkte, wie er sie anstarrte. Er öffnete den Mund, um zu sprechen, überlegte es sich aber anders.

Er hielt den Schaft des Pendels in der Hand und betrachtete die Bruchstelle durch sein *pincenez*, als Genevieve mit Felix auf den Fersen erschien. Sie war wütend; schon der Sitz ihres Häubchens verriet es. Energisch trat die kräftige Gestalt auf die Uhr zu, die kleinen Augen nahmen alles auf, dann drehte sie sich um.

»*Mon Dieu,* Margot, du bist gerade zehn Minuten wieder da, und so etwas muß passieren. Madame wird außer sich sein.«

Kit verzog das Gesicht. »Weder ich noch Miss Margot sind schuld«, sagte er mit jenem Anflug von Überheblichkeit, der Genevieve immer ärgerte. »Sie haben eine Putzfrau mit Rachegelüsten, fürchte ich.«

»Es gibt keine Putzfrau außer mir selbst.« Das Französisch der alten Frau war so breit wie ihr Busen. »Glauben Sie, ich würde eine von diesen tölpelhaften Fremden hier hereinlassen, zu Madames unschätzbaren Kostbarkeiten? Nie! Wenn ich das täte, könnte ich nichts anderes erwarten. Nein, das hier hat jemand aus dem Haus getan. Ich weiß schon, was Madame sagen wird.«

»Aber Genevieve, das ist lächerlich, und es ist auch sehr ungezogen«, protestierte Margot energisch. »War die Uhr in Ordnung, als du hier Feuer gemacht hast?«

»Natürlich war sie das. *Pauvre Madame,* das wird sie wieder in ihre Ängste stürzen. Ich sage dir, *petite,* ich weiß, was ich weiß.«

»Sie haben kein Taktgefühl.« Sir Kit verkündete seine Beobachtung mit aufreizendem Gleichmut. »Das ist mir immer wieder aufgefallen. Genevieve, es reicht. Kein Wort zu Madame Zoffany. Ich bestelle gleich einen Mann her, und wir bringen alles wieder in Ordnung, bevor sie es erfährt. Mit dem Rätsel können wir uns später befassen. Das Wichtigste ist die Reparatur. Inzwischen müssen Sie dafür sorgen, daß Madame diesen Raum hier nicht betritt, wenn Sie können.«

Ein Teil des Zornes schwand aus Genevieves Augen bei

dem Versprechen einer Rettung vor dem Sturm, mit dem sie rechnete, aber sie war immer noch sehr erregt.

»Das wird nicht schwer«, sagte sie trocken. »*Monsieur le docteur* ist gerade bei ihr.«

»Der Arzt?«

»Er wurde erwartet. Es ist gestern arrangiert worden. Madame möchte, daß Mademoiselle mit ihm spricht.«

Kit sah fragend zu Margot, aber die schüttelte den Kopf.

»Ich höre zum ersten Mal davon. Ich komme gleich mit dir nach oben, Genevieve. Kit, Lieber, können wir dir das wirklich alles überlassen? Es kommt mir wie eine schreckliche Zumutung vor.«

»Ja, lauf nur. Ich kümmere mich darum. Sage Zoff nichts.«

Felix schlurfte vor. »Madame wird es wissen wollen«, murmelte er, schrumpfte jedoch sichtlich unter dem Blick, mit dem Kit ihn bedachte.

Genevieve berührte die Ormolu-Verzierungen liebevoll mit dem Zeigefinger.

»*Quel dommage!*« sagte sie leise. »Es ist ein Graus, daß sowas einem alten Freund passieren muß. Komm, Mademoiselle.«

Margot folgte ihr. Warum Zoff wollte, daß sie um diese Zeit mit ihrem Arzt sprechen sollte, konnte sie sich nicht vorstellen. Es mußte natürlich nichts bedeuten. In diesem Haus waren Zoffs Launen der einzige Grund für alles.

Ihr fiel etwas ein, während sie langsam hinter der schnaufenden alten Frau die Treppe hinaufstieg. »Ich muß morgen nach London. Ein Mittagessen. Es wird extra für mich gegeben. Ich bin am Nachmittag wieder zurück.«

»Um so besser.« Genevieve atmete schwer. »Es ist nicht gut, wenn Madame mit diesem jungen Cotton allein ist.«

»Das ist doch Unsinn, Darling.«

»Na gut.« Genevieve blieb mitten auf der Stufe stehen und hob ihr zerfurchtes, ärgerliches Gesicht. »Sprich mit *monsieur le docteur,* und wenn Madame unrecht hat, dann sage mir: Warum kommt er? Keiner will ihn haben. Warum kommt er?«

Darauf wußte Margot nichts zu erwidern. Die Frage hatte sie auch schon beschäftigt.

»Siehst du?« Genevieve war außer Atem. »Es ist durchaus möglich, daß Madame nicht unrecht hat. Er könnte etwas im Sinn haben.« Sie ging weiter, hiefte ihren schweren Körper am Geländer hoch. Oben angelangt, sah sie sich um. »Ah«, sagte sie, »hier ist *monsieur le docteur.* Er wartet schon. M'sieu, erlauben Sie, das ist Mademoiselle Robert. Mademoiselle, *monsieur le docteur* Philip Ledbury.«

Margot wandte sich Zoffs neuestem Arzt zu. Nach Jahren der Erfahrung war sie auf jede Variante vorbereitet, berühmt, unbekannt, alles mögliche, doch der Mann, der mit eleganten Bewegungen auf sie zutrat, war eine unerwartete Erscheinung. Er war jung und auf eine seriöse, längst aus der Mode gekommene Art gutaussehend. Glattes blondes Haar wallte von seiner hohen Stirn nach hinten. Vollkommene Gesichtszüge lagen unter einer milchweißen Haut, und die Hand, die sie berührte, war langgliedrig, weiß und sanft. Sein ganzes Auftreten hatte etwas Großartiges. Er stieß buchstäblich auf sie herab und zog sie unverzüglich ins Vertrauen.

»Oh, ich freue mich ja so, Sie kennenzulernen, Mademoiselle Robert. Könnten wir wohl einen Augenblick hier hineingehen und miteinander sprechen? Ich weiß nicht, wessen Zimmer es ist. Ah, Ihres? Ausgezeichnet. Ich wollte nur ein paar Worte allein mit Ihnen reden. Sie gehen am besten zu Madame Zoffany, Genevieve, ja? Sie werden sehen, es geht ihr sehr gut. Achten Sie nur darauf, daß die Lampen in ihrem Zimmer heute abend gedämpft bleiben, ja? Ich glaube, es war ein bißchen unklug von ihr, bei künstlichem Licht zu lesen und zu schreiben. Gut, danke. Hier hinein, Mademoiselle Robert.«

Er trennte sie und schob sie mit der Lässigkeit und Energie eines eifrigen Hütehundes durch die beiden Türen. Dabei redete er ununterbrochen mit munterer und überzeugender Stimme, aber er lächelte nicht. Nicht einmal ein höfliches Kräuseln störte die Perfektion seines Mundes oder ließ die kalten grauen Augen aufleuchten.

Margot trat in ihr Schlafzimmer, er folgte ihr und ließ sich ohne zu fragen auf dem Bett nieder.

»Es ist so schwierig, offen vor Dienstboten zu sprechen, wie alt und vertrauenswürdig sie auch sein mögen, finden Sie nicht? Möchten Sie rauchen? Nein? Hervorragend. Aber tun Sie es ruhig, wenn Sie wollen.« Er legte mit einem leisen Klacken seine Tasche beiseite, zog ein Knie hoch, umschlang es und betrachtete sie ernsthaft darüber hinweg.

»Also, ich weiß, daß Sie keine Enkelin sind«, fing er an. »Zoff – ich darf sie übrigens Zoff nennen, weil sie meinen Großvater in Wien gekannt hat, sehr lieb von ihr, finde ich – also, Zoff hat mir alles erklärt, und ich habe natürlich sofort gewußt, daß Sie die richtige sind für dieses kleine Gespräch.«

Margot nickte ermunternd. Sie hatte ihn inzwischen als Produkt einer der älteren Universitäten eingeordnet, wo er aus Familiengründen Medizin studiert haben mußte. In den übrigen Disziplinen wimmelte es schon von solchen Typen. Sie setzte sich auf den Frisierhocker.

»Was soll ich tun?«

»Ah, Sie verstehen, ja? Das ist sehr gut. Wirklich ausgezeichnet. Manchmal erkennen Verwandte ihre Verantwortung nicht.« Er lächelte immer noch nicht und hielt immer noch sein langes dünnes Schienbein umfangen. »Natürlich gilt mein einziges Interesse meiner Patientin. Das verstehen Sie doch, oder? Die Familienangelegenheiten der guten Zoff gehen mich überhaupt nichts an, aber ich bin sehr an ihrer Gesundheit interessiert.«

»Natürlich«, murmelte sie, und er hob eine Augenbraue und entspannte sich ein bißchen.

»Eine Überzeugung habe ich jedenfalls gewonnen. Sie darf diesen jungen Widerstandskämpfer, ihren Enkel, nicht mehr sehen. Als ihr Arzt verbiete ich es. Deutlicher kann ich es nicht sagen, oder?«

»Wohl nicht«, bestätigte sie förmlich. Ihre erste Reaktion war intensive Verärgerung. Sie fand seine lässige Bezugnahme auf Denis' Kriegsdienst geschmacklos. Doch ihr nächster Gedanke war noch verwirrender. Kein Arzt würde doch eine solche Anweisung ohne guten Grund geben? Irgend etwas mußte in diesem großen, hellerleuchteten Haus geschehen sein, das sie ganz und gar nicht verstand.

Der Arzt redete immer noch.

»Ich verlasse mich darauf, Sie sorgen dafür, daß meine Anweisungen befolgt werden«, sagte er gerade. »Sie dürfen nicht zusammentreffen, weder allein noch in Gesellschaft anderer. Sie ist von der Konstitution her wunderbar kräftig, aber wir haben da eindeutige Herzgeräusche, und natürlich ist sie nicht mehr jung. Es ist an der Zeit, daß sie auf sich achtet.«

Margot sah ihn erstaunt an. Diese Beschreibung von Zoffs Herzbeschwerden unterschied sich völlig von dem Bild, wie sie selbst es ihr dargestellt hatte.

»Ich dachte, sie sei ernsthaft krank«, sagte sie.

»Ernsthaft, aber nicht lebensbedrohend«, korrigierte er pedantisch. »Der jetzige Zustand ist nicht alarmierend oder auch nur ungewöhnlich bei einer Frau ihres Alters, aber diese beiden Attacken waren so merkwürdig – und, wenn ich das unter uns sagen darf, so bedeutsam – also, ich muß wirklich darauf bestehen, daß jede nur mögliche Vorsichtsmaßnahme ergriffen wird. Ich hoffe, ich drücke mich verständlich aus.«

»Ich fürchte, ich weiß nichts über diese Attacken.« Sie richtete sich starr auf, den Kopf etwas zur Seite geneigt, die Augen voller Sorge. Sie sah wunderschön aus, er war nicht blind und verriet seine Jugend durch ein plötzliches Aufwallen von Vertraulichkeit.

»Nun, wenn man es Ihnen nicht erzählt hat, so kann ich das verstehen«, sagte er. »Es ist wirklich eine seltsame Geschichte; um ehrlich zu sein, ich habe so etwas noch nie erlebt, und ich hätte auf einer zweiten Meinung bestanden, wenn sie sich nicht wieder so völlig erholt hätte. Es ist wahrscheinlich eine Art Hysterie, obwohl sie kaum der Typ dafür ist, oder, was meinen Sie?«

Margot schüttelte den Kopf.

»Nein«, stimmte er rasch zu. »Hochgradig reizbar und temperamentvoll natürlich, aber wohl kaum hysterisch. Und dennoch kann ich dem Augenschein nach kaum eine andere Diagnose stellen. Ich bin noch nicht lange ihr Hausarzt. Sie ließ immer den alten Dr. Kay aus der Peter Street rufen, aber sie fand wohl wenig Anteilnahme bei ihm, fürchte ich, da hat sie nach mir geschickt. Ich betreue sie jetzt seit ungefähr drei Monaten. Es ging ihr meiner Ansicht nach sehr gut, bis eines Tages dann diese ungewöhnliche Sache passierte.« Er hielt inne und fixierte Margot mit seinen hellen, kühlen Augen. »Genevieve ließ mich völlig außer sich kommen, und ich fand Madame in einem sehr ernsten Zustand vor. Sie sei sehr aufgeregt und beinahe inkohärent gewesen, erzählte mir Genevieve, dann war sie offenbar ohnmächtig geworden. Als ich ankam, war sie schon wieder zu sich gekommen, und obgleich sie erschöpft schien, gab es keinen Anlaß zur Sorge. Genevieve hatte sie an ein offenes Fenster gesetzt, und obwohl ich sie sorgfältig untersuchte, fand ich nichts. Und doch war etwas geschehen. Ihrer Darstellung nach hatte sie sich im Salon mit ihrem Enkel aus dem Widerstand unterhalten und dann, nachdem er gegangen war, das Bewußtsein verloren.«

Er zögerte.

»Natürlich habe ich gemerkt, daß sie den Mann nicht mag«, sagte er, »aber als Genevieve zu ihr kam, war sie verwirrt, und sie war allein. Ich hätte es nicht so ernst genommen, wäre es nicht bei seinem nächsten Besuch wieder passiert. Das erschreckt Sie, nicht wahr?«

Margot löste den Blick von seinem Gesicht und stand auf.

»Nein«, sagte sie. »Nein, ich glaube nicht, noch nicht.«

»Ist so etwas Ihres Wissens schon früher einmal vorgekommen?«

»Nein, aber – aber sind Sie sicher, Doktor, daß Mr. Cotton überhaupt etwas damit zu tun hatte?«

»Natürlich bin ich das nicht, oder ich hätte entsprechende Maßnahmen ergreifen müssen.« Er sprach mit glatter, sanfter Stimme. Er genoß es, dachte sie bitter.

»Aber er war jedes Mal im Hause, und jedesmal, auffällig genug, war er gerade fort, wenn der Anfall auftrat.«

»Denis war auch beim zweiten Mal da?«

»Oh, ja. Zoff war in ihrem Schlafzimmer, und Denis Cotton war bei ihr, um sich zu verabschieden. Genevieve hörte ihn das Haus verlassen, und ging dann nach oben zu ihrer Herrin. Sie fand sie auf dem Bett liegend, ein Taschentuch auf den Mund gepreßt. Sie war praktisch ohnmächtig. Glücklicherweise hat Genevieve sie ans offene Fenster geschleppt, sie mit Eau de Cologne überschüttet, und dann vernünftigerweise mich angerufen. Als ich kam, war Zoff schwach, aber sonst normal, bis auf eine geringfügige Verschlechterung der Herzgeräusche und etwas Übelkeit. Sie konnte mir nichts sagen, außer – und das erschien mir doch recht zwingend, wissen Sie – außer, daß sie sich nicht mehr an Cottons Weggehen erinnerte.«

»Ich verstehe«, sagte Margot mit belegter Stimme. »Haben Sie mit Denis gesprochen?«

»Ich? Guter Gott, nein!« Er schien entsetzt. »Das gehört nicht zu meinen Aufgaben. Nein, ich habe die Pflicht, meine Patientin zu schützen, und erst wenn ich überzeugt bin, daß jemand es auf ihr Leben abgesehen hat, die Polizei zu informieren. Ich bin Arzt. Ich kann mich nicht in Dinge einmischen, die mich nicht direkt angehen. Ich hatte aber doch das Gefühl, mit jemand anderem als einer Hausangestellten sprechen zu sollen, und Zoff bat mich, heute abend zu kommen und mit Ihnen zu reden. Ehrlich gesagt, ich hatte jemand älteres erwartet.«

Er war noch immer ganz beherrscht, immer noch glücklich in seiner eigenen Wichtigkeit.

»Glauben Sie, daß Sie meinen Anweisungen Geltung verschaffen können? Sie darf ihn dieses Mal nicht sehen. Wenn er überhaupt davon gehört hat, wundert es mich, daß er wieder gekommen ist.«

Margot ignorierte seine letzte Bemerkung.

»Nein«, sagte sie langsam. »Nein, er darf sie nicht sehen. Soviel ist mir klar. Zu ihrer beider Wohl... Es ist ein Zufall natürlich, oder sonst, wie Sie sagen, eine Art hysterischer Anfall. Sind Sie ganz sicher, Doktor, daß es keine andere Erklärung gibt?«

»Ich bin nicht unfehlbar«, sagte er würdevoll, »aber ich konnte nichts feststellen, was etwas Derartiges ausgelöst haben könnte. In beiden Fällen hat sie sich innerhalb von vierundzwanzig Stunden wieder gänzlich erholt. Offiziell habe ich aus dem einfachen Grunde nichts unternommen, weil ich keinen Beweis gegen irgend jemanden habe. Sollte allerdings wieder etwas passieren, solange Mr. Cotton sich im Haus aufhält – nun, die Wahrscheinlichkeit, daß es wieder ein Zufall ist, wäre dann ziemlich überbeansprucht, meinen Sie nicht?«

Er hielt kurz inne, fügte aber gleich hinzu: »Glauben Sie mir, ich weiß um die unglückselige Situation, aber Sie sehen hoffentlich ein, daß Vorsicht nötig ist.«

»Ja. Sie können sich auf mich verlassen«, stimmte sie leise zu. »Es ist wahrscheinlich so etwas wie ein Nervenanfall, der durch Denis' Anblick ausgelöst wurde, falls es so etwas gibt. Wissen Sie, Zoff hat ihn nie gemocht. Sie hatte Streit mit seiner Mutter.«

Zu ihrer Erleichterung kannte er die Geschichte.

»Das war sicher die ältere Tochter, nicht?« sagte er. »Die, deretwegen es eine Gerichtsverhandlung gegeben hat?«

Sie nickte und er betrachtete sie ernsthaft.

»Es ist ungeheuer faszinierend, wissen Sie«, bemerkte er

unerwartet, »besonders angesichts all der neuen Erkenntnisse auf dem Gebiet der Psychotherapie. Es gibt da wahrscheinlich eine ziemliche Fixierung – unglaublich interessant. Wir werden Brogan oder McPhail demnächst einmal bitten, sich die Sache anzusehen. Inzwischen überlasse ich es Ihnen. Ich komme morgen wieder, wahrscheinlich gegen Nachmittag, nur um sie etwas aufzumuntern.«

Er erhob sich und schritt zur Tür, mit seinem goldenen Schopf überragte er sie um gut dreißig Zentimeter. Als er an ihr vorbeiging, zögerte er.

»Ihrer Ansicht nach könnte dieser Denis nichts – Dummes getan haben? Sehe ich das richtig?«

Es lag ihr auf der Zunge, ihm zu sagen, daß schon der Gedanke daran lächerlich sei, aber eine Überlegung hielt sie zurück. Denis war ihr ein vollkommenes Rätsel. Sie glaubte aus ganzem Herzen, daß er nichts tun würde, was nicht gut und richtig war, aber sie war noch so klar bei Verstand, um zu erkennen, daß ihr Glaube nichts weiter als Wunschdenken war. Ihre überwältigenden Gefühle für ihn basierten sicherlich nicht auf einer sorgfältigen Einschätzung seines Charakters. Sie wußte nichts über ihn, was er ihr nicht selbst gesagt hatte. Der Rest waren Mutmaßungen. Und nun diese Geschichte, seltsam und beängstigend, soweit der Arzt erzählt hatte.

»Ich habe Sie erschreckt«, sagte der junge Dr. Ledbury. »Vielleicht hätte ich es nicht ganz so direkt ausdrücken sollen. Aber kümmern Sie sich um sie, Mademoiselle Robert. Vergessen Sie nicht, ich vertraue sie voll und ganz Ihrer Obhut an. Machen Sie sich nicht die Mühe, mich nach unten zu begleiten. Ich finde ganz gut selbst hinaus. Gehen Sie gleich zu ihr, ja? Sie ist wirklich eine wundervolle Frau.«

Die letzte Bemerkung entschlüpfte ihm ungewollt, und Margot lächelte. Zoff hatte also wieder einmal eine Eroberung gemacht. Ihr ganzes Leben lang hatte Margot das erlebt. Junge Männer, alte Männer, Männer jener mittleren Jahrgänge, da Frauen sie zu langweilen begannen, alle verfielen Zoff, und alle auf dieselbe, erstaunte, jungenhafte Weise.

»Ich komme morgen, sagen Sie ihr das«, meinte der Doktor, während er schon die Treppe hinunter verschwand. »Sie soll sich keine Sorgen um irgend etwas machen, nicht die geringsten.«

Seine Stimme verklang, und gleich darauf hörte sie seine Schritte auf den Fliesen in der Halle.

»Margot!« Das eindringliche Flüstern tönte über die ganze Galerie. »Ist er nicht *superbe*?«

Es war Zoff, natürlich. Sie stand in Schals gewickelt auf der Schwelle ihres Schlafzimmers, die schwarzen Augen leuchteten aus schaumflockiger Shetlandwolle. Margot eilte zu ihr.

»Du wirst dich erkälten«, sagte sie. »Was läufst du hier im Nachthemd herum?«

Zoffs kräftige Finger faßten ihren Arm, und sie gingen zusammen in den riesigen warmen Raum. Zoff lachte.

»Ich wollte, daß du ihn siehst«, sagte sie. »Als der arme Cortot den Hernani neben meiner Doña Sol spielte, hatte er genau so ein Profil, ob du es glaubst oder nicht. Der liebe Gott gab ihm Schönheit und sagte: ›Mein Freund, das ist genug, sei damit zufrieden. Die Intelligenz muß ich einem anderen geben.‹«

»Aber Darling, hältst du es für klug, einen solchen *Arzt* zu haben?«

Margot drängte sie sanft zu dem gewaltigen Bett mit seinen Delphinen, seinen Cupidos und dem ganzen Rokokoprunk. Zoff antwortete nicht gleich, sondern deutete stolz auf ein Motiv am Kopfende.

»Nasse Blumen, die aus einem goldenen Füllhorn wachsen«, meinte sie entwaffnend. »Kit hätte mich nach dem Tod seiner Frau geheiratet – manchmal stelle ich sie mir in der Hölle vor, weißt du das? – wenn ich nicht so einen schrecklichen Geschmack hätte. Ich *liebe* dieses Bett! Der arme, schöne *docteur* ist dumm, hast du gesagt?«

»Nein, das habe ich nicht, wie du sehr wohl weißt. Ich dachte nur, du solltest vielleicht jemanden mit mehr Erfahrung haben.«

»Wenn es mir wirklich schlecht geht.« Zoff stieg mit beträchtlicher Gelenkigkeit in ihr Bett. »Im Moment bin ich nur müde. Wenn ich Schmerzen bekomme, werde ich einen alten und häßlichen Doktor dulden, dem das Gehirn in Büscheln aus den Ohren wächst. In der Zwischenzeit ist dieser Junge sehr charmant. Er redet so viel, hast du das gemerkt? Es hört nie auf, diese angenehme britische Stimme. Und er ist so begeistert, daß er mich betreuen darf. Ich bin seine Star-Patientin. Während er die anderen zweifellos umbringt, erzählt er ihnen von mir. Ah, jetzt wird mir wieder warm. Setz dich hier neben mich aufs Bett, *petite*.«

Margot ließ sich gehorsam nieder. Die steifen Falten ihres Abendkleides sahen aus wie ein dunkler Schatten auf dem pfirsichfarbenen Bettüberwurf.

»Was hat es denn nun auf sich mit diesen Attacken, Zoff?«

Zoffs Hand schloß sich um die ihre, aber die Antwort kam nicht sofort, und als sie kam, war sie uncharakteristisch ausweichend.

»Sie sind beide alte Weiber. Genevieve und der Doktor. Vielleicht bin ich auch nur ohnmächtig geworden.« Sie saß aufrecht und ihr Blick war nachdenklich, während sie in die Schatten am fernen Ende des Zimmers starrte.

»Erwartest du, daß ich dir das glaube?«

»Es interessiert mich nicht, was du glaubst, *chérie*.« Ihre Hand war immer noch fest und besitzergreifend. »Ich möchte nicht über diese beiden unglückseligen Zufälle sprechen. Es ist sogar möglich, daß ich ein bißchen Angst habe.« Sie erschauerte, etwas für sie so Ungewöhnliches, daß es erschreckend wirkte.

»Nicht.« Die Stimme des Mädchens war scharf. »Du machst mir Angst. Soll ich Genevieve rufen? Wo ist sie?«

»In ihr Zimmer hinaufgegangen. Ruf sie nicht. Sie ist eine

alte Närrin, Margot. Keine Augen, keine Nase, keine Ohren. Nichts als ein großes Herz. Arme Zoff, von Narren umgeben! Was hat dir mein Arzt noch erzählt? Na?«

»Er hat gesagt, du darfst Denis nicht mehr sehen.«

»Ah. Und hältst du das für weise?«

»Ich?«

»Ja, du, Mademoiselle. Du, *ma petite*.« Plötzlich war sie ganz explosiv, die Augen wieder schwarze Diamanten. »Findest du das auch?«

»Ich weiß nicht.« Margot löste sich sanft. »Wenn er dich beunruhigt, dann natürlich –«

»Beunruhigt!« äffte Zoff sie verächtlich nach.

»Also, auf jeden Fall wirst du ihn nicht sehen. Dafür ist schon gesorgt. Wir schicken ihn noch heute abend weg, wenn du möchtest. Ich glaube nicht, daß er es sich vorstellen kann, weißt du. Er –«

»Margot.« Eine energische Hand griff erneut nach ihrem Handgelenk. »Ich bin abscheulich alt, und das Dumme am Altsein ist, daß man immer noch jung ist. Man weiß immer noch Bescheid.«

»Darling, ein für allemal, was Denis und mich angeht, da gibt es nichts zu wissen.«

»Wie weit stimmt das?«

»Ganz und gar. Ich habe es dir doch gesagt. Vor ein paar Monaten haben wir zusammen fettige Spaghetti gegessen und über *la patrie* gesprochen. Wir haben uns zweimal getroffen.«

»Sich einmal treffen«, sagte Zoff, »sich aus einem Taxi sehen, das reicht für Liebe, wenn man lebendig ist.«

»Aber heutzutage nicht, Darling.« Das Mädchen küßte den weißen Schal. »Du bist hoffnungslos romantisch, Zoff. Wir lieben nicht so extravagant in diesen harten Zeiten.«

»Aber wie *triste!*« Halb überzeugt, wurde Zoff langsam wieder sie selbst. »Das ist gut«, fuhr sie ernster fort. »Diese d'Hivers waren alle eigenartige Männer. Der Großvater von Denis, mein erster Mann. *Mon dieu*, welch ein Monster, wenn man es erst einmal wußte! Aber sei vorsichtig, Margot. Die Männer aus dieser Familie hatten immer etwas – die Frauen waren übrigens langweilige Provinzhennen, mein Schatz, und so *häßlich* – etwas Außergewöhnliches. Sie konnten jede Frau verzaubern, für ein Weilchen. In ihren Gesichtern, ihren Stimmen, ihren massigen, starken Körpern lag etwas wie ein Versprechen – verstehst du? – das Versprechen von etwas Unbekanntem und Schrecklichem und doch so Schönem, daß es einem das Herz brach.«

Sie schloß die Augen; ihre Lider waren papierdünn, genau wie Victors. Gleich darauf lachte sie.

»Ich bin wieder *une jeune fille*, so unernst. *Une jeune fille* mit dicken Säcken unter den Augen und kaum noch Haaren auf dem Kopf. Welch einen gräßlichen Sinn für Humor er doch hat, dieser *bon Dieu*. Also, wie gesagt, diese d'Hivers hatten einen Charme, der für gemütvolle Herzen gefährlich war. Aber unter der Decke, was kam da zum Vorschein? Kein Pferdefuß – *ma foi!* – das hätte man noch verzeihen können – nein, eine Brust und ein Bauch ganz aus Stein. Ihnen geht nichts ans Herz, den Männern dieser Familie. Sie haben keins. Sie gehen ihren eigenen Weg, und wenn du ihn verstellst, trampeln sie über dich hinweg. Ich weiß es. Sie kennen keine Furcht, und sie erwidern keine Liebe.«

Margot hörte fasziniert zu. Hier sprach eine Zoff, die sie kaum kannte, mit einer Aufrichtigkeit, die sie selten zeigte. Es war unmöglich, davon nicht beeindruckt zu sein. Hier oben in dem weitläufigen, duftgeschwängerten Zimmer fiel es Margot leicht, wieder in die subtile Welt ihrer Kindheit zurückzugleiten, in der Denis keinen Platz gehabt hatte. Und gleich fühlte sie sich befreit, als sei die Fessel der letzten Monate von ihr abgefallen. Eine seltsame Erfahrung, ebenso peinlich und vernunftlos wie diese erste heftige Verliebtheit. Zoff redete immer noch.

»Genevieve sagt, du fährst morgen zu einem Essen nach London zurück? Es findet dir zu Ehren statt, hoffe ich?«

»Ja. Im Ivy. Monsieur Bonnet möchte mir sagen, daß ich ein kluges Mädchen war.«

»Natürlich. Was ziehst du an?«

Sie redeten eine Weile über Kleider. Zoff war in Hochform, abwechselnd spritzig, praktisch und anregend, und unter ihrem Zauber rückte für Margot allmählich die aufregende Welt der Mode und des Theaters wieder in den Brennpunkt, und all die alte Anziehungskraft kehrte zurück. Ermüdende Reisen, lange Arbeitszeiten, aufreibende Rollen, selbst die fundamentale Einsamkeit des Künstlers, alles schwand vor der strahlenden Ruhmesverheißung auf dem Gipfel.

Als Madame Zoffany schließlich einschlafen wollte, waren alle Beunruhigungen des Abends in den Hintergrund getreten. Margot wandte sich ihnen mit sinkendem Mut wieder zu. Sie nahm ein Tablett vom Nachttisch.

»Ich trage es für Genevieve nach unten«, sagte sie. »Sie wird alt, Zoff, und die Treppen strengen sie an. Wir müssen für die Laufereien jemand jüngeres finden.«

»Unsinn, sie ist jünger als ich. Sie ist erschöpft, weil sie so fett ist, ein großer Elefant.« Die herrische Zoff, die in kleinen Dingen so gemein sein konnte, war ganz plötzlich wieder da. »Es tut ihr gut«, meinte sie leichthin. »Gute Nacht, *petite*. Komm morgen früh, und gib mir einen Kuß, damit ich deinen Hut sehen kann.«

Margot ließ Zoff, friedlich in ihrem ungeheuerlichen Bett liegend, zurück, und nahm die Dienstbotentreppe zum Untergeschoß. Alles war so hell erleuchtet, daß ihr ein schrecklicher Verdacht kam: der arme Kit zahlte wohl auch die Stromrechnung. Es war nicht zu leugnen; in manchen Dingen war Zoff ein ziemliches Scheusal.

In der Küche unten machte sich ein großer Holzkohlenherd breit, offensichtlich eine Neuerwerbung. Zweifellos eine weitere Anforderung an Kits Finanzen. Der Raum war verlassen, als sie eintrat, aber beim Geräusch ihrer Schritte erschien Felix aus dem Nebenraum. Er sah erschrocken und betrübt aus, und verwundert stellte sie fest, daß seine Wangen naß waren. In den zwanzig Jahren, die sie ihn kannte, hatte sie ihn in den verschiedensten Stadien *déshabillé emotional* erlebt, doch daß er heimlich weinte, war neu.

»Aber Felix, was ist denn los?« wollte sie wissen. »Was ist denn? Was ist passiert?«

Er stand vor ihr, eine traurige Gestalt in Hemdsärmeln mit Fettflecken auf der Krawatte, auf der Weste, sogar auf den Filzpantoffeln an seinen wunden Füßen. Die Nässe auf seinem bleichen Gesicht erschien ihr pathetisch und gleichzeitig lächerlich.

»Ich bin deprimiert«, sagte er, und daß er Französisch sprach, unterstrich die Aussage. »Es ist nichts, überhaupt nichts. Es sei denn –« er zögerte hoffnungsvoll, »vielleicht könnte Mademoiselle ihren Einfluß auf Madame geltend machen?«

»Ich könnte es jedenfalls versuchen«, meinte sie ermunternd. »Kopf hoch, Felix. Was um Himmels willen ist denn los?«

Er hockte sich halb auf den Küchentisch und gestikulierte beim Reden mit seinen langen Händen. Alles an ihm, bis auf die melancholischen Augen, wirkte ein bißchen lächerlich.

»Mademoiselle Margot, es ist Folgendes. Ich höre aus Grenoble, daß mein alter Vater sehr schwach geworden ist. Ich fürchte, er stirbt bald.«

»Das tut mir leid, Felix. Ich wußte nichts davon.«

»Nun ja, er ist alt, Mademoiselle. Er hatte ein gutes Leben. Das Ende kommt für jeden einmal.«

Sie verdaute diese Philosophie, und dann verstand sie langsam.

»Er hat immer noch die Bäckerei, nicht?«

»*Précisément*. Der kleine Laden, den Sie auch kennen. Ich habe Sie mal mit hingenommen, als Sie noch ein Kind waren. Er ist erst vor kurzem renoviert worden und läuft gut. Dann ist da auch noch mein Geburtshaus. Es ist voll mit schönen

Möbeln, auf die meine arme tote *maman* ungeheuer stolz war. Hinter dem Haus ist der Obstgarten mit wunderbaren Apfelbäumen, die mein Vater selbst gepflanzt hat. Und dahinter ein herrliches Stück Land. Es ist Besitz, verstehen Sie?«

»Ja, ich verstehe, Felix, ich verstehe sehr gut.« Margot war völlig ernst. Sie konnte sich gut an den kleinen, weißen Bäkkerladen mit den gescheuerten Regalen und den großen Tabletts mit Apfelkuchen im Schaufenster erinnern. Behäbig und geborgen lag er in der Nähe einer belebten Straße, ein Symbol des Kleinen, Adretten und Geborgenen in einem kleinbürgerlichen Frankreich. Sie stellte die passende Frage. »Wer ist denn im Augenblick dort?«

»Alle.« Seine Qual war nur zu durchsichtig. »Mein ältester Bruder ist mit seiner Frau und Kindern im Haus; mein zweiter Bruder ist in die Stadt gezogen und wohnt ganz in der Nähe, er arbeitet in einer Fabrik; meine Schwester, die den Schreiner geheiratet hat, wohnt am Ende derselben Straße; und der kleine Bauernhof meiner anderen Schwester ist nicht mehr als zwanzig Kilometer entfernt auf dem Land, und jeden Sonntag bringt sie ihre Familie mit, um den Großvater zu besuchen. Mademoiselle, Sie müssen zugeben, ich sollte dort sein.«

»Natürlich. Das Erbe ist gesetzlich festgelegt, wie wir wissen, aber es wäre dumm, nicht da zu sein, sobald eine Aufteilung auch nur überlegt wird. Die Vogelmutter bringt den Wurm für alle hungrigen Schnäbel im Nest, aber sie denkt nicht an den Nestflüchter, der unter dem Baum liegt.«

Der Vergleich war unglücklich. Felix sah wirklich wie ein gerade flügge gewordener Vogel aus, in seiner ungepflegten schwarzen Weste und den blauen Hemdsärmeln. Er tat Margot leid.

»Und Madame will Sie nicht gehen lassen?« fragte sie.

»Doch.« Er wand sich. »Ich kann morgen gehen. Aber wenn ich gehe, darf ich nicht wiederkommen, und Madame streicht die fünfhunderttausend Francs, die sie mir vermacht hat, aus ihrem Testament. Das zu verlieren, kann ich mir nicht leisten, Mademoiselle. Aber inzwischen schreibt meine Schwester mir, daß mein Vater immer schwächer wird.«

Es war ein Problem. Margot kannte Zoff viel zu gut, um irgendwelche übereilten Versprechungen zu machen.

»Ich werde es versuchen, Felix«, sagte sie. »Morgen vormittag muß ich nach London, aber ich rede mit ihr, sobald ich zurück bin. Mach dir keine Hoffnungen, aber ich tue, was ich kann. Schließlich ist Madame Französin. Sie hat Verständnis für solche Familienangelegenheiten.«

»Aber ihr Verhalten Monsieur Denis gegenüber spricht nicht dafür.« Die gemurmelten Worte waren kaum hörbar und eindeutig eine Nebenbemerkung, aber Margots Gesicht brannte, als hätte sie eine Ohrfeige bekommen. Das mußte die Erklärung für Denis' Besuche sein, natürlich, doch sie akzeptierte sie nur widerwillig. Die ganze Sache war plötzlich sehr abstoßend. Felix gab sich weiterhin bedauernswert.

»Es ist zu viel, um es zu verlieren«, wiederholte er. »Ich bin schon so lange bei Madame. Und ich wäre doch nur kurze Zeit weg.«

»Wir werden sehen«, sagte sie noch einmal. »Ich versuche es. Ich kann nicht versprechen, daß ich Erfolg haben werde, aber ich versuche es.«

Er seufzte, als wisse er bereits, was dabei herauskommen würde; als sie hinausging, saß er immer noch auf dem Tisch, und starrte düster und mit bitterem Blick vor sich hin.

4

Als sie die Treppe heraufkam, war die Halle hell erleuchtet, und es war so still, daß sie das Schleifen ihrer langen Röcke auf den Fliesen fast als laut empfand. Sie fühlte sich ganz und gar nicht wohl. Die Atmosphäre im Haus war schlecht. Alle waren frustriert, und es herrschte ein ständig wachsendes Gefühl von Unruhe und unbestimmbarer Bedrohung. Sie hatte es aufgegeben, über Denis nachzudenken. Jedesmal, wenn er in ihren Gedanken aufkreuzte, warf sie ihn wieder hinaus. Diese Narretei war im Keim erstickt, glücklicherweise rechtzeitig, bevor sie noch etwas Dummes getan hatte. Es war eine große Erleichterung, der kleinen Grausamkeit entkommen zu sein, die sie gequält hatte, dennoch blieb eine bedrückende Leere.

Sie betrat das Wohnzimmer in der Erwartung, alle versammelt zu finden, und – wie sie Victor kannte – immer noch bei der Uhrengeschichte. Aus ihrem neuen Gefühl der Sicherheit heraus war sie gewillt, Denis mit Gleichmut zu betrachten, und halb freute sie sich darauf, halb graute ihr davor. Auf der Schwelle hielt sie inne. Ein Schwall regennasser Luft kam ihr entgegen, und sie machte rasch die Tür hinter sich zu, denn die Zugluft blähte die Seidenvorhänge hoch in den Raum.

Sie sah Denis sofort. Er war allein und stand vor den weit offenen Terrassentüren. Mit dem Rücken zu ihr blickte er ins feuchte Dunkel, wandte sich aber beim Geräusch der zuklappenden Tür um, und sie sah, wie er bei ihrem Anblick leicht die Stirn runzelte.

Zögernd kam er zurück ins Zimmer.

»Es stört dich hoffentlich nicht. Ich glaube nicht, daß es direkt hereinregnet.« Seine tiefe, angenehme Stimme klang ungewöhnlich brüsk, und die Unbefangenheit, eine seiner hervorstechendsten Eigenschaften, wirkte aufgesetzt.

»Nein, es stört mich nicht.« Sie ging zum Kamin, während sie sprach, und blieb auf dem Vorleger stehen, ihr helles Haar hob sich gegen den sauber geschnitzten Kaminsims ab. Es war kühl im Zimmer, und auch hier warf das helle Licht harte unfreundliche Schatten auf das sanfte Holz und die blassen Farbtöne der Chintzbezüge und Tapeten.

Er machte ein paar Schritte auf sie zu, hielt aber dann inne und drehte sich halb um, als wolle er seinen alten Platz vor den Fenstern wieder einnehmen.

»Wo sind die anderen?« fragte sie und ärgerte sich, daß ihre Stimme so rauh klang.

»Soubise hat Sir Kit in die Stadt gefahren. Sie wollen einen armen, unglückseligen Uhrmacher von seinem Abendessen wegzerren. Irgend jemand hat ein Familienerbstück beschädigt.«

Er hatte es sich doch anders überlegt und schlenderte beim Reden auf sie zu. In diesem Moment nahm sie sein Aussehen stärker wahr als je zuvor. Eine von Zoffs Bemerkungen schoß ihr durch den Kopf. ›In ihren Gesichtern, ihren Stimmen, ihren massigen, starken Körpern liegt so etwas wie ein Versprechen...‹

Sie riß sich mit aller Macht zusammen und lächelte zwanglos. »Schade um die Uhr.«

»Oh, du hast es also gewußt?« Ihre Blicke trafen sich kurz. »Ja, das ist es wohl. Ich finde solche barocken Dekorationsstücke zwar gräßlich, nichts als vergoldete Kruste. Aber den Vandalismus mag ich auch nicht. Ein bißchen verrückt, nicht? Erschüttert einen. Allerdings riecht es in diesem Haus förmlich nach so etwas. Deshalb habe ich wohl die Türen aufgemacht.«

»Um das Barocke rauszulassen?« fragte sie lachend. Ihr Gesicht war ihm entgegengereckt, das Licht fiel auf ihre Haut und den schönen Mund und ließ ihre Augen wie blaue Edelsteine leuchten. Sie war sich dieser Wirkung nicht bewußt, auch nicht der plötzlichen Röte, die ihr Gesicht überzog, als sein Gesichtsausdruck sich veränderte.

»Nein«, sagte er und klammerte sich an jedes der trivialen Wörter, als seien sie so etwas wie Rettungsanker. »Nein, ich habe die Türen aufgemacht, weil ich aus irgendeinem Grunde heute abend keine Luft bekam.«

Das letzte Wort erstickte ihn fast, und er streckte hilflos die Hand aus.

Der Kuß war sehr zart. Seine Arme umfingen sie, als sie sich gegen ihn lehnte, und das sanfte Erschrecken in ihren Augen wich einem anderen Gefühl, bevor noch die Lider sich darüber schlossen.

Er hielt sie eine Weile ganz fest, tat ihr weh, drückte sie an sich, als habe er Angst, sie könne sich auflösen. Dann trat er plötzlich zurück, drehte sich um, und ging durchs Zimmer.

»Es tut mir leid«, sagte er.

Margot rührte sich nicht. Alles, was sie doch vor kurzem noch von ihm befreit hatte, Zoffs Tirade, die Fragen des Arztes, Felix' freche Vermutung verschwand, als hätte es nie existiert, und machte wieder dem Gefühl Platz, das sie in ihrer Kabine auf der Heimfahrt über den Atlantik beherrscht hatte, als jede Meile nur eines bedeutete: eine Meile näher zu ihm.

»Ich liebe dich, Denis.«

»Ich weiß.« Er fuhr aufgebracht herum. »Ich habe es eben gesehen.«

»Und du liebst mich nicht, nehme ich an?«

»Nein.«

Sie war nicht böse, nicht einmal verletzt. Das Wort glitt an ihr ab wie ein Strohhalm. Sie stand mit hoch erhobenem Kopf, unsagbar glücklich, den Mund leicht geöffnet, die Augen vor Lachen strahlend. »Das ist – nicht wahr.«

Er kam zu ihr, hielt sie erneut fest, sah begehrlich auf sie herab und lächelte ein wenig, sein eckiges Kinn war nach unten gedrückt. »Das hast du auch eben gesehen. Nehme ich an.«

Sie nickte und er küßte sie wieder. Er zitterte leicht, und sie spürte ihre Herzen klopfen.

»Aber es geht nicht«, sagte er unvermittelt mutlos. »Es geht nicht, Margot. Es gibt zu viele Hindernisse. Zuallererst bist du ja an Victor gebunden, nicht?«

»Nein, nicht mehr. Seit gestern nicht mehr.«

Er sah sie scharf an, und sie konnte die Frage in seinen Augen lesen und merkte, wie er sich mühte, sie nicht zu stellen. Ihre Großzügigkeit war grenzenlos. Ihre Liebe war so umfassend, daß sie alle kleinen Hürden überrollte. Sie beantwortete die Frage, bevor er sie noch stellen konnte.

»Ich glaube, es muß wohl deinetwegen gewesen sein, Denis. Ich wollte es mir zu dem Zeitpunkt nicht eingestehen. Bist du meinetwegen gekommen?«

»Nein!« entgegnete er so heftig, daß sie wußte, er log. »Nein, ganz gewiß nicht. Ich will dich nicht lieben, Margot.«

»Aber du tust es, Denis?«

Er fand ihre Hände und beugte sich darüber. »Ach, Liebste«, sagte er, »schon vom ersten Augenblick an... und so hoffnungslos, weißt du.«

Stimmen draußen in der Halle unterbrachen sie brutal. Er trat zurück, ließ jedoch ihre Hände nicht los. »Wir müssen reden«, murmelte er dringlich. »Wann? Wie ich höre, fährst du morgen früh nach London?«

»Ich bin nachmittags wieder zurück«, flüsterte sie. »Bist du dann noch hier?«

Eine Tür schlug, und die Vorhänge zitterten. Sie löste sich sanft von ihm, und obwohl es absurd war, fühlte sie sich alleingelassen, als ihre Hände frei waren.

»Ja.« Sein Blick ruhte noch immer auf ihrem Gesicht, immer noch hilflos und verletzlich, aber es lag ein Schatten darin. »Ja, ich werde hier sein.«

Sir Kit öffnete die Tür.

»Die Uhr ist an dieser Wand hier, wenn Sie hereinkommen wollen«, sagte er zu jemandem hinter ihm. »Ich hoffe wirklich, daß Sie etwas tun können. Kommen Sie, kommen Sie rein. Lieber Himmel, was für ein Durchzug! Bist du das, Victor? Komm um Gottes willen herein, mein Junge, und mach die Türen hinter dir zu.«

Als die beiden vor dem Kamin sich langsam umdrehten, trat Victor Soubise über die Terrasse herein und begann, die Türen zu schließen und festzuhaken. Während er oben einen

Riegel zuschob, warf er über die Schulter einen Blick auf Margot, sein Gesicht war unbewegt.

»Ich bin hinten herum gegangen, nachdem ich den Wagen weggestellt hatte«, bemerkte er kurz. »Es ist näher.« Seine Stimme klang ausdruckslos und enthüllte nichts. Man konnte nicht sagen, ob seine Bemerkung als Entschuldigung, als Vorwurf oder schlicht als Feststellung einer Tatsache gedacht war.

5

Hercule Bonnet, Manager der Beaux Arts Company, brachte nach dem Mittagessen Margot in dem chauffierten Daimler nach Hause, den er sich jedesmal mietete, wenn er in London war. Er war in Hochstimmung, und es hatte kein Entrinnen gegeben. Am Ende der Party hatte er das Monokel in eine seiner tiefen Augenhöhlen geklemmt – sie wirkten immer wie angemalt, so dunkel waren sie – und ihr mit einem Aufblitzen weißer Zähne erklärt, er habe vor, mit nach Bridgewyck hinauszukommen, um der *chère maîtresse* seine Aufwartung zu machen.

Unterwegs redete er pausenlos, während seine plumpen Hände wie Möwen über der Kuppel seiner grauen Weste auf- und niederflogen, und er ihr erzählte, was er Zoff alles sagen wollte.

Er war zu fein angezogen, wie immer, wenn er in England war; denn seiner Ansicht nach erwarteten die Einheimischen das von einem Franzosen, sagte er.

»Ich bin nun einmal ausgesucht höflich«, erklärte er dann halb im Ernst. »Darum bin ich überall, wohin ich komme, so beliebt.«

Margot war seine neueste Entdeckung. Sie war sein Täubchen, sein Augapfel, seine Königin. Er war drauf und dran, so beteuerte er, sich Zoff zu Füßen zu werfen und ihr zu danken, daß sie ihr Genie einer solchen Schülerin überliefert hatte. Er war natürlich ein ganz klein wenig betrunken, aber nur so weit, um aufgekratzt zu sein. Margot mußte sich nur den Anschein geben, als höre sie zu, und bis jetzt, den größten Teil des Weges, hatte sie kein Stichwort verpaßt.

Sie war so glücklich, daß sie ihm beinahe erzählt hätte, was der Anlaß war, aber er gab ihr keine Gelegenheit, diesen Fehler zu begehen. Sein Thema war die Zukunft, und seine Stimme versiegte nie.

Während der Wagen sich seinen Weg durch die endlosen kleinen Siedlungen suchte, die inzwischen zu Vororten der großen Stadt geworden waren, lehnte sie sich in die Polster zurück und lauschte mit einem Ohr seinem Geplauder, der Rest ihres Bewußtseins war erfüllt von Entzücken. Es war reiner Wahnsinn, so verliebt zu sein, überlegte sie mit leuchtenden Augen; verliebt, als sei man sechzehn, als zähle nichts anderes, als seien all diese glänzenden Erfolge, die Bonnet ihr so fröhlich prophezeite, gar nichts gegen eine Stunde mit Denis. Es war natürlich Irrsinn, phantastischer Nonsens, von sprichwörtlicher Vergänglichkeit, und dennoch, es war so unsagbar süß.

Und hinter der Verzückung lag etwas Reales und Unentrinnbares und Immerwährendes. Dessen war sie sicher. Es umhüllte warm ihr Herz. Sie hörte immer noch Denis' Stimme neben den blumigen Satzgefügen, die Bonnet an ihrer Seite intonierte.

»Die Engländer haben die Franzosen ertränkt.« Und die tiefe Stimme übertönte die dünne: *... vom ersten Augenblick an ... und so hoffnungslos ...*

Die Worte erschütterten sie auch jetzt noch. Selbst in der Erinnerung brachten sie ihre Atmung durcheinander. Sie waren kostbar und völlig lächerlich, denn nichts war jetzt mehr hoffnungslos. Bonnets Geschwätz unterbrach ihre Tagträumerei, als der Wagen in die vertraute Straße einbog, und sie setzte sich auf.

»*Chère doyenne des arts suprêmes*, so werde ich wispern«, probte er gutgelaunt. »*Maîtresse de milles cœurs*... Ah, wir sind da, nicht wahr. Ist dies das Haus?«

Margot gab dem Chauffeur Anweisungen, und er bog in die Auffahrt und brachte den großen Wagen vor dem Wintergarten zum Stehen.

»Darf ich?« Bonnet war in galanter Stimmung. Jedes Gefährt stellte seine Plumpheit vor peinliche Situationen, doch er war fest entschlossen, ihr eigenhändig aus dem Wagen zu helfen, und so gab es eine Verzögerung, da er erst herausgezogen und schnaufend aufs Trittbrett gesetzt werden mußte.

Margot ließ sich von ihm helfen, und sie hatten den Wintergarten noch nicht durchquert, als die Haustür aufgestoßen wurde.

Vor ihnen stand Felix und brabbelte unverständliches Zeug. Er war nur noch schwach zu erkennen. Sein Gesicht hatte jegliche Farbe verloren, und seine Augen blicken leer. Er starrte Bonnet an und wandte sich dann verwirrt an Margot.

»Das ist nicht *monsieur le docteur*«, sagte er töricht. »Mademoiselle, wo ist der Doktor?«

Ihr Herz übersprang einen Schlag. Eiseskälte kroch in ihr hoch. »Was ist los, Felix?« Sie hörte ihre eigene Stimme sehr ruhig sprechen. »Rasch, sag schon, was ist los? Ist Zoff krank?«

»Mademoiselle, sie ist tot.« Er zerrte sie mit den schwachen, unruhigen Händen eines verängstigten alten Mannes in die Halle.

»Oh, nein, *nein*«, sagte sie, als müsse das Wort eine Zauberwirkung haben. Neben sich sah sie flüchtig Bonnets entsetztes Gesicht, in dem sich gleichzeitig ein grotesker Ausdruck der Enttäuschung breitmachte. »Wo ist Sir Kit?«

»Mademoiselle, er ist seit vor dem *déjeuner* nicht dagewesen.« Felix zitterte sichtlich und schien kurz vor dem Kollaps. »Es ist keiner da, außer mir und Genevieve. Sie hat Madame gefunden und *monsieur le docteur* angerufen. Ich warte auf ihn, aber es hat keinen Zweck. Madame ist tot. Ich habe sie gesehen.«

»Wo ist Denis?«

»Monsieur Denis ist gegangen, Mademoiselle.«

Wenn sie nicht träumte, so wurden die Worte herausgeschrien.

»Als er das Schlafzimmer von Madame verlassen hatte, da haben wir sie gefunden, erstickt. Auf ihrem Gesicht hatte sie ein Tuch, und ihre Hände waren gefaltet. Es war direkt, nachdem Monsieur aus dieser Tür hier gegangen war, mit Madames Koffer in der Hand, daß wir sie gefunden haben.«

»Mit Madames Koffer?« wiederholte sie ratlos.

»Ja doch, Margot.« Er ließ die Höflichkeitsanrede weg, und die Nennung ihres Vornamens erinnerte sie daran, daß er sie von Kindesbeinen an kannte. »Den grünen Koffer, die Tasche. Den Koffer mit der Schublade unten.«

Sie starrte ihn an, ihre Brauen waren zu einer durchgehenden Linie zusammengezogen.

»In dem sie ihren Schmuck hatte?«

»In dem sie ihren Schmuck hatte.«

In das verwirrte Schweigen hinein klangen Schritte hinter ihnen auf den Fliesen, und sie fuhr herum und sah sich dem jungen Arzt gegenüber. Er war außer Atem, und sein Blick war zornerfüllt.

»Sie haben es also geschehen lassen«, sagte er erbittert und sah ihr verächtlich ins Gesicht. »Sie waren gewarnt, und es war direkt vor ihrer Nase, und dennoch haben sie es geschehen lassen.«

Margot starrte ihn immer noch an. Ihre Wangen waren durchsichtig weiß, und ihre Augen sahen unter dem blassen Federsaum ihres Lelong-Modells riesig aus. Sie hatte das Gefühl, in ihrem Leben würde eine Seite zurückgeblättert. Es war, als sei plötzlich eine Abschweifung zu Ende und sie wieder in die Haupthandlung geworfen.

»Ich habe es Ihnen doch erklärt«, hörte sie den jungen Doktor sagen. »Ich habe Ihnen genaueste Anweisungen gegeben. Ich habe ausdrücklich angeordnet, daß meine Patientin diesen Mann nicht sehen darf.« Er beugte sich beim Sprechen über sie. Mit den hochroten Flecken auf seinen Wangenknochen wirkte er wie ein zürnender Erzengel.

Sie sah ihn weiter hilflos an. Die Pflichtvergessenheit stand ihr lebhaft vor Augen, aber auch eine gewisse Absurdität.

»Sie machen einen entsetzlichen Fehler«, sagte sie. »Denis kann nichts damit zu tun gehabt haben. Natürlich nicht. Sie verstehen es nicht.«

Er zog sich zurück.

»Dies ist wohl kaum der rechte Zeitpunkt für Diskussionen, finden Sie nicht, oder meinen Sie doch?« Die Aufgeblasenheit enthüllte seine feindselige Haltung wie eine Waffe, und an ihr vorbei ging er mit langen Schritten zum Fuß der Treppe weiter. Eine Hand auf dem Geländer, drehte er sich noch einmal um. »Ist schon nach der Polizei geschickt worden?« fragte er Felix.

»No, *monsieur le docteur.* Genevieve hat bei Ihnen angerufen, sonst nirgends.«

»Aha. Kommen Sie bitte mit nach oben?« Er trat zur Seite und stieg hinter dem Alten die Treppe hinauf. Margot sah ihnen nach.

Es dauerte ein bißchen, bis sie sich auf Bonnet besann. Ein Hüsteln neben ihr schreckte sie auf, und als sie zur Seite blickte, sah er sie direkt an, auf seinem runden Gesicht drückte sich gleichermaßen Verdruß wie aufrichtige Besorgnis aus. Er brauchte nichts zu erklären. Sie verstand augenblicklich, und rettete ihn aus seiner Verlegenheit.

»Fahren Sie zurück«, sagte sie. »Schließlich waren Sie kaum im Haus. Ich werde einfach sagen, daß mich ein Freund hergebracht hat.«

Er war dankbar, aber immer noch sehr verlegen.

»*Chérie*, ich wünschte, ich könnte bleiben. Welch eine Tragödie! Welch ein Unglück! Sie hat mit jemandem Streit gehabt, *n'est-ce pas*?«

»Nein«, sagte sie rasch. »Nein, der Doktor hat sich geirrt.«

»Ich verstehe. Aber ich glaube, er hat vor, die *flics* zu rufen, dieser Herr.«

»Ja, sieht so aus«, bestätigte sie abwesend, während nicht so sehr diese alarmierende Möglichkeit sie beschäftigte, als vielmehr die schreckliche Tatsache, daß Zoff nicht mehr lebte. »Fahren Sie, Hercule. Für Sie besteht kein Anlaß, sich hierein verwickeln zu lassen, absolut keiner.«

»Vielleicht sollte ich das wirklich tun.« Es widerstrebte ihm, seine Kavaliersrolle aufzugeben, aber die Vernunft riet energisch dazu. Niemand wußte besser Bescheid über die Vorteile und Gefahren von Publicity.

Als er so zögernd dastand, sah Margot die ganze Situation gewissermaßen in Scharfeinstellung. Jede Einzelheit war ihr bewußt. Die überladene Halle, in die das Sonnenlicht von der offenen Tür zum Wintergarten her riesige moderne Muster malte, leuchtete sekundenlang lebhaft auf. Sie sah auch die Szene, die sich ein Stockwerk höher abspielen mußte, wo die alten Dienstboten und der Doktor sicher um das Bett herumstanden.

Bonnet nahm ihre Hand und hielt sie fest. Hinter aller Affektiertheit und Schlauheit, die einen Großteil des Mannes ausmachte, war flüchtig eine warme Aufrichtigkeit zu spüren.

»Rufen Sie mich an, wenn ich irgend etwas tun kann«, sagte er, und seine Herzlichkeit unterstrich die Gefahr.

»Ich werde Sie beim Wort nehmen, Hercule«, sagte sie.

Er nickte. »Das dürfen Sie, mein liebes Kind. Aber nun gehe ich.« Er hob ihre Hand kurz an seine Lippen und trottete hinaus zu seinem Auto. Gleich darauf hörte sie die Wagentür schlagen und das Geräusch des Motors. Sie zögerte einen Augenblick, dann legte sie Handtasche und Handschuhe auf ein Tischchen und ging ruhig die Treppe hinauf.

Zoff lag starr auf ihrem goldenen Bett. Der pfirsichfarbene Überwurf war bis zu ihrer Taille hochgezogen, und ein Bettjäckchen aus blauem Brokat war sanft über ihre Brust und die Schultern gebreitet. Ihre Hände waren gefaltet. Das Gesicht wirkte friedlich und, was es im Leben nie gewesen war, merkwürdig sanft, bis auf eine gewisse Betonung der herausragenden Merkmale, der messerscharfen Nase und der vorstehenden Wangenknochen. Es fiel schwer, nicht zu glauben, daß sie schlief.

Sie lächelte nicht direkt, aber ihr breiter Mund sah sanft und geheimnisvoll aus.

Margot stand mit Genevieve am Fußende des Bettes und staunte über diese Würde. Der Tod zeigte hier nichts von seiner höhnischen Grausamkeit. Da war kein Pathos, keine Sinnlosigkeit, nur Erhabenheit und Resignation. Es war sogar schwierig, an Weinen zu denken. Dies war etwas Bewundernswertes.

Das Außergewöhnliche daran kam dem Mädchen nicht zu Bewußtsein. Sie war durch den Schock ihres Verlustes wie betäubt und stand reglos da, den Arm um Genevieves Schultern gelegt, die harte braune Hand in der ihren.

Vom Bett her blitzten und zitterten die Edelsteine in den Ringen der Toten erstaunlich lebendig auf dem stillen Fleisch.

Der Doktor war am anderen Ende des Zimmers beschäftigt. Er und Felix hatten die Fenster geöffnet, die Vorhänge blähten sich in einer frischen Brise und brachten Bewegung in den Raum. Im Augenblick hockten die beiden Männer am Schrank vor einem leeren Fach, in dem Zoff ihren abgewetzten grünen Kosmetikkoffer aufbewahrt hatte. Sie hatte immer darauf bestanden, ihn in der Nähe zu haben, ob Wertsachen darin waren oder nicht, und sich auf die »geheime« Schublade verlassen, eine Vorrichtung, die keinen Dreijährigen hätte täuschen können.

Felix erklärte dem jüngeren Mann flüsternd die Einzelheiten. Margot und Genevieve nahmen die beiden nur am Rande wahr. Sie standen ganz dicht und still beieinander und schauten auf das Bett. Wie die meisten großen Persönlichkeiten, war Zoff den ihr Nahestehenden unsterblich erschienen, und da diese Persönlichkeit mit dem Tode erloschen war, blieb eine Fremde zurück. Das Phänomen überstieg ihr Begriffsvermögen. Sie konnten es nicht fassen, konnten die eine unwiderrufliche Tatsache nicht glauben, Zoff war nicht mehr. Sie hatten beide das Gefühl, sie müsse sich jeden Moment aufrichten und über ihren Schrecken lachen, den Kopf dabei zurückgeworfen, daß man die Goldkrone hinten in ihrem Mund sah, während sie sich köstlich über ihren unerhörten Spaß amüsierte.

Genevieve brach schließlich den Bann.

»Genauso sah sie aus, als ich sie gefunden habe«, flüsterte sie. »Wie in einer Szene auf der Bühne. Ich habe ihr das Handtuch vom Gesicht genommen und sie gesehen. Der Herr möge mir vergeben, aber ich konnte sie danach nicht mehr berühren. Ich habe ihr das Tuch wieder aufgelegt.«

»Aber es ist so völlig unbegreiflich.« Die Stimme des Doktors, laut, jung und ungeduldig, ließ sie zusammenzucken. Er hatte darauf gewartet, daß Genevieve wieder zu sich kam, und nahm nun das erste Anzeichen wahr. »Das verstehe ich nicht«, sagte er, und trat vor sie hin. »Sie wollen wirklich sagen, daß Sie überhaupt nichts gerochen haben? Also, selbst jetzt riecht das ganze Zimmer danach. Das Handtuch muß geradezu getränkt gewesen sein.«

Margot zitterte. Irgend etwas hatte sie schon beim Heraufkommen auf der Treppe eigenartig angeweht; nun wurde sie sich dessen endlich klar bewußt. Hatte es erst einmal Gestalt angenommen, war es unentrinnbar. Es war überall, es hing in den Vorhängen, es wirbelte im Zugwind, es bekämpfte und besiegte die hunderterlei Parfumdüfte, mit denen Zoffs Sachen stets durchtränkt waren: der süßliche, ekelerregende Gestank des Operationssaals.

»Äther«, brachte sie mit heiserer Stimme hervor.

Der Doktor sah ihr in die Augen. »Nein, nur altmodisches Chloroform, glaube ich. Riechen Sie es nicht, Genevieve?«

»Nein, ich rieche nichts.«

»Genevieve hat keinen Geruchssinn«, warf Felix ein, der zu ihnen getreten war. »Schon seit vielen Jahren nicht mehr.«

Der Doktor sog scharf die Luft ein und sah wieder Margot an. »Stimmt das?«

»Ich weiß nicht genau. Ich nehme es an. Wir haben sie früher oft damit aufgezogen. Zoff – Zoff hat es gesagt.«

»Aber, lieber Himmel, sehen Sie nicht, was das bedeutet?« In seiner Erregung fiel die ganze Aufgeblasenheit von ihm ab wie ein falscher Schnurrbart, überlegte sie bitter. Er war begeistert, plötzlich zum Detektiv geworden zu sein. »Verstehen Sie nicht, es muß schon früher passiert sein! Das muß die Erklärung für die beiden anderen Attacken sein. Ich habe es nicht gemerkt, weil Genevieve sie jedesmal schon, bevor ich kam, ans offene Fenster gesetzt und das Zimmer gelüftet hatte, soweit das bei all diesen Düften hier möglich ist. Aber diesmal hat der Kerl so viel von dem Zeug genommen, daß es ihm gelungen ist, sie ganz schnell umzubringen, und ich war hier, bevor die Schwaden sich verzogen hatten.«

Margot protestierte. »Aber so etwas können Sie doch nicht einfach behaupten«, sagte sie atemlos. »Sie können nicht wild mit Anschuldigungen um sich werfen. Sie wissen ja gar nicht, ob es stimmt.«

»Mein armes Kindchen« – die Feindseligkeit war wieder in seinen Augen – »das ist doch ziemlich offensichtlich, oder?« Zoff hat uns selbst gesagt, daß er zweimal versucht hat sie umzubringen, und wir Narren haben ihr nicht geglaubt. Jetzt ist es ihm geglückt. Er ist wahrscheinlich wahnsinnig«, fuhr er ernst fort. »Anfangs mag er sich noch zurückgehalten haben, aber dann wurde er so leichtsinnig, daß er sie mit dem Zeug geradezu durchtränkt hat. Wer hätte es sonst tun können? Chloroform liegt in normalen Häusern nicht herum. Aber für ihn wäre es die einfachste Sache der Welt, sich welches zu beschaffen, und schon nach kurzer Zeit hätte man es nur sehr schwer nachweisen können.«

Er ließ Genevieve, die etwas sagen wollte, nicht zu Wort kommen und redete, noch immer an Margot gewandt, unbeirrt weiter.

»Sie wollen natürlich keinen Skandal (ich kann es Ihnen nicht verdenken), und ich auch nicht. Aber keiner von uns kann etwas dagegen tun. Dies ist ein Mord. Er hat sogar Schmuck mitgehen lassen, wie ich höre.«

Das Mädchen sagte nichts. Sie hatte mit der außerordentlichen Erkenntnis zu kämpfen, daß hier etwas Unvermeidbares geschah. Nicht, daß sie die Geschichte auch nur eine Sekunde glaubte, aber ihr war klar, daß diese Erklärung den meisten Leuten einfallen mußte, und sie konnte sich des Eindrucks nicht erwehren, daß alles so hatte kommen müssen.

Der Doktor wandte sich von ihr ab und ging wieder zu Felix, der mit einem kleinen Wandsafe am Ende des Zimmers beschäftigt war. Er hatte ihn geöffnet und kontrollierte die darin liegenden Schachteln aus Samt und Leder.

»Wir müssen sofort die Polizei verständigen.« Der Doktor sprach immer noch mit der unterdrückten Erregung, die sie alle erschütterte. »Sie werden ihn wohl auf einem Flughafen festnehmen. Machen Sie eine ungefähre Aufstellung der fehlenden Sachen, Felix. Das werden sie brauchen.«

Margot warf einen Blick auf das Bett und kam zu einem plötzlichen Entschluß. Ihr war eingefallen, daß sie wahrscheinlich die einzige im Hause war, die wußte, wo Denis wohnte. Die Polizei würde ihn übers Krankenhaus finden, aber es war durchaus möglich, daß weder Genevieve noch Felix in ihrer derzeitigen Verfassung sich auch nur daran erinnerten. Auf jeden Fall würde es etwas dauern, bis man ihn ausfindig machte. Selbst sie wußte die Adresse nicht, aber er hatte ihr einmal das Haus gezeigt, in dem er mit einem Dutzend anderer Studenten wohnte, und sie glaubte es wiederzufinden. Wenn sie gleich losging, würde sie ihn wahrscheinlich zuerst erwischen. Eines war jedenfalls klar. Er mußte sofort zurückkommen und alles erklären, bevor noch mehr dieser verrückten Indizienbeweise sich gegen ihn auftürmten. Sie hatte keine Ahnung, warum er das Haus verlassen hatte und wohin er gegangen war, aber wenn es eine Möglichkeit gab, ihn zu finden, wollte sie es versuchen.

Sie schaute zum Doktor hinüber. Er war immer noch mit Felix' Entdeckung beschäftigt. Genevieve hatte sich ans Kopfende des Bettes geschlichen und hielt einen Seidenschal in den Händen. Margot war im Moment unbeobachtet. Ohne sich noch einmal umzudrehen ging sie leise aus dem Zimmer.

Ihre graugekleidete Gestalt glitt still wie ein Geist die Treppe hinab. Ihre Füße machten kein Geräusch auf den Fliesen in der Halle, und die Eingangstür schloß sich sanft hinter ihr.

Das Zentralrevier der Polizei von Bridgewyck war ein gelbes Backsteingebäude am Ende der Hauptstraße, neben dem Kino und gegenüber der Unterführung zum Bahnhof. Durch einen jener puren Glücksfälle, die so oft in offiziellen Polizeiberichten eine Rolle spielen, als sei das Schicksal persönlich auf seiten der Gesetzeshüter, stand Inspektor Lee am Fenster seines Büros im ersten Stock und sah müßig hinaus, als das Telefon klingelte. Er konnte von seinem Standort aus den Apparat erreichen und hatte den Blick noch abwesend auf den gegenüberliegenden Bürgersteig gerichtet, als der Wachtmeister unten den Anruf von Clough House durchstellte.

Während der Doktor mit seiner, vor lauter aufgesetzter, knapper Autorität scharfen Stimme noch sprach, landete Inspektor Lees weitsichtiger Blick auf Margot Robert. Sie eilte übers Trottoir, die schlanke Gestalt von ihren hohen Absätzen nach vorn gedrückt, die Hände um ihre große graue Tasche gekrampft. Während er sie beobachtete, bog sie in den dunklen Schlund der Unterführung und verschwand. Lee erkannte sie und erinnerte sich an das eine, was ihn an ihr interessiert hatte. Sie war das Mädchen, deretwegen die alte Frau die Anschuldigung gegen ihren Enkel zurückgenommen hatte. Er war stolz auf seine Eingebungen und drehte sich um, den Telefonhörer gegen die Brust gepreßt.

»Carpenter«, sagte er, »schnell! Ein Mädchen ist eben in die U-Bahnstation gegangen. Graues Kostüm, grauer Federhut, hübsch, Typ: West-End-Schauspielerin, blond, einsfünfundfünfzig groß, etwa zwanzig. Ihr nach! Wohin sie auch geht. Rufen Sie mich an. Sie schaffen es vielleicht gerade noch.«

Im Hintergrund des Zimmers schlüpfte ein Schatten hinter einem Schreibtisch hervor, griff nach dem Hut, der darauf lag, und ging gehorsam zur Tür hinaus. Während es aus dem Telefon noch immer krächzte, sah der Inspektor seinen Mann über die Straße und in den Bahnhof gehen. Er warf einen Blick auf die Uhr über der Tür. Zweieinhalb Minuten. Die Züge fuhren alle acht. Carpenter würde es aller Voraussicht nach schaffen, entschied er.

Er konzentrierte sich wieder aufs Telefon. »Gut. Danke Ihnen, Doktor. Ich bin in sechs bis sieben Minuten bei Ihnen. Sie lassen natürlich alles wie es ist. Niemand darf rein oder raus. Wie bitte? Oh, ein klarer Fall, so so? Nun, das spart uns viel Mühe, hab ich recht? Aber wir können nicht vorsichtig genug sein. Achten Sie darauf, daß alle Türen verschlossen bleiben. Ist Miss Robert da? Wie? Sie ist unten, ja? Sie ist – was? Oh. Ich verstehe, sehr mitgenommen. Gut, Sir. Danke. Bis gleich.«

6

Dower Street wirkte wie eine Kreidezeichnung in Blautönen, als Margot um die Ecke bog. Sie hastete vorwärts, ohne den stillen Mann im zerknitterten Anzug zu bemerken, der hinter ihr herstapfte und keine Schwierigkeiten hatte, ihren kürzeren Schritten zu folgen. Das dunkle Blau des nördlichen Zwielichts umhüllte alles. Selbst die grauen Häuser und die glänzende, von Reifen polierte Straße hatten die Stahlfarbe des Himmels angenommen. Die Straßenlaternen waren erst kleine, zitronengelbe Punkte, die sich gleich einer Kette gelber Perlen bis weit in die amethystne Ferne aneinanderreihten.

Kriminalwachtmeister Carpenter sah das Telefonhäuschen und registrierte es wie alle anderen, an denen sie vorbeigekommen waren, seit sie die U-Bahn verlassen und er das Mädchen beinahe in der Menge verloren hatte. Sie schaute jetzt an den Häusern hoch. Das war schon vielversprechender. Sie suchte jedoch keine Nummer, sie betrachtete die Fassaden, als hoffe sie, eine wiederzuerkennen. Einmal hielt sie inne, und er stutzte. Aber nein, sie überlegte es sich anders und lief weiter, er selbst in sicherem Abstand hinter ihr.

Ah, jetzt hatte sie es gefunden. Er sah ihre Erleichterung daran, wie sie die Schultern sacken ließ, als sie abdrehte, um die drei ausgetretenen Stufen zur Tür hinaufzusteigen. Er blieb stehen, zündete sich eine Zigarette an, und behielt sie im Auge.

Margot stand zögernd auf der steinernen Plattform. Die Tür war weit offen, und sie schaute in die triste Höhle eines früher gepflegten Vestibüls. Es gab nur eine Klingel, ein kleiner Knopf inmitten einer matten Messingscheibe. Sie drückte zweifelnd darauf, und weit weg im Untergeschoß erscholl ein hohler Klingelton, aber sonst tat sich nichts. Sie wollte gerade noch einmal klingeln, als am Ende des Ganges vor ihr jemand eine Treppe herunter und auf sie zugestürmt kam. Sie trat zur Seite, um sich zu retten.

»Au weia, tut mir leid.« Die Stimme klang sehr jung, und unversehens blickte sie in ein fragendes Gesicht unter einem wirren Haarschopf. Er war kaum zwanzig und sah betont unordentlich aus. »Wollen Sie ernsthaft reinkommen?« fragte er mit dem ungelenken Charme seines Alters. »Sind Sie ganz sicher?«

»Also, ich würde gern mit Mr. Cotton sprechen, wenn ich darf.«

»Oh.« Er war enttäuscht. »Also gut, ich gehe mal für Sie nachsehen. Bleiben Sie stehen, bis ich Licht gemacht habe.« Seine Stimme tönte angenehm weiter, während er entschwand, gleich darauf glühte eine schmutzige Birne auf und beleuchtete einen Streifen abgewetzten Linoleums, der zwischen ungepflegten Wänden auf eine Treppe zuführte. »Kommen Sie doch bitte hier herein.«

Ihr Führer war etwas formeller geworden, nachdem er sie besser sehen konnte.

»Das ist leider der einzige Empfangsraum im ganzen Haus. Wir benutzen ihn für Elternbesuch und Steuereinzieher. Lassen Sie sich nicht deprimieren. Das Dekor hat sich unser Hauswirt ausgedacht, nicht wir.«

Er hielt ihr die Tür auf und plauderte weiter, ohne sie zu Wort kommen zu lassen.

»Ich hole Cotton«, sagte er. »Setzen Sie sich, wenn die Stühle nicht zu staubig sind. Geht ganz fix.«

Er sauste eifrig wie ein junger Hund davon, und sie hörte ihn vom Fuß der Treppe aus nach Denis rufen. Margot blieb wartend stehen, eine Hand auf dem Mahagonitisch, der das schlecht beleuchtete Zimmer fast ausfüllte. Die restlichen Möbel bemerkte sie nicht. Sie lauschte mit gesenktem Kopf. Nicht einmal kam ihr der Gedanke, daß er nicht da sein könnte. Vertrauensvoll wartete sie auf seinen Schritt und den Klang seiner Stimme. Seit dem ersten Schock durch die Tragödie hatte sie wie in einer Traumwelt gelebt, in der nur ganz schlichte Dinge normal waren, und die einschneidenden Ereignisse um sie herum hatten sie ohne ihr Zutun mit sich davongetragen. Nun wurde ihr für einen kurzen Augenblick der grauenvolle Irrsinn der Situation klar. Es war, als habe sie eine Klippe erstiegen und unversehens nach unten geschaut. Sie wurde sich der Gefahr bewußt, der vollen Bedeutung all dessen, was sie seit dem Verlassen von Bonnets Daimler erfahren hatte. Jeder Nerv in ihrem Gesicht vibrierte, als habe ein eisiger Luftzug sie gestreift.

In diesem Moment beschloß draußen auf der Straße Kriminalwachtmeister Carpenter, daß es nun sicher sei, zu telefonieren. Inzwischen rief der beflissene Student im Flur noch einmal. Diesmal mit Erfolg. Eine Tür öffnete sich auf einem der oberen Stockwerke, und leichte Schritte hallten auf den linoleumbedeckten Stufen. Ein paar gemurmelte Worte waren zu hören, und dann schwang die Tür nach innen. Sie drehte sich um.

Sie hatte keine Ahnung, welch ein unerwartetes Bild sie bot mit ihrer Eleganz, die das schäbige Zimmer noch schäbiger erscheinen ließ, und ihrem bleichen, angespannten Gesicht unter dem albernen Hut. Sie streckte ihm die Hände entgegen.

»Gott sei Dank, daß du da bist«, sagte sie zusammenhanglos. »Rasch, Denis, wir müssen uns beeilen.«

Das letzte Wort erstarb ihr auf den Lippen. Er nahm ihre Hände nicht, sondern drehte sich um, machte die Tür hinter sich zu, und lehnte sich dagegen. Er war ebenso bleich wie sie. Sein häßliches Kinn war vorgereckt, und seine Augen waren dunkler, als sie es je erlebt hatte. Der Ausdruck darin war ihr ganz neu.

»Ich hatte dich nicht erwartet«, sagte er mit erschreckender Deutlichkeit. »Es tut mir leid, daß du gekommen bist.«

Ein Weilchen sagte sie gar nichts, stand nur still da, sammelte ihre Gefühle, und hielt sie fest wie Fahnen im Wind.

»Du mußt zurückkommen«, sagte sie endlich, als sie sich ihrer Stimme wieder sicher war. »Je eher, desto besser.«

»Ich fürchte, das ist ziemlich unmöglich.«

Der Lichtschein, der sich unter dem soliden altmodischen Lampenschirm über dem Tisch hervorstahl, fing das Muskelspiel an seinem Kinn ein. Aber ansonsten hätte man seinen Tonfall fast für unpersönlich halten können.

»Aber die Polizei –« fing sie an, wurde jedoch von seinem Lachen unterbrochen.

»Darling«, sagte er, »muß es unbedingt Melodrama sein?«

Sie lachte beinahe selber vor Erleichterung. Sie hatte nicht gewußt, wie real ihre uneingestandene Angst gewesen war.

»Du weißt es nicht?« sagte sie, und konnte nicht verhindern, daß ihre Stimme etwas lauter wurde. »Natürlich weißt du es nicht. Zoff ist tot, Denis.«

Sie sah, wie sich seine Augen weiteten, dann senkten die Schleier der Zurückhaltung sich darüber und verdeckten jeden Ausdruck.

»Tot«, wiederholte er leise, und sie merkte, wie er sehr wachsam wurde. Nach einer langen Pause sagte er ruhig: »Nein, ich habe es nicht gewußt.«

Er blickte auf die Wand hinter ihrem Kopf, und ein neuer Gleichmut ging von ihm aus. Inmitten ihrer Verwirrung fiel ihr ein, daß er Erfahrungen als Verdächtigter haben mußte. Sie wußte von seiner *citation à l'ordre de l'armée*, seiner Erwähnung in den Kriegsberichten. An den Auszug erinnerte sie sich noch genau: *Zweimal von der Gestapo verhört, gab dem Feind jedoch nichts Wichtiges preis.* Da mußte er sehr ähnlich ausgesehen haben wie jetzt. Die Unfairneß und Unangemessenheit des Vergleichs untergrub ihre Selbstbeherrschung.

»Siehst du denn nicht ein, daß du gleich mitkommen mußt?«, fragte sie und faßte nach seinem Ärmel. »Als ich ging, hat der Arzt gerade die Polizei angerufen. Sie ist nicht – nicht auf normale Weise gestorben, Denis. Ich wollte dich vor ihnen finden.«

Er stand da und sah auf sie herunter. Er hatte die Hände in den Taschen, und sie fühlte seinen Arm wie unnachgiebiges Eisen unter ihren Fingern.

»Sie war sehr lebendig, als ich mich von ihr verabschiedet habe«, sagte er. »Es tut mir leid, daß sie tot ist. Sie hat mich wild gemacht, aber ich mochte sie. Sie war eine großartige Persönlichkeit.«

Daß er in der Vergangenheit sprach, traf das Mädchen.

»Ich habe sie geliebt«, sagte sie, und ohne zu merken, was geschah, fing sie an zu weinen. Die Tränen traten ihr in die Augen und flossen über ihre Wangen.

»Um Himmels willen, laß das.«

»Ja, ja, tu ich ja schon«, sagte sie absurderweise und fummelte blind in ihrer Handtasche nach einem Taschentuch. Er zog eines aus seiner Brusttasche und warf es ihr zu.

»Und nun hör mal«, fing er an, während sie sich um Fassung bemühte, »verstehe ich das richtig, daß man mich wegen all des Unsinns, den Zoff von sich gegeben hat, womöglich verhaften wird? Willst du mir das sagen?«

»Ja.«

»Also gut. Was soll ich also tun in diesem rückständigen Land? Den ersten besten Bobby auf Streife ansprechen und mich stellen?«

»Nein, natürlich nicht. Du solltest – also, du solltest im Haus sein, um Fragen beantworten zu können. Genaugenommen, dich benehmen, als seist du –«

»Unschuldig. Das ist es doch, was du damit sagen willst, oder? Verdächtigst du mich?«

»Wenn ich das täte, wäre ich dann hier? Oh, Denis, was ist nur mit dir los?«

Der plötzliche direkte Appell unterminierte seine Wachsamkeit. Sein Gesicht verzog sich hilflos, und er taumelte blindlings auf sie zu.

In diesem unglückseligsten aller Augenblicke öffnete Kriminalwachtmeister Carpenter leise die Tür. Er hatte ein unauffälliges Gesicht mit blutleeren Lippen und feuchten Augen, und das erschien nun im Türspalt, während die beiden auseinanderfuhren. Nach dem ersten raschen Blick in die Runde kam er beinahe vertraulich herein und machte die Tür hinter sich zu.

»Mr. Denis Cotton?« fragte er mit viel energischerer Stimme, als man sie bei einem so schattenhaften Menschen erwartet hätte.

Denis nickte, und er wandte sich dem Mädchen zu.

»Mademoiselle Margot Robert.«

»Ro-bert«, korrigierte sie ihn abwesend. Ihr Blick, in dem angstvolles Verstehen lag, ließ sein Gesicht nicht los.

»Danke«, sagte er. »Ich bedauere die Störung. Ich bin Kriminalwachtmeister der Polizeiwache in Bridgewyck.«

»Kann ich Ihren Haftbefehl sehen?« Denis sprach zu schnell. Die hellen Augenbrauen hoben sich mißbilligend.

»Ich habe keinen Haftbefehl. Ich will niemanden verhaften, Sir.« Bis auf die energische, schroffe Stimme hätte er ein vorwurfsvoller höherer Beamter sein können. »Sie können natürlich meinen Ausweis sehen, wenn Sie wollen. Wir müssen immer bereit sein, ihn vorzuweisen, wenn wir in Zivil sind.« Er zog seinen Ausweis hervor, und Denis sah ihn sich an.

»Also, was wollen Sie?« fragte er kurzangebunden, und händigte ihn ihm wieder aus.

Carpenter zögerte. Sein Blick wurde vorübergehend unsicher, und der phantastische Gedanke, daß er womöglich physisch Angst vor ihnen hatte, drängte sich den beiden auf. Auf seiner Stirn hatte sich ein Kranz von Schweißperlen gebildet.

»Ich muß Sie beide bitten, hierzubleiben«, sagte er. »Der Inspektor ist auf dem Wege, und wenn er da ist, wird man Sie bitten, Aussagen im Zusammenhang mit einem Todesfall zu machen, der sich heute nachmittag in Clough House, Hertford Street, Bridgewyck, ereignet hat. Verstehen Sie, ich will Ihnen nicht drohen, aber ich muß Sie darauf aufmerksam machen, daß es meine Pflicht ist, alles festzuhalten, was Sie in meiner Anwesenheit miteinander reden.«

Er leierte die amtliche Rechtsbelehrung herunter und klappte den blassen Mund zu.

Denis sah Margot an. Den größten Teil seines Lebens hatte er in Frankreich verbracht, und diese unerwartete Konfrontation mit einer neuen Polizeiprozedur mit all ihrer scheinbar sinnlosen Formalität, war verwirrend.

»Was hält uns davon ab, einfach zu gehen?« wollte er wissen.

Die glänzenden Augen des Polizisten in Zivil blitzten ihn an.

»Nichts, Sir, außer daß innerhalb von zwanzig Minuten jeder Polizist im Land nach Ihnen suchen würde. Die Streifen im näheren Umkreis viel früher«, sagte er und fuhr sich mit der Zunge über seine trockenen Lippen. »Ich würde Ihnen raten, zu bleiben, wo Sie sind, Sir. Es geht nur um eine Aussage. Vielleicht setzen Sie sich inzwischen, und die Dame auch. Ich bleibe direkt hier stehen, wenn es recht ist.«

Er stellte sich mit dem Rücken zur Tür in Positur, und sie nahmen schweigend auf Stühlen Platz. Das triste Licht, das durch den roten Lampenschirm drang, warf tiefe Schatten auf ihre jungen Gesichter. Margot verhielt sich ruhig, so lange sie konnte, aber zuletzt entschlüpften ihr die Worte doch. »Natürlich sind wir bereit, auszusagen«, meinte sie, und ihre klare Stimme mit dem angedeuteten Akzent klang sehr hübsch. »Natürlich wollen wir beide helfen, so gut wir können. Mr. Cotton wußte gar nichts davon, bis ich –«

»Ich würde's nicht tun, Miss – entschuldigen Sie, Mademoiselle.« Die scharfe Stimme klang nicht unfreundlich. »Warten Sie nur, bis der Inspektor kommt. Es dauert nicht mehr lange.«

»Aber ich habe nichts zu verbergen.«

»Das nehme ich an, Miss, aber ich glaube trotzdem, daß er

getrennt mit Ihnen reden möchte, wenn ich mich verständlich ausdrücke.«

Selbstverständlich tat er das. Die unnatürliche Stille dauerte lange an.

Schließlich, als sie alle drei schon steif von der immer gleichen Haltung waren, bewegte sich Denis.

»Wir dürfen doch wohl rauchen, oder?« bemerkte er.

Der Kriminalwachtmeister hob mit einem Ruck den Kopf.

»Ich kann Sie nicht abhalten, aber es wäre mir lieber, wenn Sie es nicht täten. Es sei denn, Sie nehmen eine von meinen?« Er bot ihm ein zerdrücktes Päckchen an, und Margot sah zu, wie Denis eine Zigarette nahm und sich Feuer geben ließ. Die Schleier hatten sich wieder über seine Augen gesenkt, und sein Mund war ausdruckslos.

Das Schlagen einer Autotür direkt vor dem Haus draußen ließ Margot zusammenfahren. Der Klang schwerer Schritte, erst auf den Stufen und dann im Korridor. Das sind sie, entschied Carpenter. Erleichtert machte er die Tür auf.

Lee kam herein, hinter ihm ein Wachtmeister, und gemeinsam füllten sie den Türrahmen mit Muskeln und Autorität. Auf dem breiten Gesicht des Inspektors lag kein Lächeln, aber eindeutige Befriedigung, als er die Gruppe betrachtete. Er war ein großer Bewunderer von Effizienz, und heute schien er sich selbst übertroffen zu haben.

Für Margot war sein Erscheinen ein Schock. Sie hatte nicht erwartet, daß derselbe Mann die Untersuchung leitete, und die wenigen Worte, die er im Flur von Clough House zu ihr gesagt hatte, tönten ihr so lebhaft im Gedächtnis, als hätte man eine Schallplatte aufgelegt: ›Sie sind die junge Dame, die Madame Zoffanys Sinneswandel bewirkt hat, oder?‹ Er war also vorbereitet. Die ganze Geschichte war ihm schon von vornherein klar. Und nachdem er nun Denis und sie hier zusammen fand, was konnte er da um Himmels willen schon denken? Sie hielt sich die Hand vor den Mund, um den Überraschungslaut zu dämpfen, der ihrem Gefühl nach gleich herauskommen mußte. Noch nie hatte ihr eine Gefahr so unmittelbar und lebhaft vor Augen gestanden. Es war wie bei einem Autounfall kurz vor dem Zusammenprall.

Inspektor Lee räusperte sich. Er war zur Verbindlichkeit bereit, weil er keine Verhaftung vorhatte, bis er den Mann sicher in seinem eigenen Büro hatte, unter Segen und Zustimmung seines eigenen Chefs. Nach der formellen Aufnahme der Personalien sprach er die Einladung aus, die das Gesetz vorschrieb. »Ich muß Sie beide bitten, mich zum Polizeirevier von Bridgewyck zu begleiten, wo jeder von Ihnen gebeten wird, eine Aussage zu machen. Ich denke, Sie wissen, warum.«

Sie nickten, und er brummte zustimmend. Es wurde langsam kalt in dem Zimmer, trotz der vielen Leute. Die Nachtluft strömte von draußen durch die offene Haustür herein und brachte Auspuffdämpfe und das Geräusch eines laufenden Motors mit sich.

Denis suchte Margots Blick und bedeutete ihr zu gehen, aber er berührte weder ihre Hand noch nahm er ihre Tasche für sie auf.

»Nur eines noch, bevor wir gehen, Mr. Cotton.« Lees Bemühungen um einen beiläufigen Tonfall waren erfolgreicher als die seines Untergebenen. »Als Sie Clough House, Bridgewyck, heute nachmittag verließen, sollen Sie einen grünen Lederkoffer bei sich gehabt haben. Stimmt das?«

Margot hielt die Luft an. Auf der ganzen Fahrt in die Stadt und auch hier, während sie schweigend warteten, hatte sie diesen Koffer aus ihren Gedanken zu drängen versucht.

Eine lange Pause trat ein, etwas zu lang. Denis zögerte. Sein Gesicht war weiß und sein Mund beinahe häßlich. Endlich zog er seine Brieftasche aus der Jacke und nahm etwas heraus. Während alle ihn beobachteten, legte er ein Stück rosa Papier auf den Tisch. Lee nahm es und sah es sich an. Seine schweren Brauen hoben sich.

»Charing-Cross-Bahnhof, Gepäckannahme«, sagte er leise. »Irgendeine Erklärung dazu, Mr. Cotton?«

»Ja.« Denis' Stimme klang immer noch allzu vorsichtig. »Madame Zoffany hat mir das Köfferchen heute nachmittag um Viertel vor zwei in die Hand gedrückt, als ich gerade gehen wollte. Ich habe erst entdeckt, was alles darin ist, als ich in einem Zugabteil auf dem Weg nach London saß. Dieses – dieses Inhalts wegen dachte ich, es sei in der Gepäckaufbewahrung sicherer als in meinem Zimmer. Es war schon zu spät, noch zu einer Bank zu gehen, und Sie sehen ja selbst, daß dieses Haus hier nicht sehr privat ist. Die Tür zur Straße steht fast den ganzen Tag offen.«

Es war keine sehr überzeugende Geschichte. Selbst in Margots Ohren klang sie unglaubwürdig.

»Ich verstehe.« Lees Befriedigung bekam etwas Grimmiges. »Sie sagen also, das ist die Quittung für das grüne Köfferchen. Gut, dann fahren wir hin und holen es, wenn Sie einverstanden sind. Inzwischen würde ich, falls Sie nichts dagegen haben, gern jemanden Ihr Zimmer ansehen lassen. Ist das Ihre einzige Adresse?«

»In London ja.« Denis legte einen Schlüssel auf den Tisch, und auf ein Zeichen von Lee nahm Carpenter ihn an sich.

»Welche Tür?« Es war bedeutsam, daß er das ›Sir‹ weggelassen hatte.

»Zweiter Stock, erste links.«

Carpenter machte sich auf den Weg nach oben, und der Inspektor wandte sich wieder an die beiden. »Wenn Sie soweit sind, dann gehen wir«, sagte er knapp.

Es war nicht direkt eine Festnahme, doch Denis fuhr auf dem Rücksitz eines Streifenwagens nach Bridgewyck, flankiert von je einem Polizisten in Zivil. Gegenüber, mit dem Rücken zum Fahrer, saß Lee, und neben ihm, überschattet von seinem ausladenden Körper, Margot.

Vor dem Charing-Cross-Bahnhof schlüpfte der Mann neben dem Fahrer hinaus und kehrte kurz darauf mit Zoffs grünem, schäbigem Kosmetikkoffer zurück. Er händigte ihn dem Inspektor aus, der ihn für den Rest der Fahrt liebevoll auf seinen Knien balancierte. Es wurde nicht gesprochen.

7

Der Warteraum im Polizeirevier von Bridgewyck erinnerte unangenehm an eine Zelle. Auf drei Seiten der kleinen hohen Kammer verlief eine solide hölzerne Sitzbank, sonst gab es keinerlei Dekoration. Nicht einmal ein Plakat »Gesucht wird« unterbrach die Monotonie der schäbigen grünen Leimfarbe.

Mit dem Rücken zur vierten Wand saß an einem Tischchen ein uniformierter Polizist und arbeitete, sein kahler Kopf glänzte im Licht der nackten Birne unweit darüber. Er schrieb stetig. In der vergangenen Stunde hatte er nicht ein einziges Mal aufgesehen.

Margot saß ihm direkt gegenüber. Sie war immer noch sehr blaß, aber sie hielt sich gerade, und der kecke Sitz ihres Federhütchens verriet eine beherzte Heiterkeit. Das Zimmer hätte unter der Erde liegen können. Kein Geräusch der Außenwelt drang durch die Stille. Nach ihrer Uhr war es jetzt zwei Stunden her, daß man Denis nach oben in Lees Büro geholt hatte, und in dieser Zeit war sie sich ziemlich allein vorgekommen.

Zu Anfang hatte sie versucht, die Situation kühl zu betrachten, sich die Fakten vor Augen zu führen, wie sie ihr bekannt waren, und daraus die andere Erklärung zusammenzustükkeln, die es geben mußte, wie sie inständig betete. Bis jetzt hatte sie sich nicht gezeigt. So lange sie auch grübelte, die Geschichte blieb jämmerlich einfach. Um Zoffs alten grünen, zur Schmuckschatulle umfunktionierten Kosmetikkoffer führte kein Weg herum. Wohin sie auch hilfesuchend blickte, er war nun einmal da, unerklärlich oder belastend.

Während die Minuten sich hinzogen, gab sie das Grübeln auf und ließ sich vom trübseligen Jammer des Wartens einfangen. Sie wagte nicht, über Zoff nachzudenken. Dieser Verlust war allzu heftig, zu niederschmetternd, um gerade jetzt begriffen zu werden.

Endlich kam die Aufforderung. Die Glocke auf dem Tisch schlug an, und der Wachtmeister legte seinen Stift hin. »Inspektor Lee möchte Sie jetzt sprechen, Miss. Folgen Sie mir bitte.«

Die verräterische Höflichkeit von Polizisten konnte sie nicht mehr täuschen. Sie erhob sich steif und trat hinter ihm in den nach Desinfektionsmitteln riechenden Flur. Sie hatte einen Entschluß über ihre Rolle in der kommenden Vernehmung gefaßt. Die volle Wahrheit war der einzig mögliche Weg. Es würde nicht leicht werden. Ihr war bewußt, daß sie erklären mußte, wie es um sie und Denis stand, und diese Beziehung war so neu, daß sie noch sehr zart und kostbar war. Aber immerhin gab sie den Ausschlag für ihr eigenes Verhalten nach Zoffs Tod, und sie verbergen wollen, hieße Rätsel schaffen, wo es keine gab. Sie fürchtete Lee gerade in diesem Punkt. Er war nicht der Typ für altmodisches Taktgefühl, und sie war auf das Schlimmste gefaßt.

Er war allein in dem großen, luftigen Zimmer, wo er massiv und bedrohlich hinter seinem Schreibtisch saß, doch bei ihrem Eintreten stand er auf und kam ihr entgegen.

»Ah, ja«, sagte er unerwartet milde. »Mademoiselle Robert. Setzen Sie sich doch. Mein Stenograph ist kurz nach unten ins Hauptbüro gegangen, aber er bleibt nicht lange. Eine Zigarette?«

Das war beinahe, als habe er gehofft, sie gar nicht zu sehen. Sie sah ihn verständnislos an.

»Nein, danke«, sagte sie. »Sie möchten, daß ich eine Aussage mache?«

»Wenn es Ihnen recht ist, sobald mein Stenograph zurückkommt, um sie aufzunehmen. Nur ein kurzer Bericht der Fakten, wie sie sich Ihnen darstellen. Nichts Kompliziertes.«

Seine Haltung war überraschend. Er gab ihr das Gefühl, sie verschwende seine Zeit.

»Ich habe nicht viel zu sagen.«

»Nein, das glaube ich auch nicht.« Er setzte sich wieder an seinen Schreibtisch und betrachtete sie düster. »Wann sind Sie heute nachmittag von Ihrem Essen zurückgekommen?«

»Ich weiß es nicht genau. Moment mal, wie haben zeitig angefangen – die Franzosen halten das so, wissen Sie – also, es war ungefähr drei, würde ich sagen.«

»Drei Uhr fünf«, bestätigte er mit einem Blick auf einen Zettel, den er vor sich liegen hatte. »Der Arzt kam kurz danach, oder?«

»Zugleich. Wir haben uns auf der Treppe getroffen.«

Er nickte wieder, den Blick noch immer auf seinen Notizen. »Und dann haben Sie beschlossen, schnell wieder in die Stadt zu fahren und Mr. Cotton alles zu berichten, stimmt das so?« sagte er.

»Ja«, bestätigte sie und wartete.

Zu ihrer Verblüffung schien er bereit, es dabei zu belassen. Er saß da und sah sie hölzern an, als fiele ihm keine andere Frage ein, und nach einer Weile wanderte sein Blick zur Tür, doch kein Stenograf erschien.

»Haben Sie Denis verhaftet?« Die Worte waren heraus, ehe sie es verhindern konnte. Sein Blick kehrte zu ihr zurück, während seine dicken Finger noch immer sanft das Blatt Papier hielten. Zum ersten Mal gestattete er sich ein interessiertes Blinzeln seiner runden Augen. »Komisch, daß Sie so etwas sagen, Mademoiselle Robert. Warum sagen *Sie* das?«

Sie fand die leichte Betonung, die er auf das eine Wort gelegt hatte, beunruhigend. »Stimmt es?«

Er runzelte die Stirn. »Hatten Sie es erwartet?« Unversehens hatte er es geschafft, und sie war wütend.

»Nun, der Doktor hat ihn offen beschuldigt, deshalb bin ich ihn holen gegangen. Und dann kamen Sie hinter uns hergestürmt und haben uns zurückgebracht, in einem vor Polizisten wimmelnden Auto, daraufhin habe ich fest angenommen, daß Sie einen solchen Fehler begehen würden«, erklärte sie schroff.

Etwas wie Erkenntnis huschte über das unerwartet ausdrucksvolle Gesicht des Inspektors.

»Ich verstehe«, sagte er. »Ich verstehe. Sie wollten ihn holen, weil Sie dachten, der Doktor beschuldige ihn. Nicht weil Sie dachten, daß er womöglich *vor Ihnen davonläuft.*«

Margot rührte sich nicht. Sie hörte die Worte und begriff sie nicht. Lee, der sie aufmerksam beobachtete, konnte keine Reaktion feststellen.

»Nein«, sagte sie und lachte kurz auf. »Das war mir nicht in den Sinn gekommen.«

Er beugte sich über seinen Schreibtisch.

»Vielleicht habe ich einen Fehler begangen«, sagte er mit verräterischer Demut. »Es ist immer ziemlich schwierig, sich einen Überblick zu verschaffen, wissen Sie. Ich habe mir noch kein Bild von allen Beteiligten an diesem Fall machen können, bis auf Mr. Cotton natürlich.« Er hielt lange genug inne, um die Schlußfolgerung klar werden zu lassen, und als er fortfuhr, tat er es mit derselben ruhigen Leutseligkeit.

»Lassen Sie mich überlegen, Sie haben Mr. Cotton seit Ihrer Kindheit nur bei drei Anlässen gesehen. Und beim dritten, genaugenommen gestern abend, bekannten sie sich plötzlich zu einer heftigen Leidenschaft. Das stimmt doch, oder?«

Einen Augenblick herrschte völliges Schweigen. Margot merkte, wie ihr das Blut ins Gesicht schoß, als der brutale Hieb auf ihre Eitelkeit seine Wunde riß, doch ein grauenhaft intelligenter Ausdruck in den hellen blauen Augen warnte sie, und ihr schwante ewas von seiner Absicht. Sie riß sich zusammen.

»Ich bin Französin, Inspektor«, sagte sie. »Man sagt, wir seien sehr temperamentvoll. Manchmal sind unsere Leidenschaften vielleicht nicht sehr dauerhaft, oder sehr tiefgehend.«

Lee war enttäuscht. Er ließ es sich beinahe anmerken. Seine Methode, wohlbekannt, und von seinen Kollegen nicht uneingeschränkt gutgeheißen, war einfach. An einem toten Punkt pflegte er in allen nur erdenklichen Richtungen die Emotionen anzuheizen, um dann darauf zu warten, ob etwas losbrach. Er war selten völlig erfolglos damit, doch diesmal waren die Ergebnisse nicht sehr vielversprechend. Mißmutig machte er einen Rückzieher.

»Sie sagen, Sie seien Cotton nachgefahren, weil der Doktor ihn beschuldigt habe. Was machte denn Ihrer Meinung nach diese Anschuldigung so gefährlich?«

»Die Tatsache, daß er nicht da war«, antwortete sie schlicht. »Ich fand, er sollte wenigstens anwesend sein, um sich verteidigen zu können, uns allen zuliebe.«

Lee hätte sie ohrfeigen können für ihre Haltung. Er tat das nächstbeste.

»Ah, ich verstehe, Sie dachten an den Skandal«, sagte er leichthin. »Sie haben sich keine Gedanken um das Verbrechen gemacht. Sie dachten nicht an diese hilflose alte Frau, die Sie ja offenbar ihr Leben lang wie eine Tochter behandelt hat.«

Es war allzu plump. Er merkte es selbst und bedauerte es. Ihr Gesichtsausdruck veränderte sich nicht. Sie saß da wie eine Porzellanpuppe, doch dabei zeigte sie wesentlich mehr Verstand und Stehvermögen als die meisten Frauen seiner Erfahrung nach besaßen.

»Ich war nicht sicher, ob es ein Verbrechen war«, sagte sie schließlich.

»Wie? Das verstehe ich nicht.« Seine mitfühlende Milde schwand. »Sie glauben doch nicht, daß es ein Unfall war, oder?«

»Nein, das kann es wohl nicht gewesen sein.«

»Oder Selbstmord?«

Nein, das war das einzige, was feststand. Sie schüttelte den Kopf. Zoff und Selbstmord waren unvereinbar. Zu sehr hatte sie das Leben geliebt, um es je freiwillig aufzugeben.

»Jemand hat sie umgebracht«, sagte Lee im Konversationston. »Jemand, den Sie kennen. Jemand aus dem Haus.«

Zu seiner Verärgerung wandte sie nichts ein. Sie hatte ein paar Stunden Zeit gehabt, über diesen Punkt nachzudenken. Fremde gehen nicht einfach in bewohnte Häuser, chloroformieren deren Bewohner und machen sich ungesehen davon, ohne etwas mitgehen zu lassen. Während der ganzen langen Rückfahrt aus der Stadt hatte sie verstohlen ein halbes Dutzend zwingende Motive betrachtet, die ein halbes Dutzend wohlbekannte, geliebte Menschen besaßen.

»Wer immer es war«, bemerkte Lee, »hat besonderen Wert darauf gelegt, daß Denis Cotton als erster verdächtigt wird.«

Er war also nicht sicher, und Denis stand noch nicht unter Arrest. Er fing ihren erleichterten Blick auf, und beeilte sich, die Bestätigung zu verdecken.

»Junge Männer mit solcher Art von Kriegserfahrungen sind oft tollkühn bis zum Schwachsinn«, bemerkte er.

»Vielleicht sind sie das«, stimmte sie zu, »aber es würde sie nicht zu Narren machen, oder? Ich meine, nach französischem Gesetz gibt es nur eines, was den rechtmäßigen Erben um seine Erbschaft bringen kann, nämlich, wenn er des Mordes an dem Toten überführt wird.«

Lee lehnte sich zurück. »Das wußten Sie also?«

»Das ist nicht weiter verwunderlich, ich bin Französin. Ich habe mich gefragt, ob Sie es wußten. Es scheint mir recht wichtig.«

Er sagte nichts darauf, aber sie sah ihm an, daß er das unter anderem auch schon in Erfahrung gebracht hatte. Es erklärte teilweise seine Unsicherheit.

Mit seiner nächsten Frage allerdings gelang es ihm, sie zu

überraschen. »Würden Sie sagen, daß Mr. Cotton etwas von Schmuck versteht?«

»Von Schmuck?«

»Ja. Würde er wissen, was ein Schmuckstück wert ist? Ob es gut oder minderwertig ist?«

Sie saß ihm stirnrunzelnd gegenüber, suchte nach einer Falle in seiner Frage, und er war wieder beeindruckt von ihrer bemerkenswerten Schönheit. Er überlegte, was es wohl auf sich hatte mit der plötzlichen Liebesaffaire zwischen ihr und dem widerspenstigen jungen Arzt, der ihm trotz allem sympathisch war. Der junge Mann betete sie offensichtlich an. Er fragte sich, ob sie vielleicht doch mit ihm spielte. Er war sich nicht sicher.

»Meinen Sie Bühnenschmuck?« wollte sie wissen. »Oder einfach schlechten Geschmack?«

Lee fuhr mit einem Ruck aus seinen Gedanken hoch. »Madame Zoffany besaß demnach Bühnenschmuck?« fragte er mit aufkeimendem Interesse.

»Sie besaß alles mögliche. Einiges war wunderschön. Anderes war – nun eben Bühnenschmuck.«

Er zog eine Schublade seines Schreibtischs auf, holte ein großes, juwelenbesetztes Kreuz heraus und hielt es ihr hin. »Wie würden Sie das hier bezeichnen?«

Sie warf kaum einen Blick darauf. »Das ist eine alte französische Imitation. Sehr hübsch, aber nicht besonders wertvoll. Zoff trug es als Tosca. Sie hat es als Souvenir behalten. Ich habe es mir ein paar Mal für Kostümrollen geliehen.«

»Danke.« Er legte das Kreuz wieder in den Schreibtisch. »Würde Mr. Cotton das wissen?«

Margot blickte ihn mit müden Augen an. »Ich würde sagen, jeder kann sehen, daß es keine Brillanten sind, wenn Sie das meinen«, antwortete sie.

Er nickte bedauernd. »Gut«, sagte er abrupt. »Wir nehmen dann nur die formelle Aussage auf, und das wäre im Augenblick alles.«

Er drückte auf einen Rufknopf und zerstörte damit die Illusion, die Abwesenheit des Stenographen sei zufällig gewesen. Bevor der Ruf beantwortet wurde, klingelte das Telefon, und er nahm den Hörer ab.

»Brandt? Ja, hier ist Lee. Was?« Erstaunen breitete sich auf seinem Gesicht aus, während er zuhörte. »Guter Gott«, sagte er endlich, und noch einmal: »Guter Gott. Wo, sagen Sie? Wo drin? Buchstabieren Sie das mal. Ja, dann habe ich Sie richtig verstanden. Gut, ich komme sofort. Genau. Völlig Ihrer Ansicht. Ändert die Lage erheblich. Bis gleich.«

Er legte langsam auf. Seine Stirn hatte sich zu Wülsten zusammengezogen, und als der Sekretär hereinkam, bedachte er ihn mit einem abwesenden Blick, bevor er sich entspannte.

»Nein«, sagte er zu dem Mann. »Nein, ich brauche es nun doch nicht. Das wär's dann, Miss Robert. Vielen Dank für Ihre Hilfe.«

Sie stand unsicher auf. »Heißt das, ich kann gehen?«

»Sobald Sie wollen. Es wäre mir allerdings lieb, wenn Sie noch ein Weilchen in Clough House bleiben würden. Ich nehme Sie mit.«

»Und Denis?«

Ein seltsamer Ausdruck glitt über das schwere, rote Gesicht. »Mr. Cotton sollte wohl besser auch mitkommen«, meinte er nachdenklich.

Schließlich fuhr sie dann doch nicht mit ihm. Es gab kurze Entschuldigungen ohne Erklärungen, und er fuhr mit dem Chef der Bezirkspolizei voraus, sie nahmen Denis mit, während Margot zurückblieb und weniger prunkvoll von einem Wachtmeister heimgefahren wurde.

Alles in allem war die Verzögerung erheblich. Sie sah Denis nicht und war dankbar. Sie hatte Lees Angriff ohne Zusammenzucken hingenommen, statt ihn zu parieren, und der Schmerz kam später. Während sie auf ihren Fahrer wartete, hatte sie Zeit, sich daran zu erinnern, und verschiedene Punkte kamen mit unangenehmer Klarheit wieder hoch. Darunter ragte besonders der heraus, daß die Initiative in ihrem Liebesverhältnis mit Denis von ihr ausgegangen war. Gestern abend in Zoffs Wohnzimmer war sie wahnsinnig glücklich gewesen, als sie merkte, daß sie geliebt wurde. Heute, in dem tristen Empfangsraum in der Dower Street, hatte sie es bestätigt gefunden. Und doch mußte sie sich eingestehen, daß es beide Male erhebliche Widerstände gegeben hatte, die sie äußeren Umständen zuschob. In ihrer momentanen Verfassung war es sehr leicht, Lee zu unterschätzen und sich der Überzeugung hinzugeben, das häßliche Wort »Leidenschaft« könne er nur von jemand anderem haben. Es gab nur einen Menschen, der ihm das ins Ohr gesetzt haben konnte.

Endlich wurde sie zu Zoffs Haus zurückgebracht. Sie saß in einem winzigen Auto neben einem riesigen Wachtmeister, der fuhr, als mache er einen Sicherheitstest. Die Straßen waren verlassen, es war sehr kühl, und ein unangenehmer Wind pfiff über die Dächer der schmucken kleinen Häuser, die sich unter einem sternklaren Himmel zusammendrängten.

Beim ersten Anblick der vertrauten Tore im Scheinwerferlicht war sie erstaunt über die Menschenansammlung davor. Sie war nicht sehr groß, aber typisch, und sie würde noch anwachsen. Selbstzufriedene, dumme Gesichter auf Alltagsfiguren glotzten geduldig wartend auf den Lichtschein hinter vorhangverhangenen Fenstern, die nichts preisgaben. Vor ihnen versperrte blitzendes Silber auf blauem Stoff den Weg.

Die Einfahrt war schon von Fahrzeugen zugestellt, und sie parkten hinter einem kleinen schwarzen Lieferwagen, dessen Bedeutung dem Mädchen nicht bewußt wurde.

Ihr Begleiter schien, nachdem er sie sicher hergebracht hatte, nicht geneigt, gleich wieder zu gehen.

»Ich bringe Sie hinein«, sagte er. »Das ist bestimmt besser. Gehen Sie voraus, Miss.«

Sie stieg aus, ihr war kalt, und sie fühlte sich klein. Ihre Beine zitterten. Im Wintergarten brannte Licht, sie trat ein und hielt verblüfft inne. Eine Gestalt, mit der sie nicht gerechnet hatte, kam ihr entgegen. Der Mann war unverkennbar. Sein ganzes Gebaren, ein Gemisch aus Ehrbarkeit und zweifelhafter Erhabenheit, machte ihn zusammen mit dem schäbigen schwarzen Mantel und dem glänzenden Zylinder zu einem Trauermietling wie er im Buche stand. Aber es war doch Nacht, und Zoff war erst seit wenigen Stunden tot. Es war vollkommen unmöglich, daß jetzt schon ihre Beerdigung stattfand.

Der Mann betrachtete sie fragend von oben bis unten und warf dann einen Blick hinter sich, wo sie zu ihrer Erleichterung Sir Kits plumpen Rücken im Eingang erblickte. Er beobachtete etwas in der Halle, drehte sich aber um, als sie seinen Arm berührte.

»Oh, Margot!« sagte er und hielt sich an ihr fest.

Er war alt geworden in den letzten Stunden. Seine Hände zitterten heftig, und seine runden Wangen waren gesackt.

»Gütiger Gott, nicht wahr? Gütiger Gott!« explodierte er. »Stell dir vor, Margot, sie wollten sie in einem öffentlichen Leichenwagen in die Stadt schicken! Das konnte ich doch nicht dulden, oder? Ich habe Himmel und Hölle in Bewegung gesetzt, um sie dazu zu bringen, etwas Anstand zu zeigen. Anstand und Respekt, nicht wahr? Anstand und Respekt für unser liebes Mädchen.«

Seine müde alte Stimme klang angestrengt, und einen Augenblick hatte Margot die grauenvolle Vorstellung, sie könne ihm womöglich versagen. Sie erkannte seinen Zustand mit Bestürzung. Er war außer sich vor Trauer und Schock, und klammerte sich an die Konventionen, wie ein Mann sich in einem reißenden Fluß an eine Planke klammert. Offensichtlich fand er nichts Groteskes an seinem Ausbruch und deutete in einer hilflosen und zugleich pathetischen Geste auf die Szene vor ihnen.

»Ich habe alles getan, was ich konnte«, sagte er. »Viel ist es nicht.«

Sie folgte seinem Blick zu einer Szene, die all jene degradierende Absurdität in sich trug, welche so oft das wahrhaft Tragische umgibt.

Vom Fuß der Treppe kam ihnen eine verlegene Prozession entgegen. Zwei Angestellte des Leichenschauhauses, die Mütze unter dem Arm, was ihnen eindeutig ebenso neu wie unbequem war, trugen gemeinsam eine vorschriftsmäßige Bahre. Und darauf lag unter der vorschriftsmäßigen Decke etwas Stilles und Grauenvolles. Aber darüber gebreitet, und es teilweise verdeckend, hing einer von Zoffs weißen chinesischen Schals, dessen schwerer Fransensaum die Träger bei jedem Schritt zu Fall bringen drohte.

Zu beiden Seiten der Hauptgruppe schritten zwei Männer des Bestattungsunternehmens. Alle fühlten sich unwohl in ihrer Haut, und alle waren sich der Etikette einer solchen Situation sehr unsicher. Einer trug den Rosenstrauß, mit dem Zoff am Abend vorher Margot begrüßt hatte. Der Strauß hatte auf der Galerie in einer Vase gestanden und durchnäßte nun die schwarzen Wollhandschuhe, die ihn hielten. Ein Rinnsal lief als helle Kaskade über den schäbigen Mantel des Mannes.

In der Tür zum Wohnzimmer stand ein Polizist in Zivil und betrachtete die Szene mit verhaltenem Ärger, machte aber keine Anstalten, sich einzumischen. Sir Kit winkte die *cortège* weiter.

»Die Polizei ist sehr freundlich gewesen«, sagte er zu Margot. »Ich habe mich an den alten Forsyte gewandt, den Hauptwachtmeister. Ich kenne ihn flüchtig, und er hat wohl ein gutes Wort für mich eingelegt. Sie möchten eine Obduktion, verstehst du. Müssen ihre Pflicht tun, ich weiß, aber ich habe dafür gesorgt, daß sie ein bißchen Respekt bezeugen.«

Er redete Unsinn, ließ die Worte ganz und gar ungeordnet heraussprudeln, und Margot merkte, wie ihr die Tränen in die Augen stiegen; nicht Zoffs wegen, die hätte bestimmt gelacht über die ganze alberne Vorstellung, aber seinetwegen, dessen Verlust so schmerzhaft deutlich war.

»Ich habe diese Leute vom Bestattungsinstitut schicken lassen«, sagte er. »Sie wollten es nicht. Schienen mich für verrückt zu halten. Aber ich konnte doch nicht zulassen, daß sie aus diesem Haus getragen wird wie ein – ein Paket, Margot.« Seine Stimme schwankte wieder, aber er faßte sich. Die Prozession zog jetzt an ihnen vorbei, und er machte sich daran zu folgen.

Der mit dem Zylinder, der in der Halle gewartet hatte, kam zu ihnen herüber.

»Ich würd nich mitfahren, Sir«, meinte er mit freundlicher Cockney-Stimme. »Sie setzen sich jetzt am besten hin und überlassen den Rest uns. Sie könn' rein gar nichts mehr machen. Bleiben Sie mal zu Hause bei der jungen Dame hier.«

»Nein, Kit, geh nicht mit.« Margot hatte keine rechte Vorstellung von dem Gräßlichen, was da passieren würde, aber ihr Gefühl sagte ihr eindringlich, daß er nicht dabei sein sollte.

Er nahm sanft ihre Hand von seinem Arm. »Ich werde gehen«, sagte er mit seiner ganzen alten Autorität. »Versuche nicht, mich abzuhalten, Kind. Ich begleite sie bis zuletzt. Das würde ihr gefallen.« Seine Stimme brach gänzlich und wurde zu einem Flüstern. »Bleib du schön hier und warte, bis ich zurückkomme.«

Danach gab es nichts mehr zu sagen. Der Mann vom Beerdigungsinstitut schüttelte mißbilligend den Kopf, machte aber keine Einwände mehr, und Kit ging ruhig ins Dunkel der Auffahrt hinaus. Margot wandte sich langsam um und wollte die Treppe hinauf.

Sie hatte nur noch den Wunsch, sich auf ihr Bett zu werfen, und ihr Fuß stand schon auf der untersten Stufe, als der Polizist in Zivil hinter ihr herkam.

»Nicht nach oben, Miss, wenn Sie so gut sein wollen«, sagte er bestimmt. »Der Inspektor hat Anweisungen gegeben, daß niemand raufgehen soll. Sie sind Miss Robert, nicht?«

»Ja.«

»Das dachte ich mir. Ich weiß nicht genau, ob Sie gebraucht werden. Würden Sie kurz mit hierhereinkommen?«

Er nahm sie mit ins Wohnzimmer, wo man einen der Spieltische in die Mitte geschoben hatte. Ein Wachtmeister in Uniform saß daran, vor sich ein Stempelkissen und Papier. Im Zimmer herrschte Durcheinander. Sämtliche Möbelstücke um die beschädigte Uhr waren beiseite geschoben. Die glänzende Extravaganz des Stückes erinnerte so lebhaft an Zoff, daß Margot beinahe der Atem stockte.

Ihr Begleiter flüsterte mit dem Mann am Tisch, der sie zweifelnd über sein *pincenez* hinweg beäugte.

»Nein«, sagte er mit leutselig dröhnender Stimme. »Nein. Ich glaube nicht, daß wir Sie belästigen müssen, Miss. Wir haben keine Anweisung, Ihre Fingerabdrücke zu nehmen. Wir haben, glaube ich, alle, die wir brauchen.«

»Fingerabdrücke?« fragte sie überrascht. Natürlich gab es keinen Grund, warum sie keine nehmen sollten, aber der Gedanke schockierte sie.

»Ja, Miss, Fingerabdrücke.« Er schien das Wort zu genießen. »Nur die nötigen. Das muß Sie nicht beunruhigen.«

»Dann kann ich also gehen, wohin ich will, ja?«

»Wohin Sie wollen, nur nicht nach oben.« Sie antworteten unisono und fanden den Zufall offenbar erheiternd, denn sie grinsten sich verstohlen an, wie Schuljungen in der Kirche.

Ein Haß auf sie alle überkam Margot. Lee und seine Horde waren Feinde im Haus, dumme, aufgeregte, übermäßig neugierige Feinde. Sie wurde rot, drehte sich auf dem Absatz um und verließ den Raum. Der Wachtmeister sah seinen Kollegen an und hob anerkennend die Daumen, aber er war ein taktvoller Mann und enthielt sich eines weiteren Kommentars.

Margot ging weiter ins Eßzimmer. Das Haus wirkte unnatürlich still, und doch merkte sie, daß sich in seinen Schlupfwinkeln etwas tat. Die Atmosphäre war bedrückend, als liege etwas in der Luft. Irgendwo fand bestimmt eine Art Familienrat statt. Wenn ja, wollte sie gern dabei sein. Hoffnungsvoll sah sie, daß im Eßzimmer Licht brannte, und beim Eintreten schlug ihr warme Luft entgegen, aber die Laute, die sie hörte, klangen nicht nach Konversation.

Der einzige Anwesende lag im Ohrensessel vor den Resten eines Feuers. Victor Soubise schnarchte kräftig, das erhitzte Gesicht hatte er halb in seiner Armbeuge versteckt, die dünnen Beine auf dem Läufer ausgestreckt. Sie starrte ihn erstaunt an und hatte eine Hand auf seine Schulter gelegt, bevor der Brandydunst sie erreichte. Er grunzte und murmelte etwas, wachte aber nicht auf, und sie trat zurück, wobei ihr Blick auf das niedrige Tischchen neben ihm fiel.

Eine massive Glaskaraffe stand leer und ohne Verschluß in einer Pfütze auf dem polierten Holz. Daneben ein Cognacschwenker, in dem noch etwas Flüssigkeit war. Zornige Verzweiflung überkam sie. Die Karaffe war sonst mindestens zu zwei Dritteln gefüllt, wenn also nichts Ungewöhnliches geschehen war, mußte Victor fast einen halben Liter getrunken haben. Es hatte offensichtlich keinen Sinn, ihn aufwecken zu wollen. Er würde noch ein Weilchen in diesem Zustand bleiben.

Sie ließ ihn schnarchen und ging durch den Korridor zurück; ihre Absätze klapperten zornig auf den Fliesen. Sie war wütend auf ihn. Normalerweise hatte er zum Alkohol eine maßvolle, etwas altjüngferliche Einstellung und betrachtete sich gewissermaßen als Kenner. Hätte ein anderer sich solch einen Ausrutscher geleistet, so hätte er ihn mit einem sehr säuerlichen kleinen Lächeln bedacht.

Margot kannte ihn ihr Leben lang und hatte ihn schon in anderen Krisen erlebt, wo er sich eher hektisch als unkooperativ verhalten hatte. Aber im Augenblick war sie derart erschüttert und zornig darüber, daß er sich zu einem Zeitpunkt außer Gefecht setzte, zu dem er womöglich hätte nützlich sein können, daß sie gar nicht überlegte, wie außergewöhnlich und atypisch es war, daß er so etwas tat.

Margot stand zögernd oben an der Dienstbotentreppe. Erst dachte sie, die Küche sei leer, aber dann drang, vertraut wie eine Stimme, das Geklapper von Geschirr zu ihr herauf.

Genevieve stand am Tisch und hatte ihr bestes schwarzes Kleid an. Es war ihr um die Hüften herum viel zu eng und hatte sich hinten etwas hochgeschoben, so daß ein paar Zentimeter buntkarierter Unterrock herausschauten, aber Kragen und Manschetten waren schneeweiß und frisch gestärkt. Zum Schutz hatte sie ihre Kochschürze umgebunden, eine riesige Angelegenheit aus rot-weißem Leinen, und zusammen mit ihrem kleinen schwarzen Häubchen deutete ihre ganze Erscheinung eher auf einen festlichen Anlaß hin, um nicht zu sagen auf Kostümierung. Nur ihr Gesicht war tragikumflort. Sie hatte nicht geweint; die schwarzen Augen waren so klar und glänzend wie immer, aber ihre Runzeln hatten sich vermehrt, und sie war blaß unter ihrer braunen Haut.

Als sie Margot sah, legte sie einen Finger auf die Lippen und schlich leise an die Tür zu einem kleinen Flur, von dem Felix' Schlafzimmer abging. Sie trat hinaus und lauschte kurz, bevor sie vorsichtig die Tür öffnete. Ein Blick hinein stellte sie zufrieden, und sie kam zurück.

»Sie sind überall, diese *sales types*«, sagte sie, die Stimme zu einem überraschend bösartigen Flüstern gesenkt. »Und was ist mit dir los? Du siehst aus, als hättest du die Schwindsucht. Setz dich, Kind, und nimm diesen Hut ab. Er wirkt respektlos zu so einem Zeitpunkt. Wir trinken jetzt erst mal Kaffee.«

Ihre rundlichen Hände straften die energischen Worte Lügen. Sie zog einen Stuhl hervor, drückte das Mädchen darauf nieder und tätschelte ihr im Vorbeigehen die Schulter.

»Wenn Madame da wäre, würden wir jetzt essen«, fuhr sie fort. »Das ist der Zeitpunkt für einen guten *jambon* mit eingelegten Walnüssen. Wenn die Welt nicht verrückt geworden wäre, hätten wir beides. Madame hat immer gesagt, ein voller Bauch kennt kein gebrochenes Herz. Wir wollen beweisen, daß sie recht hatte, nicht, *ma petite Margot*?«

Sie runzelte schrecklich die Stirn, und das Mädchen erkannte die Symptome. Genevieve war ebenso verängstigt wie ärgerlich und flüchtete sich in Brüskheit. Die Trauer würde noch kommen. Margot fand das alles tröstlich. Das Ganze wirkte so beruhigend vertraut. Genevieve jedenfalls war noch zu erkennen.

Sie lief geschäftig herum und rüttelte an dem glänzenden Kupferkessel auf dem Holzkohlenherd, als habe er ihr etwas angetan, aber sie war auf die Frage vorbereitet, als sie kam.

»Sie haben etwas gefunden. Was ist es?«

Die alte Frau schürzte die Lippen, als wolle sie ausspucken und drehte sich um, die Kaffeekanne in der Hand.

»Nichts, was ich ihnen nicht nach den ersten zehn Minuten hätte sagen können, wenn sie so schlau gewesen wären, zu fragen«, antwortete sie. »Wir alle haben es gekannt, das kleine Schränkchen zwischen den Schnitzereien im Kopfteil des Bettes. Es war nichts Geheimes. Madame hatte immer *sal volatile* darin, und später die kleinen Pillen, die der Doktor ihr für ihr Herz gegeben hat. Aber als es Felix eingefallen ist und er es aufgemacht hat, da hättest du diesen lächerlichen *flic* sehen sollen, den sie hiergelassen haben, solange *monsieur l'inspecteur* fort war, einen Aufstand hat er gemacht, daß man sich nur wundern konnte.«

Das Schränkchen im Kopfende des Bettes. Margot erinnerte sich. Es gehörte zu ihrer Kindheit. Es war Zoffs Lieblingsversteck, und es hatte ihr tausend Zuckermandeln beschert, als sie alle noch in Paris waren. Jeden Tag, wenn sie um elf von Genevieve hineingebracht wurde, um sich Zoffs Gutenmorgenkuß abzuholen, war dieses kleine Schränkchen, das listig hinter verschlungenen goldenen Cupidos verborgen lag, aufgegangen und hatte die vertraute, blau-goldene Schachtel von De Bry enthüllt.

»Was haben sie gefunden?«

»Wie?« Genevieve war nervös. Ihr Blick ruhte seltsam direkt auf dem Mädchen. »*Chérie*«, sagte sie, »gefunden haben sie die Brillanten, das Smaragdcollier, alle Perlen, und ein Fläschchen.«

»Was heißt das, ein Fläschchen? Ein Fläschchen womit?«

»Mit Chloroform, *petite*. Es liegt schon seit zwei Jahren im Haus herum, wie ich ihnen hätte sagen können, wie ich versucht habe, ihnen zu sagen. Aber sie haben sich so wichtig genommen und waren so beschäftigt, daß sie keine Zeit hatten, zuzuhören.«

Inzwischen duftete die ganze Küche nach Kaffee, und sie stellte eine dampfende Tasse davon auf das weißgescheuerte Holz vor das Mädchen. Margot winkte ab.

»Ich verstehe das nicht, Genevieve«, sagte sie. »Warum hat es herumgelegen, wie du sagst? Wozu war es überhaupt da?«

»Meine Güte, gegen die Fliegen natürlich.« Genevieve wurde langsam mißmutig. »Trink deinen guten Kaffee. Ich habe extra die Sahne von der Milch dafür abgenommen. Seit der Krieg zu Ende ist, gibt es ein neues Spray gegen Fliegen, aber im Krieg, in dem Sommer, als du im Norden warst, gab es nichts anderes, und Sir Kit, der arme Mann, wußte nicht mehr, was er tun sollte, um das Haus für Madame akzeptabel zu machen. Es war eine von ihren Launen, weißt du.«

Sie hielt inne und hob die Hände.

»Eigentlich waren es gar nicht so viele, aber Madame haben sie gestört, und sie hat Sir Kit rufen lassen und sich beschwert. Er tat, was sie verlangte, und eines Tages ist ein Mann gekommen, wir haben alle Zimmer dicht gemacht, und dann wurden sie mit Chloroform ausgesprüht. Etwas ist übriggeblieben. Die Flasche stand die ganze Zeit auf einem Brett in der kleinen Glasanrichte oben an der Treppe dort. Sie war immer da. Ich hatte sie nicht vermißt.«

»Aber Darling, ist dir klar, was du da sagst?« Margot richtete sich auf, ihr Haar war zerzaust, ihre Augen schreckgeweitet. »Jeder im Haus muß davon gewußt haben, auch Sir Kit.«

»Sir Kit bestimmt.« Genevieves kleiner Grunzer klang fast wie Lachen. »Das haben diese ach so intelligenten *flics* auch herausgefunden. Wir wußten von dem kleinen Schränkchen, wir alle wußten von dem Chloroform.«

»Bis auf mich.«

»Du hast von dem Geheimfach gewußt, *ma vie*, und ich bin überrascht, daß du nichts von dem Chloroform gehört hast. Gewiß hat Monsieur Victor es gewußt, weil er erst neulich mit mir über das neue Spray gesprochen hat, und ich habe ihm gesagt, daß es viel besser ist als das alte. Dabei haben wir im Anrichtezimmer gestanden.«

»Aber Denis –«

»Nein.« Die alte Frau beugte sich über den Tisch und schob ihr den Kaffee hin. »Nein. Monsieur Denis kann nichts gewußt haben, weder von dem Geheimfach noch von dem Spray. Deshalb ist er noch nicht verhaftet. Sie haben ihn mit nach oben genommen.«

Margot fuhr sich müde über die Stirn.

»Oh, Genevieve«, sagte sie mit heiserer Stimme, »wer – wer ist es?«

»Ich weiß es nicht«, die alte Frau sprach unerwartet heftig. »Noch nicht.« Sie zögerte und fügte dann leise hinzu: »*Pauvre femme*, sie konnte die Leute so in Wut bringen. Es hat Augenblicke gegeben, da hätte sogar ich, ich, ihre *bonne*, die sie liebte, sie umbringen können, beinahe.«

»Wen haben sie jetzt im Verdacht?«

»Felix«, sagte Genevieve ruhig. »Diese Männer haben keine Phantasie.« Sie fing an, ordentliche Stücke Brot und Butter zu schneiden und sie in einem Muster, hübsch eine Scheibe über der anderen, auf einem Teller anzuordnen.

»Felix?«

»*Oui*, wegen der Uhr. Felix hat die Uhr demoliert. Das habe ich natürlich sofort gewußt, als ich es gestern abend sah.

Aber sie haben das ganze Haus mit Puder verschmiert, und unsere Finger mit Stempelfarbe, wie die Irren, und am Ende haben sie es dann auch entdeckt. So ein Theater! Der Uhrmacher hat sich geweigert, sie anzurühren gestern abend, weißt du. Er hat einen Blick darauf geworfen und gesagt, man kann sie nicht reparieren, damit war ihnen alles klar.«

Margot saß in erschrecktem Staunen und beobachtete ihre geschäftigen Hände.

»Er wollte sich wohl irgendwie rächen, nehme ich an«, murmelte sie.

»Natürlich.« Genevieve war derselben Ansicht. »Felix macht sich schon seit Jahren zum Narren, sorgt sich worum? – um den elften Teil eines Bäckerladens, der noch nie schuldenfrei war.«

»Woher weißt du, daß er es war?«

»Ma petite« – Genevieve unterstrich ihre Worte mit dem Brotmesser – »weil es keinen gibt, der es sonst gewesen sein könnte. Das ist immer die Antwort. Manchmal will man es nicht sehen, aber am Ende ist es immer die Erklärung. Bei solchen Dingen gibt es keine Wunder. Der übrigbleibt, ist der Schuldige. Du wirst sehen, auch in dieser noch schrecklicheren Geschichte kommt es so.«

»Ich hoffe es. Ich glaube nicht, daß ich viel mehr ertragen kann, Genevieve. Wo ist Felix jetzt?«

»In seinem Zimmer, wieder mit einem anderen Detektiv.« Sie war grimmig amüsiert. »Geschieht ihm recht, soll er ein bißchen leiden. Er ist wie von Sinnen, der jämmerliche Feigling. Er hat gehofft, Madame zu töten.«

»Genevieve! Was sagst du da?«

»Die Wahrheit. Die Wahrheit im Angesicht der Heiligen Jungfrau und aller Heiligen. Er hat gewußt, daß die Uhr ihr Maskottchen war, und er hat gehofft, daß der Schock einen Herzanfall bei ihr auslöst, an dem sie stirbt. Dann hätte er nach Hause fahren, auf dem Boden herumkriechen, und in den Mehlresten nach seinem nichtswürdigen Erbe wühlen können. Er wußte nicht, daß Madames Herz fast so kräftig war wie meines.«

Sie redete sehr schnell und laut.

»Einen solchen Mörder haben wir in dem armen Felix. Einen, der wünscht, der träumt, dessen Hand aber so zittert, daß er sich mit dem Dolch in den eigenen Finger schneidet. Er hat nicht gewagt, ihr etwas zuleide zu tun, deshalb hat er die Uhr kaputt gemacht. Als er entdeckt wurde, hat er geglaubt, sie würden ihn auch beim Chloroform verdächtigen. *Mon Dieu*, was für eine Kreatur! Ich habe ihn nicht angesehen, als sie ihn hier durchgeführt haben. Ich hoffe, er hat gelitten.«

»Das klingt ja sehr barmherzig, Genevieve. Hoffentlich sprecht ihr nicht von mir.«

Die Stimme von der Tür her überraschte sie beide. Margots Hände zitterten so heftig, daß sie Kaffee auf die gescheuerte Tischplatte verschüttete. Genevieve griff nach einem Küchenhandtuch, um aufzuwischen, bevor sie hochsah. Sie antwortete freundlich, wenn auch unverblümt.

»Guten Abend, Monsieur Denis. Man merkt, daß Sie nicht an der Tür gelauscht haben, sonst wüßten Sie, daß wir nicht über Sie gesprochen haben.«

Er blieb auf der Schwelle stehen und beobachtete sie. Er sah immer noch bleich und müde aus, aber die nervöse Anspannung war aus seinem Gesicht gewichen.

»Ich rieche Kaffee«, sagte er. »Tut mir leid, Genevieve, aber die Schnüffler wollen Sie sehen. Ich habe gesagt, ich würde Sie finden.«

»Schon wieder?« fragte sie aufgebracht, aber sie fuhr sich mit der Zunge über die schmalen Lippen, und ihr Blick war beunruhigt. »Also gut, ich gehe rauf. Margot, der Kaffee ist hier, die Milch ist dort, und der Zucker ist rationiert.«

Sie walzte durch die Küche und blieb kurz vor dem fleckigen Spiegel an der Wand stehen, um ihr Häubchen zurechtzuschieben. Denis hielt ihr die Tür, und sie hörten ihre schweren Schritte beim Hinaufsteigen die Treppe erschüttern. Er machte die Tür zu und kam herein, während Margot zum Küchenschrank ging, um einen Becher herauszunehmen.

«Nimmst du so einen?« fragte sie. »Oder möchtest du eine Tasse?«

»Ich trinke aus allem, bitte«, sagte er, setzte sich an den Tisch und stützte die Ellbogen schwer auf. »Was ist denn mit *dir* los?«

Die Lichtreflexe von der Kupferkanne ließen orangefarbene Flecken in ihren Augen tanzen.

»Ich bin müde.«

»Das bin ich auch. Aber ich verbreite keine Eiswellen. Hat dieser verflixte Polizist etwa übles Saatgut ausgestreut?«

»Nein.«

»Gut.« Er nahm ihr den Becher aus der Hand und nippte an dem kochendheißen Kaffee. »Ich hätte es ihm zugetraut. Seine Methoden sind genial, aber doch nicht schlau genug, fand ich. Ist dir das auch aufgefallen?«

»Ich weiß nicht. Ich habe nichts davon gemerkt.«

Er sah abrupt auf, ihre Blicke trafen sich.

»Margot«, sagte er ernst, »ich hatte eine sagenhafte Auseinandersetzung mit Zoff heute nach dem *déjeuner.* Sie kam herunter und hat mich aus dem Eßzimmer geholt, wo ich allein gegessen habe. Oben in ihrem Zimmer hatten wir dann einen ausgesprochen heftigen Zusammenstoß. Genaugenommen haben wir uns schon lange gestritten, ein paar Monate.«

Sie hob die Hand, um ihm Einhalt zu gebieten, aber er ignorierte es.

»Ich möchte, daß du zuhörst, und wir haben nicht viel Zeit. Du mußt meine Seite der Geschichte verstehen. Als du auf Reisen warst, hat Zoff mir nach St. Marks geschrieben. Ich habe den Brief nicht aufgehoben, deshalb kann ich ihn der Polizei nicht zeigen, aber du mußt mein Wort dafür nehmen. Sie bat mich, an einem Wochenende herzukommen, und als sie mich dann hier hatte, kramte sie die ganze alte Geschichte über meine Mutter aus, daß sie nicht ihre Tochter sei, all die schreckliche schmutzige Wäsche, die schon vor Gericht in Paris gewaschen wurde, als ich im Krieg war. Sie wollte, daß ich eine Pauschalsumme in bar nehme und mein Erbe ablehne. Sie hat mir ein paar Millionen Francs angeboten – ungefähr zwölftausend Dollar oder so was. Ich habe sie ausgelacht, muß ich leider sagen, und gedacht, damit sei die Sache erledigt.«

Er sah sie verständnisheischend an, doch sie entzog sich seinem Blick. Die Geschichte konnte durchaus stimmen, aber sie wollte nichts mehr hören.

»Dann unternahm sie einen neuen Anlauf«, fuhr er unnachgiebig fort, »und schließlich hatte sie mich an der Angel. Es war alles ganz geheim, nur zwischen uns beiden, verstehst du. Aber sie schien zu wissen, wie mein Denken funktioniert und brachte mich zum Grübeln. Schließlich habe ich ihr gesagt, wenn sie mir beweisen kann, daß sie recht hat, steige ich aus, weil ich kein Geld haben will, das mir nicht zusteht. Ja, und diese Beweise wollte sie immer beibringen, hat es aber nie getan. Wenn ich sie darauf ansprach, hat sie mich hingehalten und nur ihr ursprüngliches Angebot um tausend Dollar oder so etwas erhöht. Margot, hörst du mir zu?«

Sie nickte schweigend, sah ihn aber nicht an. Sie wußte genau, wie Zoff einen in Rage bringen konnte, und sie bekam langsam entsetzliche Angst. Sie hatte Denis noch nie wütend gesehen, aber sie konnte sich vorstellen, daß es schrecklich war. Er strahlte jetzt eine Tollkühnheit aus, die sie beängstigend an etwas erinnerte, das Lee über ihn gesagt hatte, und sie fürchtete sich vor dem, was er ihr so dringend erzählen wolltc.

»Ich will jetzt nicht aufzählen, was für Tricks sie sich hat einfallen lassen«, sagte er mit vor unterdrückter Erregung harscher Stimme. »Die Sache gestern abend war nur einer davon. Ich kündigte ihr meinen Besuch an, und sie drohte mir, sie würde die Polizei rufen lassen und mich des versuchten Mordes beschuldigen. Ich habe nur gelacht, aber sie hat es getan. Das hat mich verblüfft, weil ich dachte, sie müsse verrückt sein, und ich wollte gar nicht zu ihr gehen. Aber wie gesagt, als Victor und Sir Kit wegfuhren, kam sie persönlich im Hauskleid herunter, um mich nach oben in ihr Zimmer zu bitten, da sie mir etwas zeigen wolle.«

Er hielt inne, und Margot zwang sich, in sein weißes Gesicht zu schauen.

»Daraufhin hat sie mir diese alte grüne Tasche in die Hand gedrückt«, fuhr er bedachtsam fort. »Darin seien die Beweise, sagte sie, ich solle sie mitnehmen und mir ansehen. Ich habe die Tasche vor ihren Augen aufgemacht, und sie war voller Papiere. Was ich nicht getan habe, ich habe nicht in diese Schublade darunter geschaut. Die habe ich erst gesehen, als ich im Zug saß.«

»Dann hast du also gar nichts von dem Schmuck gewußt?«

»Natürlich nicht!« explodierte er. »Und als ich ihn dann entdeckt hatte, habe ich einen idiotischen Fehler gemacht. Ich bin kein Experte, und auf den ersten Blick sahen die Sachen eindrucksvoll aus. Ich nahm an, sie wollte mich bestechen. Inzwischen bin ich ziemlich sicher, der Inspektor hat recht; weil das verdammte Zeug keinen besonderen Wert hat, war ihr schlicht entfallen, daß es drin ist. Zuerst habe ich jedenfalls das Schlimmste vermutet und war ziemlich ärgerlich. Ich habe die Dokumente herausgenommen und die Tasche mit Inhalt bei der Gepäckaufbewahrung abgegeben. Jetzt ist ihr echter und wertvoller Schmuck in ihrem Zimmer gefunden worden, in einem Geheimfach in ihrem Bett, stell dir das bitte vor! Sie war schon eine außergewöhnliche Persönlichkeit, Margot.«

Das Mädchen rührte sich nicht. Sie wartete auf den Rest. Er zögerte allmählich sichtbar. Sie wollte es hören und konnte es doch kaum ertragen.

»Ihre Beweise waren nichts als Ausschnitte aus der französischen Presse zur Zeit des Prozesses«, sagte er bitter. »Ich war gerade dabei sie durchzusehen, als du in der Dower Street erschienst. Deshalb war ich so wütend, daß ich fast nicht sprechen konnte.«

Sie hörte ihn kaum. Sie hatte ihre Aufmerksamkeit noch immer ebenso fasziniert wie angstvoll auf den Hauptteil seiner Geschichte gerichtet.

»Wann war der Streit?« fragte sie vorsichtig. »Als sie dir die Tasche gegeben hat?«

»Nein«, antwortete er knapp. »Nein, vorher.«

Ein langes Schweigen trat ein, währenddessen sie einander gegenübersaßen und die fröhlichen Farben von Porzellan und Metall in den Regalen hinter ihnen mit der Blässe ihrer Gesichter kontrastierten.

»Ging es um mich?«

»Aha, sie hatte es also schon bei dir probiert.« Er war mißtrauisch, und die Farbe flutete in sein Gesicht zurück, verdunkelte seine Augen und hob den Zorn darin hervor.

»Nein, das nicht. Aber ich kenne Zoff. Ich denke, ich kann mir vorstellen, was sie gesagt hat.«

»Ich hoffe, du kannst es nicht«, protestierte er grimmig. »Es lag Boshaftigkeit darin, etwas, das ich kaum beschreiben kann. Es war, als hätte sie das Gefühl, sich an mir zu rächen, und das ist lächerlich, denn ich habe ihr weiß Gott nie etwas getan.«

Margot malte sich die Szene aus, die sich abgespielt haben mußte. Sie konnte hören, wie Zoff ihn beschuldigte, sich ein zweites Vermögen erschleichen zu wollen, da er sich des ersten nicht sicher sein konnte. Sie wußte aus Erfahrung, daß es nichts gab, absolut nichts, was Zoff nicht sagen, keine Grenze, die sie sich selbst setzen würde. Margot konnte sich vorstellen, wie eines Mannes Ärger unter solch scharfer Zunge zu ungehemmter Wut wurde. Die Fragen, die sich ihr aufdrängten, waren schrecklich. Wie ärgerlich war er wirklich gewesen? Was wollte er ihr jetzt gestehen?

Sie warf ihm einen nervösen Blick zu. Er sah weiß Gott nicht aus wie der Mörder einer alten Frau. Und doch strahlte er auch etwas Tollkühnes aus, und einen tiefverwundeten Stolz. Ihr Vertrauen in ihn geriet hilflos ins Wanken.

Er sprach weiter, den Blick noch immer auf ihrem Gesicht.

»Sie hat mir auch klargemacht, wie kriminell es von mir sei, zu erwarten, daß du mich heiratest. Ich hatte nicht überlegt, was die Karriere einer großen Schauspielerin bedeutet, oder daß du überhaupt eine bist, so leid es mir tut.«

»Das bin ich nicht«, protestierte sie. »Zumindest glaube ich es nicht. Zoff hat übertrieben. Sie wollte so gern, daß ihr Erfolg sich fortsetzt, weißt du. Sie –«

»Für mich gibt es viel Arbeit«, fuhr er fort, und schnitt ihre Einwände ab, als wolle er sie bewußt nicht hören. »Sie wartet auf mich, und sie muß getan werden. Ich kann nicht in deinem Troß durch die Hauptstädte Europas ziehen. Als sie mir das alles so ungeschminkt gesagt hat, sah ich es ein. Deshalb bin ich dann gegangen. Ich glaube, es hat mich in dem Moment ein bißchen irre gemacht. Ich habe einfach diese verdammte Tasche genommen und bin gegangen. Ich konnte dir nicht gegenübertreten, nachdem –«

Er brach mitten im Satz ab, denn er erkannte plötzlich das schiere Grauen in ihren Augen.

»Margot, du glaubst doch nicht, daß ich damit sagen will...« Er stieß den Stuhl so heftig zurück, daß er krachend umfiel, kam um den Tisch herum und legte ihr beide Hände auf die Schultern. »Hör mal, laß uns das ganz schnell klären. Ich versuche nicht, dir zu sagen, daß ich Zoff umgebracht habe. Das denkst du doch, oder?«

Das Knacken der Türklinke klang wie ein Donnerschlag. Sie stieß ihn von sich und sprang auf, gerade als ein rotgesichtiger junger Polizist in Zivil, den sie beide noch nie gesehen hatten, aus dem kleinen Flur hereintrat. Er blickte fragend von einem zum anderen, und seine Hände, die ein bißchen zu weit aus den Ärmeln seiner hochgeknöpften Jacke ragten, waren lilarot und sahen kalt aus.

»Ich habe da draußen diesen Franzosen, der hier arbeitet.

In seinem Zimmer da hinten«, fing er verlegen an. »Es geht ihm, glaube ich, nicht besonders, und als ich den Kaffee gerochen habe, dachte ich, ein Täßchen hilft ihm vielleicht. Muntert ihn ein bißchen auf, sozusagen.«

Margot sah Denis nicht direkt an, aber die neue Bitterkeit in seinen Augen war ihr grausam bewußt.

»Ja, natürlich«, sagte sie zu dem Neuankömmling, der immer noch hoffnungsvoll in der Tür herumhing. »Ich mache neuen. Sie hätten auch gern welchen, nehme ich an?«

»Das wäre nicht verkehrt.« Das rosa Gesicht hellte sich auf. »Ich bin seit dem Abendessen hier, und da draußen ist es kalt. Der Alte hat das große Zittern. Man fühlt sich elend, wenn man ihn bloß ansieht. Hoffentlich habe ich Sie nicht gestört.« Er hielt inne und suchte nach einer glücklicheren Formulierung. »Beim Reden, oder so.«

»Nicht im mindesten«, antwortete Denis kurz und reichte Margot die Kaffeekanne.

»Da bin ich aber froh«, meinte der junge Mann, dem es offenbar beschieden war, immer die falsche Gabel in die Hand zu nehmen. »Ich hole die Tassen. Die grünen hier?«

»Nein, *mon Dieu*, nein! Was denn noch alles?«

Genevieve, die wie ein Dampfer durch die andere Tür kam, hatte die Situation mit einem Blick erfaßt, und die Finger des jungen Mannes zuckten von dem Porzellan zurück.

»Ich mache das schon«, verkündete sie. »Mademoiselle, das ist nicht die Dose, die ich immer nehme. Setzt euch alle hin, wenn's recht ist, und laßt mich machen.«

Sie war außer Atem und sah aufsässiger aus denn je, und als sie sich über den Herd hermachte, warf sie Denis einen grollenden Blick zu.

»Ich bin eine alte Frau, und Sie haben mich für nichts und wieder nichts nach oben gehetzt«, sagte sie anklagend. »Aber ich habe meine Zeit dennoch gut genutzt. Die wissen jetzt, worum sie sich scheren sollen, diese jämmerlichen Inspektoren.«

Ein Lächeln breitete sich langsam auf dem glänzenden Gesicht des jungen Polizisten aus.

»Sie meint ›wohin‹«, bemerkte er fröhlich. »Sie haben ihnen gesagt, wohin sie sich scheren sollen, stimmt's, Ma? Das hat sie erschüttert, möchte ich mal sagen.«

Genevieve, den Kessel in der Hand, bedachte ihn mit einem Blick, der schon bedeutendere Männer bezwungen hatte. Er sah verletzt aus.

»Tut mir leid, ehrlich«, sagte er.

Sie strafte ihn mit Verachtung und nahm zwei grobe, weiße Tassen herunter, während alle schweigend zusahen.

»Hier«, sagte sie endlich, goß ein und trat zurück. »Vorsichtig beim Tragen, junger Mann. Ich habe keine Lust heute abend noch den Fußboden aufzuwischen.«

»Keine Sorge, Ma.« Der Junge grinste sie an. »Überlassen Sie das nur Skinner. Skinner ist ein ordentliches Bürschchen, jawohl. Hat er bei der Armee gelernt. Also, dann vielen Dank und so.«

Seine gute Laune wirkte tröstlich. Genevieve war immerhin so weich geworden, daß sie ihm die Tür aufmachte, und sie sahen, wie er seinen schmalen Rücken steif hielt, während er über die Fliesen zu Felix' Zimmer stakste und die Tassen leise in seinen ungeschickten Händen klapperten.

Sie wandten sich gerade ab, als sie den Krach und seinen Schrei hörten. Denis war mit einem Satz in dem engen Flur, Margot hinter ihm. Bis Genevieve sie eingeholt hatte, waren sie schon im Zimmer, und der Zornesausbruch über die zerbrochenen Tassen und den verschütteten Kaffee erstarb ihr abrupt auf den Lippen.

In der Mitte des trostlosen Zimmers, in dem es kalt und trotzdem stickig war, stützte Denis eine sich windende Gestalt, die man kaum als Felix erkennen konnte. Er hing von einem alten Lampenhaken an der Decke, zu seinen Füßen lag ein umgekippter Stuhl. In dem Moment, als Genevieve aufschrie, kappte der junge Polizist die Pyjamakordel, die um

Felix' Hals gewickelt war, und Denis trug den immer noch Zappelnden zum Bett.

9

Es war Lee, der den Entschluß faßte, sie alle zu versammeln, um die ganze Sache ein für allemal zu klären. Es war sowieso sein Fall, und die Presse saß ihm schon im Nacken, bereit, jeden Moment das Einschreiten von Scotland Yard zu fordern.

Der Chef der Bezirkspolizei, ein schwerer, bleicher Mann kurz vor der Pensionierung, war natürlich dagegen, weil das Verfahren unüblich sei, doch er hatte private Gründe, diese Angelegenheit in Rekordzeit hinter sich bringen zu wollen, und die hingen mit seiner Frau in einem Krankenhausbett in Bray zusammen. Außerdem fiel die Sache natürlich nicht direkt in seinen Bereich. Die Verantwortung lag bei der Stadtpolizei, und wenn die Dinge sich ungünstig entwickelten, würde Lee die meiste Kritik einstecken müssen.

Der Inspektor faßte seinen Entschluß in dem Zimmer, wo Felix lag. Der alte Mann war, bis auf eine geschwollene Zunge und einen gequetschten Kehlkopf, eher verängstigt als verletzt. Er konnte sprechen, und was er sagte, klang einigermaßen überzeugend. Lee hörte ihm ein Weilchen zu und kam dann in die Küche gestürmt, wo das ursprüngliche Trio noch immer wartete, um ihnen zu sagen, was er vorhatte.

Auf Margot wirkte er wie die Karikatur eines Polizisten, als er so im Türrahmen stand und Anweisungen erteilte. Er war ein übermächtiger Mann, und in seinem schweren, dunklen Mantel, den auszuziehen er seit Betreten des Hauses keine Zeit gehabt hatte, schien er die halbe Küche zu füllen. Sein fleischiges Gesicht war beinahe purpurn, und er strahlte eine animalische Energie aus.

»Oben«, sagte er, »in diesem Schlafzimmer, wo es passiert ist. Vor diesem Jahrmarktskarussell von einem Bett. Genau da gehen wir die ganze Sache durch, wir bringen sie ins reine, und wenn es eine Woche dauert. Ein halbes Dutzend von Ihnen könnten es getan haben, die meisten mit guten Motiven, soweit ich sehe, und ich quetsche es aus Ihnen heraus, und wenn es uns alle ins Irrenhaus bringt.«

An diesem Punkt hüstelte der alte Kommissar mißbilligend, und Lee warf ihm, ohne den Kopf zu wenden, einen Blick aus seinen kleinen Augen zu.

»Das ist ja alles schön und gut«, sagte er. »Aber wenn ein Mann versucht, sich umzubringen, weil er eine Uhr beschädigt hat, die angeblich ein Glücksbringer sein sollte, dann muß man sich doch fragen, was hier gelaufen ist, bevor die alte Dame tot war.«

Neben Margot wurde Genevieve unruhig. Sie hatte schon eine ganze Weile vor sich hingebrodelt.

»Felix kann Madame nicht umgebracht haben. Er war hier bei mir, bis wir Monsieur Denis die Treppe herunterkommen hörten. Dann sind wir zusammen aus der Küche gegangen und sahen ihn mit Madames Köfferchen rauskommen.«

»Das stimmt«, meinte Lee, »es sei denn, Sie beide haben mit dringesteckt. Alles nach oben, bitte.«

Dann fuhr er herum und auf den unglückseligen Skinner los, der wie eine Negativaufnahme seiner selbst in einer Ecke dahinwelkte.

»Sie bringen den alten Mann«, sagte er, »und wenn er groggy aussieht, dann laufen Sie nicht gleich nach Kaffee.«

Sie marschierten nach oben, alle so ärgerlich, wie Lee gehofft hatte, sie zu machen.

Zoffs Zimmer wirkte weitläufiger und antiquierter denn je. Mit dem Erlöschen ihrer Persönlichkeit war der ganze Bühnenflitter und all die echte, aber überlebte Eleganz, mit der sie sich umgeben hatte, bloßgelegt und glanzlos geworden. Zum ersten Mal sah man, daß es das Zimmer einer alten Frau war.

Das Bett war abgezogen. Pfirsichfarbener Satin und blaue, gesteppte Seide hingen auf den Teppich, während das kleine Schränkchen am Kopfende hinter den Cupidos offen und leer vorragte. Es sah innen staubig aus, so als lägen womöglich noch Haarnadeln darin herum.

Die Untersuchung begann nicht sofort, doch Lee ließ sie nicht allein. Die beiden Detektive aus dem Wohnzimmer kamen mit und standen auffällig unauffällig herum. Wenn man sie ansprach, taten sie, als seien sie irgendwie zu höflich, um zu antworten.

Genevieve watschelte durchs Zimmer und ließ sich auf einem der ausgefalleneren Möbel nieder, einer alten runden Ottomane mit birnenförmigem, festem Kissen in der Mitte. Zoff hatte es steppen und mit blauem Satin überziehen lassen. Die alte Frau balancierte auf der Kante und sah aus wie eine schwarze Pflaume auf einem blauen Teller.

Denis folgte Margot ans Fenster. Er war seit dem Augenblick der Krise zwischen ihnen nicht von ihrer Seite gewichen, aber selbst jetzt durften sie nicht miteinander reden. Einer der Detektive schlenderte wie zufällig in ihre Nähe und starrte ernsthaft auf die Reihe schön gebundener französischer Theaterstücke in einem Bücherschrank neben ihnen.

Dann kam Sir Kit herein. Er erschien unter der Tür und wirkte eingefallen, aber lange nicht mehr so verloren, wie Margot ihn zuletzt erlebt hatte. Er kam unverzüglich zu ihr herüber und nickte im Vorbeigehen Denis zu.

»Das ist eine ungeheuerliche Zumutung, aber im großen und ganzen ein kluger Schachzug, meiner Ansicht nach«, verkündete er unerwartet. »Ich bin eben beim Hereinkommen dem Inspektor begegnet. Ich mag die Manieren des Mannes nicht, aber er ist aufrichtig, glaube ich, und entschlossen, seine Aufgabe zu erfüllen. Keine schlechten Eigenschaften in solchen Zeiten.«

Margot betrachtete ihn neugierig. Er wirkte fast normaler als sonst. Der Augenblick der Verzweiflung war offensichtlich vorüber, und er hatte sich wieder in der Hand, wenn er seine Rolle auch im Moment ein bißchen übertrieb. Sie stellte keine Fragen, um ihn nicht wieder aus dem Gleichgewicht zu bringen, aber nach einer Pause beugte er sich dicht an ihr Ohr.

»Sie haben mich nicht reingelassen«, flüsterte er. »Sehr nette Leute, wirklich. Wohlmeinend. Aber bemerkenswert unbeugsam. Vielleicht war es ganz gut so. Ich habe sie bis zur Tür gebracht.«

Der Ausdruck klang auch in seinen Ohren unglückselig, und er verzog schmerzlich den Mund.

»Also, auf wen warten wir noch?« wollte er wissen. »Auf Victor? Auf Felix?«

Das Knarren der Tür, die in diesem Moment aufging, ließ ihn verstummen. Lee erschien, gefolgt vom Kommissar, hinter ihnen Victor Soubise. Er war noch etwas grün im Gesicht, aber sicher auf den Beinen, und sein Haar war erst kürzlich naß gewesen. Er sah keinen an, ließ sich in einen vergoldeten Sessel in der Nähe der Tür sinken und betrachtete seine Fingerspitzen, die papierdünnen Augenlider, die so an Zoffs erinnerten, hielt er gesenkt.

Margot beobachtete ihn einen Moment und wandte sich gerade ab, als ihr Sir Kits Gesichtsausdruck auffiel. Er überraschte sie. Es war ein seltsamer Ausdruck für so freundliche Augen, abwägend, kalt und ahnungsvoll.

Dann wurde ihre Aufmerksamkeit von den beiden letzten Ankömmlingen abgelenkt. Es war Skinner, der den schwankenden Felix stützte. Der alte Mann bot ein gespenstisches Bild. Sein knochiger Körper war in einen schmutzigen, karierten Morgenmantel gehüllt, ein Wollschal betonte eher die Wattestreifen, die sein graues Gesicht wie eine Halskrause umgaben, als sie zu verdecken. Trotz allem war er immer noch sehr lebendig. Er war Sekunden, nachdem er den Stuhl unter sich weggestoßen hatte, abgeschnitten worden und erholte sich trotz seines schweren Schocks rasch. Sir Kit gab leise schnalzende Laute des Mißfallens von sich.

»Verwerflich, einen Mann in solchem Zustand einer derartigen Zerreißprobe auszusetzen«, murmelte er. »Sie sind Arzt, Denis. Was sagen Sie dazu?«

Der jüngere warf dem Unglückswurm unter den Wimpern hervor einen langen Blick zu.

»Ich habe schon Männer in schlechterem Zustand gesehen, die Schlimmerem ausgesetzt wurden«, flüsterte er trocken. »Ich denke, er wird's überstehen. Umbringen wird es ihn nicht. Soubise sieht schlimm aus.«

»Ah«, sagte Sir Kit. Er redete laut, hatte offenbar vergessen, wo sie waren, und mußte es dann durch ein Husten übertünchen.

Als sei der Laut ein Signal, schaute Lee, der am Fußende des Bettes auf einem Stuhl gesessen hatte, von seinen Notizen hoch und stand auf. Er blickte eine ganze Weile in die Runde, in seinen Augen lag ein wissendes Glitzern, das bewußt kränkend gemeint war.

»Ein Mord ist verübt worden«, sagte er. Die Erklärung sollte schockieren und tat es auch, obgleich sie nichts Neues enthielt.

Sir Kit wurde langsam dunkelrot, und Genevieve holte in der Stille hörbar Luft.

»Irgend jemand hat es getan«, sagte Lee. »Das wollen wir nicht vergessen, oder?«

Er ließ das wirken und sprach dann weiter, noch immer in einem Ton, als seien sie alle jünger oder dümmer als er, doch die ganze Zeit enthüllte das Glitzern seiner Augen und wie sie von einem Gesicht zum anderen huschten, daß er keinen von ihnen ernstlich für beschränkt hielt oder unterschätzte. Margot fand ihn grauenvoll. Es war keine Menschlichkeit in ihm. Er war nur eine Maschine zum Herausfinden von Dingen.

»Die Tote war eine Fremde für mich«, sagte er. »Sie alle sind Fremde für mich und den Kommissar, und das ist vielleicht der Grund, warum wir die Dinge etwas klarer sehen als der eine oder andere von Ihnen. Ich werde Ihnen jetzt einige

Details nennen, die wir kennen, und ich nehme an, Sie werden die Lücken für uns füllen können. Sie hören zu, ja?«

Natürlich hörten sie zu. Kit war drauf und dran, es mit Nachdruck zu bestätigen, aber auch er gewann langsam einen Eindruck von Lees Methoden und zwang sich, sein Temperament zu zügeln und zu schweigen.

»Die erste Sache passierte, soweit es mich betrifft, gestern«, fuhr Lee fort. »Die Verstorbene bat um Polizeischutz vor ihrem Enkel Denis Cotton. Ein paar Stunden später zog sie die Anschuldigung zurück. Und zwar, nachdem sie ein Gespräch mit ihrem Schützling Margot Robert geführt hatte.«

Er hielt inne und sah Margot und Denis an, bis alle Anwesenden gemerkt hatten, daß die beiden Seite an Seite standen.

»Die zweite Sache passierte heute nachmittag um drei Uhr vierzig. Der Arzt der Verstorbenen rief auf dem Revier an und teilte mir mit, er sei von Genevieve Lestrade und Felix Monet, Dienstboten der Verstorbenen, gerufen worden und habe bei seiner Ankunft im Haus auf der Treppe Margot Robert mit einem Freund namens Hercule Bonnet getroffen. Einige Sekunden später fand er seine Patientin tot in ihrem Bett, vergiftet durch Einatmen von Chloroform. Es gab keine Spur einer Flasche oder sonst eines Behälters in dem Zimmer, jedenfalls soweit er es ermitteln konnte.«

Er hüstelte und konsultierte seine Notizen.

»Der Doktor sagte aus, daß die Frau seiner Ansicht nach knapp eine Stunde tot gewesen sei. Diese Ansicht wurde später durch den Polizeiarzt bestätigt. Um der Klarheit willen setzten wir die Todeszeit auf ungefähr zwei Uhr dreißig fest.«

Er sah den Kommissar fragend an, und der ältere Mann nickte, wenn auch sein Gesicht weiterhin Unbehagen ausdrückte. Lee sprach mit unbekümmerter Selbstsicherheit weiter.

»Der Arzt sagte mir auch, die beiden Hausangestellten hätten ihm erzählt, daß sie zu ihrer Herrin hinaufgegangen seien, nachdem sie kurz vorher Denis Cotton mit ihrem

Schmuckkoffer die Treppe herunterkommen und aus dem Haus gehen sahen. Ich fragte den Arzt, ob Margot Robert noch im Hause sei, und er gab mir zu verstehen, sie sei da.«

Wieder wartete er die Wirkung seiner Worte ab.

»Nachdem ich bestimmte Schritte eingeleitet hatte, bin ich hierhergefahren und habe gewisse Ermittlungen durchgeführt; etwas später, nachdem einer meiner Leute mich angerufen hatte, fuhr ich zur Dower Street 125, in London W.C.1, wo ich Denis Cotton fand, zusammen mit Margot Robert, die unbemerkt das Haus verlassen hatte. Denis Cotton gab zu, den Schmuckkoffer in seinem Besitz zu haben, der daraufhin sichergestellt wurde. Dann habe ich diese beiden Personen zum Polizeirevier von Bridgewyck gebracht.«

Er verstand es sehr geschickt, die Allmacht der Polizei ins rechte Licht zu setzen, und steuerte weiter seinen Kurs, wobei er die belastende Geschichte ohne ersichtliche Feindseligkeit aufrollte.

»Während beide noch auf dem Revier waren, rief mich Wachtmeister Brandt an und sagte mir, Felix Monet habe sich bei dem Versuch, der Polizei einen Überblick über eventuell fehlende Wertgegenstände zu verschaffen, an ein kleines, eingebautes Schränkchen am Kopfende des Bettes der Verstorbenen erinnert. Sie sehen es direkt hinter mir.«

Sein Auftreten war zwar irritierend, hatte aber auch etwas Zwingendes. Gehorsam schauten alle zu dem Versteck. Nur Denis zögerte eine Sekunde, bevor er den Blick auf die staubige kleine Nische lenkte. Seine Brauen hoben sich leicht, als er sie entdeckte, aber er sah gleich wieder weg, und Lee, der ihn beobachtet hatte, lächelte. Man konnte nicht sagen, ob er sich selbst gratulierte, weil eine Theorie sich bewahrheitete, oder Denis zu dem Versuch, raffiniert zu sein.

»Dieses Schränkchen«, sagte Lee weiter, »enthielt eine 340-Milliliter-Flasche, in der noch ein Rest Chloroform war, und gleichzeitig alle kostbareren Schmuckstücke, die Madame Zoffany besaß, einige davon im Wert von vielen tausend

Pfund. Das wurde in Gegenwart des Wachtmeisters von Felix Monet entdeckt.«

Sir Kit berührte Margots Arm. Er sah völlig verwirrt aus. Bevor er jedoch sprechen konnte, fuhr Lee, der seine Augen überall zu haben schien, dazwischen.

»Ich wollte gerade erklären, Sir Christopher«, warf er rasch ein, »daß in dem Koffer, den Denis Cotton mit nach London genommen hat, inzwischen viele Schmuckstücke gefunden wurden, die – sagen wir – zweitrangig sind, Schmuckstücke, wie man sie auf der Bühne trägt. Sie waren in dem falschen Boden des Koffers versteckt, und die Frage ist, ob sie dort versehentlich hineingerieten und der Koffer dazu diente, etwas anderes zu transportieren. Denis Cotton hat in seiner Aussage behauptet, er wußte nichts von ihrer Existenz, als er den Koffer aus dem Haus trug. Nun sind noch zwei andere von dieser Ermittlung betroffen: Sir Christopher Perrins und Victor Soubise.«

Kit nickte, aber Victor sah nicht auf.

»Nach beider Aussagen, die natürlich getrennt aufgenommen wurden« – Lee klang noch immer sehr zufrieden mit sich – »haben sie das Haus heute morgen um etwa elf Uhr fünfundvierzig gemeinsam verlassen und sind in die Stadt gefahren, wo sie – soviel ist sicher – zusammen im Conservative Club zu Mittag gegessen haben. Dort sind sie gegen ein Uhr fünfundvierzig aufgebrochen und zum Haus zurückgelaufen, immer noch gemeinsam.«

Seine Stimme verebbte, und es herrschte Schweigen im Raum, währenddessen Margot plötzlich ganz stark Zoffs Gegenwart zu spüren meinte. Die Vorstellung war so lebendig, als habe sie das Zimmer betreten und stände dort direkt hinter dem Inspektor. Das Mädchen schüttelte die gräßliche Phantasie ab. Doch das erstaunliche Bild der unbezähmbaren Frau blieb ihr im Sinn. Hier spielte sich ein Drama ab, Zoff wäre begeistert gewesen.

»Sie kamen nicht durch den Haupteingang«, sagte Lee

gerade, »sondern durch die Gartenpforte, da Sir Christopher gern einen Blick in das kleine Treibhaus am Ende des Rasens werfen wollte. Er ging hinein, sagt er, und blieb dort eine ganze Weile, inspizierte die Pflanzen und überprüfte die Heizungsanlage, die baufällig geworden ist. Soubise ließ ihn dort allein und betrat das Haus durch eine Seitentür. Nach seiner eigenen Aussage ging er ins Eßzimmer, goß sich einen Drink ein und ging dann in sein eigenes Zimmer, um ein paar Unterlagen zu holen, die er Sir Christopher zeigen wollte. Es dauerte einige Minuten, bis er sie gefunden hatte, und er verließ das Haus auf dem gleichen Weg, auf dem er gekommen war, zirka fünfundzwanzig Minuten nach zwei. Dabei begegnete er niemandem. Er und Sir Christopher machten dann einen kurzen Spaziergang zu einem Hobbyuhrmacher in der Tite Street. Wir haben den Mann befragt, und er bestätigte ihre Aussage. Um drei Uhr fünfundvierzig, als die beiden hierher zurückkamen, war Madame Zoffany tot und die Polizei im Haus.«

Sir Kit senkte den Kopf. »Das ist ganz richtig«, sagte er. »Bist du einverstanden, Victor?«

Soubise hob mühsam den Kopf. »Ja«, antwortete er dumpf.

»Also, zwischen zwei und fünfundzwanzig Minuten nach zwei«, sagte Lee, »waren diese beiden Männer, soweit wir wissen, allein. Soubise gibt zu, im Haus gewesen zu sein. Sir Christopher sagt, er war im Garten. Keiner von beiden hat angeblich in dieser entscheidenden Zeitspanne sonst jemanden getroffen.«

»Ich habe keinen Menschen gesehen«, sagte Kit unerschütterlich.

»Und Sie haben das Gewächshaus nicht verlassen?«

»Nein.«

»Nun gut.« Lee schien zufrieden.

Die Anspannung im Zimmer war beinahe unerträglich geworden. Genevieves schwarze Augen suchten Margots und ließen sie nicht los.

»Siehst du?« Die Worte wurden nicht ausgesprochen, aber

für das Mädchen waren sie so klar, als seien sie laut gerufen worden. »Siehst du? Es kommt, wie ich gesagt habe. Irgendwann bleibt keiner mehr übrig. In diesen Dingen gibt es keine Wunder.«

Lee ließ ihnen keine Zeit zum Verschnaufen.

»Bisher«, drängte er weiter. »habe ich das Motiv noch nicht erwähnt. Schließlich begeht niemand solch eine Tat – tränkt ein Handtuch und preßt es einer armen alten Frau aufs Gesicht, die so wenig darauf vorbereitet ist, daß sie keinerlei Widerstand leistet. Niemand tut so etwas ohne Grund, wissen Sie. Aber es gibt Motive in dieser Familie. Die meisten von Ihnen wissen darüber Bescheid.«

Zum ersten Mal schien er zu zögern, oder eher auf etwas zu warten, was jedoch nicht kam.

»Ich denke, wir alle wissen, daß Sir Christopher ein Motiv hatte, seine alte Freundin aus dem Weg und nicht länger als finanzielle Belastung haben zu wollen. Das könnte mancher für ein sehr gutes Motiv halten«, verkündete er laut, während der Kommissar zusammenzuckte.

Aber Sir Kit explodierte nicht. Er schüttelte sanft den Kopf. Er sagte gar nichts, doch die stille Verneinung war sehr eindrucksvoll. Sie drückte Mitleid, ja fast Bedauern aus.

Lee ließ es dabei bewenden. Seine kleinen Augen wanderten zu Felix, der sich noch tiefer in seinem Stuhl verkroch.

»Felix Monet hatte ein ausreichendes Motiv«, sagte Lee, »oder zumindest dachte er das offenbar. Er war so aufgebracht gegen seine Arbeitgeberin, daß er eines ihrer wertvollsten Stücke demoliert und seine Fingerabdrücke überall darauf hinterlassen hat. Danach, als ihm einfiel, daß er die Chloroformflasche in der Hand gehabt hatte, als er sie entdeckte, kam er voreilig zu dem Schluß, die Polizei, die er wohl entweder für nicht ganz zurechnungsfähig oder unaufrichtig hält, würde die Verbrechen miteinander in Verbindung bringen und ihn verurteilen. Er war so sicher, daß er – wenn auch nicht sehr ernsthaft – versuchte, sich zu erhängen.«

»Monsieur –« Felix hatte sich mühsam hochgerappelt.

Lee machte eine abwehrende Geste, die der aufmerksame Skinner dadurch ergänzte, daß er ihn in den Sessel zurückstieß, wo er mit vorquellenden Augen niedersank.

»Dann haben wir Denis Cotton«, sagte Lee. »Nun, über seine Motive haben wir so viel gehört, daß wir sie nicht noch einmal durchgehen wollen. Aber er hatte welche, und Miss Robert auch, selbst wenn sie im Augenblick des Geschehens vorsorglich weit weg war.«

Er sprach ruhig und beiläufig, aber diesmal lag etwas wirklich Spekulatives in seinem Gesicht. Die beiden anderen hatte er ohne langes Überlegen ausgeschlossen, doch nun war er ganz bei der Sache, und sein munterer Plauderton hatte etwas Schneidendes.

»Als mein Mann sie in der Dower Street überrascht hat, lagen sich die beiden in den Armen«, sagte er.

Der Protest kam unerwarteterweise von Genevieve.

»Wenn ich das glauben könnte, dann könnte ich alles glauben«, sagte sie verächtlich. »Mademoiselle ist mit Monsieur Victor verlobt.«

Lee entspannte sich. Er hatte lange warten müssen, aber nun brach das Eis langsam.

»Das hat man mir gesagt«, meinte er lässig. »Es macht die Sache noch spannender, nicht? Gibt uns zu denken, uns Offiziellen.«

Mit einer Geste rief er ihnen die Polizisten ins Gedächtnis, die als Publikum zugegen waren, und deren Gesichter ausdruckslos blieben, abgesehen von der kaum zu unterdrückenden Neugier und Erregung in ihren Augen.

»Das gibt Victor Soubise zwei Motive«, sagte Lee. »Eines gegen Madame Zoffany, eines gegen Denis Cotton. Aber vielleicht sind die besonderen Schwierigkeiten von Mr. Soubise nicht so bekannt. Es stimmt doch, Mr. Soubise, daß Sie Ihre brasilianischen Vermögenswerte letztes Jahr verloren haben, und daß Sie entweder Madame Zoffanys Hilfe oder

Ihr Erbe brauchten? Ich kenne nicht alle Einzelheiten, aber die Berichte, die mir in die Hände kamen, machen es für mich klar, daß Sie eine große Summe brauchten, und die sehr bald, wenn Sie überhaupt noch irgend etwas aus der südamerikanischen Pleite retten wollten. Sie wollten Madame Zoffany dieses Wochenende darum angehen, stimmt's? Das haben Sie jedenfalls gestern den Herren Ribbon und Slater in London erklärt.«

Sir Kit machte ein seltsames kleines Geräusch in der Kehle, und Margot drehte sich um und sah, wie er hilflos zu Victor schaute, der sich langsam in seinem Stuhl aufsetzte.

»Ich *weiß* es nicht, Sir Christopher«, meinte Lee betont, »aber ich nehme an, daß Soubise Ihnen heute beim Mittagessen von seinen Problemen erzählt hat.«

»Im Vertrauen«, sagte Kit steif.

»Natürlich im Vertrauen.« Der Inspektor äffte Kit nicht direkt nach, doch es war eine selbstgefällige Wiederholung von dessen Worten. »Und dann«, fuhr er mit größter Befriedigung fort, »hat er Sie zwanzig Minuten allein gelassen, um die Sache mit der alten Dame zu regeln. Als er zurückkam, haben Sie zusammen einen Spaziergang gemacht, und als Sie beide ins Haus kamen, war Madame Zoffany tot, und der Verdacht war mysteriöserweise auf den Mann gefallen, der ihm sein Mädchen ausgespannt hatte. Wie finden Sie das?«

Kits Meinung dazu, wie immer sie ausgefallen wäre, wurde nie geäußert. Keiner der Anwesenden hatte mit Victors Reaktion gerechnet. Er saß starr mit hervortretenden Augen und grauem Gesicht in seinem Sessel und fing an zu kreischen. Keine andere Beschreibung paßte auf die Flut von Gegenbeteuerungen, die sich von seinen dünnen Lippen ergoß.

»Lügner! Lügner! Das ist nicht wahr. Sie verdrehen die Wahrheit. Ein Täuschungsmanöver. Ich habe sie nicht umgebracht. Niemals! Nie im Leben. Ich war nicht bei ihr. Es ist nicht wahr.«

Er war ins Französische verfallen, und schrie die rollenden

Sätze aus vollem Hals. Der Mann war verrückt vor Angst. Die Furcht drang ihm aus allen Poren. Es war ein nervenaufreibender Ausfall, und zum ersten Mal lief der Inspektor Gefahr, die Kontrolle zu verlieren.

»Was sagt er?« wollte er wissen. »Was ist es? Schnell! Irgend jemand?«

»Menteur! Jamais!« fing Victor gerade wieder an, als Kit ihn unterbrach.

»Mein guter Junge«, protestierte er, und die milde Anrede bildete einen lebhaften Kontrast zu dem vehementen Wortschwall, »langsam... rede so, daß der Mann versteht. Reiß dich zusammen. Wirklich, Soubise!«

Die Ermahnung tat ihre Wirkung. Victor wurde etwas ruhiger, und seine Worte klangen nüchterner.

»Es ist nicht wahr. Ich habe sie nicht umgebracht.«

»Soviel ist mir ungefähr klargeworden«, meinte Lee etwas hämisch. »Haben Sie dem etwas hinzuzufügen?«

»Ja.« Victor war jetzt beleidigt und hatte seine Lider so weit heruntergeklappt, daß seine Augen nur noch zwei schmale Schlitze waren.

»Ich hatte vor, Zoff von meinen Schwierigkeiten zu erzählen, und auf Kits Rat hin bin ich hinaufgegangen, um mit ihr zu sprechen, aber nicht ins Zimmer, weil Denis drin war.«

»Sie haben an der Tür gelauscht, nehme ich an?«

»Ja.«

»Genau.« Ein geringschätziges Lächeln breitete sich auf dem breiten Gesicht des Inspektors aus. »Und dann sind Sie wahrscheinlich auf Zehenspitzen wieder in den Garten geschlichen. War's so?«

»Nein.« Die dünnen Lippen verzogen sich bei dem Wort. »Nein, ich bin einen Stock höher in mein eigenes Zimmer gegangen.«

»Wie lange sind Sie dort geblieben?« Lee runzelte die Stirn.

»Vielleicht zehn Minuten, bis ich Denis in sein Zimmer hochkommen hörte. Ich habe ihn durch den Türspalt beobachtet. Er hatte eine grüne Tasche oder so etwas bei sich und war nur kurz in seinem Zimmer, um seinen Koffer zu holen. Ich sah, wie er herauskam und wieder nach unten ging.«

»Moment mal.« Lee hob die Hand und wandte sich fragend an Denis. »Das haben Sie mir nicht gesagt.«

»Ich hatte es ganz vergessen.« Denis sah etwas benommen aus. »Es stimmt«, meinte er schließlich. »Ich hatte es nur vergessen. Ich bin tatsächlich raufgegangen, um mein Wochenendköfferchen zu holen, das ist richtig. Ich habe nur die Tür aufgemacht und es herausgenommen, bevor –«

»Warten Sie.« Lee drehte sich wieder zu Victor um, der inzwischen wesentlich ruhiger und gefaßter war, wenn er auch noch zitterte. »Was ist dann passiert?«

»Ich bin aus meinem Zimmer geschlichen, habe übers Geländer geschaut und beobachtet, wie Denis in die Halle ging.«

»Sie haben was?« dröhnte Lee unbeherrscht, als seine Theorie ins Wanken geriet. »Sie – ach, ich verstehe.« Er lächelte wieder. »Dann sind Sie runtergekommen, haben die Tür zum Zimmer der alten Dame aufgemacht und gesehen, daß sie –«

»Nein.« Auch Victor konnte geringschätzig lächeln. »Nein. Ich bin auch beim zweiten Mal nicht hineingegangen, denn ich hörte, daß sie mit jemandem sprach.«

Die Worte fielen still in einen See aus Schweigen. Lee machte den Mund auf und klappte ihn wieder zu, ohne einen Laut von sich gegeben zu haben, und die kleinen Echos, die Victors Aussage hervorrief, hallten sanft im Raum wider.

Seltsamerweise hatte der alte Kommissar, der bisher ganz still gewesen war, als erster die Situation erfaßt.

»Mit wem hat sie denn gesprochen, Mr. Soubise?«

»Ich weiß es nicht«, Victor zögerte, aber seine Verwirrung verlieh seinen Worten Überzeugungskraft. »Ich weiß es nicht. Aber es war jemand, den sie sehr gut kannte.«

»Woran haben Sie das gemerkt?« Lee hatte sich wieder

gefangen, er war zwar etwas verwirrt, aber voll gespannter Aufmerksamkeit und auf der Fährte wie ein Spürhund.

»Weil sie etwas so Außergewöhnliches gesagt hat. Ich habe nicht lange gewartet, weil ich Genevieve und Felix in der Halle reden hörte, Sie hatten Denis mit der Tasche weggehen sehen und sprachen über ihn. Ich habe ihrer Unterhaltung ein Weilchen zugehört, aber dann sind sie zur Eingangstür gegangen, wahrscheinlich, um ihm nachzusehen, und ich sah meine Gelegenheit gekommen und lief die Treppe zur Küche hinunter und dann zurück zu Sir Kit, der noch im Gewächshaus war, wo ich ihn zurückgelassen hatte.«

Er verstummte, und Genevieve sah Felix an.

»Das stimmt. Wir sind nicht sofort raufgegangen.«

»*Non.* Erst ein paar Minuten später. Wir sind bis zum Tor gegangen und haben Monsieur Denis nachgeschaut, bis er die Straße hinunter verschwunden war. Wir waren eine ganze Weile draußen. Das hatte ich vergessen.«

»Im Vergessen scheinen Sie ja alle groß zu sein«, brummte Lee, aber es lag kein Mißtrauen in seiner Stimme. Die beiden Zwischenfälle waren typisch für Dinge, die seiner Erfahrung nach oft von Unschuldigen vergessen wurden. Beides waren natürliche, gewöhnliche Dinge, die man inmitten bewegender Ereignisse leicht übersieht.

Grimmig wandte er sich wieder Victor zu.

»Sie schwören, daß Sie gehört haben, wie Madame Zoffany zu jemandem gesprochen hatte, den sie gut kannte, nachdem Sie kurz zuvor Denis Cotton aus dem Haus gehen sahen? Sie bleiben dabei, auch wenn Ihnen klar sein muß, daß diese Aussage Sie in eine noch fragwürdigere Lage bringt?«

Eine Sekunde sah es aus, als wolle Victor gleich in eine erneute Flut hysterischen Leugnens ausbrechen, aber er riß sich zusammen.

»Ich sage die Wahrheit«, meinte er und fuhr sich mit der Zunge über seine trockenen Lippen. »Ich habe sie deutlich gehört.«

»Und was hat sie gesagt?«

Victor zögerte. »Es war so ungewöhnlich«, meinte er endlich. »Sie sprach so sanft, dabei aber mit solcher Leidenschaft, wenn Sie verstehen. Ich habe es nur durch die Tür gehört, aber es war... es klang pathetisch und dabei so ruhig. Sie sagte – es war klar zu verstehen – *Tu penseras à moi quelque fois, n'est-ce pas? Et tu diras: Eh bien, après tout, c'était une bonne fille...* Das war alles.« Seine eigene Stimme wurde sanft bei den Worten und hörte sich seltsam bedauernd an.

»O mein Gott!« Das kam von Margot. Die unterdrückten Worte entfuhren ihr, und im selben Moment kam Genevieve, deren Gesicht sich in eine zerknitterte Maske verwandelt hatte, auf die Füße.

»Angelo!« sagte sie mit heiserer Stimme.

Sir Kit hob den Kopf, in seinen Augen lag ein Ausdruck entsetzten Wiedererkennens.

»La Tisbe!« flüsterte er. »Victor, hast du das nicht gewußt?«

»Übersetzen! Übersetzen! Heiliger Bimbam, was zum Henker soll das bloß alles? Kann mir das nicht einer übersetzen?« Lee war außer sich, aber die Mitglieder des Haushalts nahmen keine Notiz von ihm. Sie sahen einander mit entsetztem Begreifen an, und schließlich erwies sich ausgerechnet der unglückselige Skinner als Retter in der Not.

»Ich war in Frankreich bei der Armee, Sir«, murmelte er, »und ich hab ein bißchen was aufgeschnappt. Was Mr. Soubise da zitiert hat, Sir, das heißt, glaube ich, in etwa: ›Du wirst manchmal an mich denken, nicht? Und du wirst sagen: Also, trotz allem war sie ein gutes Kind...‹ Das wär's so ungefähr, Sir, so in der Richtung. Das mit dem Du, das ist da die vertrauliche Anrede, Sir, innerhalb der Familie oder zwischen Liebenden üblich.«

Lee betrachtete seinen Untergebenen mit widerwilliger Anerkennung. »Wiederholen Sie das«, befahl er.

Skinner gehorchte und wurde dabei noch rosiger.

»Stimmt das?« Lee wandte sich an Denis, der neben Victor als einziger verständnislos dreinblickte.

»Ja, ich denke schon. Eine recht treffende Übersetzung. Vielleicht: ›Sie war ein gutes Mädchen.‹ Aber ich verstehe immer noch nicht, was daraus zu entnehmen sein soll.«

»Ich auch nicht.« Der Inspektor stieß die Worte wie einen Fluch hervor. »Miss Robert, Sie haben aufgeschrien, als Sie das gehört haben. Was bedeutet es für Sie? Was ist aus den Worten zu entnehmen?«

Sie wandte sich hilflos an Sir Kit.

»Oh, Kit, bitte nicht ich«, sagte sie nur. »Ich kann es nicht ertragen.«

»Beim heiligen –« fing Lee an, als der alte Mann einen Schritt nach vorn machte. Er war offensichtlich tief bewegt, aber seine Stimme klang sanft und ruhig.

»Die Worte sind ein Zitat aus einem Theaterstück, Inspektor. Sie stehen am Ende des letzten Aktes der Tragödie *Angelo* von Victor Hugo. Kein besonders gutes Stück, aber Madame Zoffany hatte vor vielen Jahren als Hauptdarstellerin einen großen persönlichen Erfolg damit und hat die Rolle immer sehr gemocht.« Er hielt inne und holte tief Luft, während alle Anwesenden ihn in fasziniertem Schweigen beobachteten. »Die Passage kommt«, fuhr er langsam fort, »als die Heldin stirbt, nachdem sie ihren Liebhaber gezwungen hat, sie zu töten. Nachdem sie genaugenommen Selbstmord begangen hat –«

»Selbstmord!« Lee stürzte sich auf das Wort und warf es zurück. »Diese Frau hat nie und nimmer Selbstmord begangen. Sie haben alle gesagt, das wäre das letzte, woran sie gedacht hätte.«

»Nein.« Das kurze Wort kam ganz leise, und Margot sah ihm direkt ins Gesicht. In ihren lebhaften blauen Augen standen Tränen. »Nein«, wiederholte sie. »Verstehen Sie denn nicht, Inspektor? Versteht ihr denn alle nicht, was geschehen ist? *Zoff wollte gar nicht sterben.*«

Ihr letzter Satz verhallte in der Stille. Lee runzelte die Stirn, seine runden braunen Augen schauten unter fragend hochgezogenen Brauen hervor.

»Wie kommen Sie denn darauf?«

Das Mädchen schluckte schwer.

»Es ist diese Klausel im Erbrecht, Inspektor«, sagte sie heiser. »Wenn Sie das noch einmal lesen, werden Sie sehen, daß es nicht nur für den Erben gilt, der wirklich tötet, sondern daß auch der sein Erbe verspielt, der des versuchten Mordes angeklagt und überführt wird. Zoff hat das alles gewußt, und ich fürchte sehr, daß sie –« Ihre Stimme schwankte und versiegte, aber sie faßte sich wieder. »Sie hat zweimal vergeblich versucht, alle zu überzeugen, daß der Erbe, den sie nicht mochte, sie umbringen wollte. Bei dieser letzten Gelegenheit hatte sie vor, es ganz deutlich zu machen, fürchte ich.«

Die junge Stimme hielt inne und fuhr dann ruhig fort: »Heute nachmittag, bei ihrem dritten Versuch, uns zu überzeugen, muß Zoff zu viel Chloroform auf das Handtuch geträufelt haben. Es dauerte ein Weilchen, bis Genevieve zu ihr ging, und als sie sah, daß sie offenbar tot war, hat sie ihr das Tuch wieder aufs Gesicht gelegt.«

10

Es dauerte ein Weilchen, bis Inspektor Lee verstand und danach noch viel länger, bis er die Beweise gesammelt und sich überzeugt hatte. Aber keiner von denen, die Zoff nahestanden, zweifelte nach der ersten verwirrenden Offenbarung daran, daß es die Wahrheit war. Für sie alle war es, als habe sich ein Vorhang geteilt und sei in rauschenden Bögen hochgegangen, um den Blick auf Zoffs letzten Auftritt freizugeben, die letzte Szene in ihrem letzten Akt.

Von da an beherrschte sie das Drama ihres Todes so vollständig wie all die vielen Tragikomödien, die ihr Leben ausgemacht hatten. Noch einmal war sie unter ihnen, lebendig und herausfordernd wie eh und je, und ihre Persönlichkeit durchdrang das alte Haus und belebte ihrer aller Gedanken.

Sie waren schockiert und untröstlich, aber nicht mehr verwirrt. Zoff hatte ihre letzte sensationelle Überraschung hervorgezaubert.

Lee hatte sich das Stück bringen lassen und dazu die vergilbten Zeitungsausschnitte aus der Pressemappe mit all den blumigen Lobeshymnen auf ihre Interpretation der Rolle. Die entscheidenden Passagen wurden ihm übersetzt, nicht nur von Denis, sondern auch von Skinner, dessen Rückkehr in amtliche Gnade eines der kleinen Wunder des Abends war.

Schließlich schickte er nach dem Code Civil und las noch einmal den wichtigen Absatz im Erbrecht, dessen volle Bedeutung ihm am Nachmittag nicht klargeworden war, als der Punkt auf dem Revier angeschnitten wurde. Die Beweise waren einfach und unwiderlegbar. Als er alles verdaut hatte, rief er noch einmal alle zusammen. Er war immer noch verblüfft, aber nicht mehr auf der Jagd, und der Elan hatte ihn verlassen.

»Ich gebe zu, daß ich ziemlich sprachlos bin«, sagte er. »Was für eine erstaunliche Frau.«

»Sie war erstaunlich«, Kit ließ durchblicken, daß er die Beschreibung als Kompliment empfand. »Sie war eine große Künstlerin und eine große Frau. Das ist die Erklärung, Inspektor. Und vor allem war sie stets weiblich. Das erklärt ihr Verhalten. Und«, fügte er milde hinzu, »ich glaube, das entschuldigt sie auch. Zumindest für mich.«

»Entschuldigt?« Lees Ausruf klang erstaunt, doch sein Zorn war verflogen, und sein Protest kam ohne Heftigkeit. »Sie hätte den jungen Cotton an den Galgen bringen können.«

»Aber sie wollte ja gar nicht sterben.« Es war eine typische Reaktion, daß Denis selbst die mildernden Umstände vorbrachte. Noch im Tod fand Zoff Verehrer unter denen, die sie am meisten mißbraucht hatte.

Kit, der das so oft hatte beobachten können, erkannte das Phänomen.

»Nein«, sagte er. »Meine arme Zoff, sie wollte nicht sterben. Und sie hat dir ihre echten Brillanten nicht anvertrauen wollen, Denis. Das war grausam typisch. Das hätte uns alles sagen müssen.« Er wandte sich an Lee. »Sie wollte ohnmächtig aufgefunden werden, während der arme Denis mit ihrem Schmuck auf und davon war«, sagte er. »Aber dennoch mochte sie sich nicht von ihren echten Brillanten trennen. Das war Zoff, wie sie leibte und lebte.«

Lee glotzte ihn an. »Es war ein bewußt arrangierter Versuch, Cotton in Mißkredit, hinter Gitter und um seine Erbschaft zu bringen«, entgegnete er. »Ich sehe wirklich nicht, wie Sie das auch noch entschuldbar finden können.«

Allgemeines Schweigen folgte, bis Margot schließlich seufzte.

»Sie haben sie nicht gekannt«, meinte sie versonnen. »Wenn Sie sie nur gekannt hätten, Inspektor, Sie wären vielleicht wütend auf sie gewesen, aber Sie hätten ihr vergeben. Sie hätte es nicht ganz so geschehen lassen, wissen Sie. Ihr wäre irgend etwas anderes eingefallen, um es wieder gutzumachen.«

Lee grunzte. Er war langsam zutiefst erleichtert, daß er die Dame nicht gekannt hatte, doch ein Blick auf die kummervollen Gesichter rundum verbot ihm, es zum Ausdruck zu bringen. Statt dessen brachte er den Punkt zur Sprache, der ihn fasziniert hatte.

»Hat sie immer aus ihren alten Stücken zitiert, wenn sie eine Bos- . . . ich meine, was immer sie so tat? Selbst wenn sie allein war?«

»Madame war immer Schauspielerin, Monsieur.« Genevieve gab die Antwort und machte dabei klar, daß sie ihrer Meinung nach einen noblen und natürlichen Zug beschrieb.

»Das tun sie alle, wissen Sie«, warf Victor von seinem Platz außerhalb der Runde ein. »Alte Schauspielerinnen und Schauspieler zitieren stets und ständig. Sie machen aus allem ein Drama, und oft paßt sogar der Text. Ich weiß nicht, warum mir die Erklärung nicht gleich gekommen ist. Wenn die Worte nicht so natürlich geklungen hätten und so ganz nach ihr, hätte ich es wohl gemerkt, aber ich habe das Zitat nicht erkannt. Als ich sie so sanft und süß reden hörte, und so schlicht, stand für mich fest, daß sie mit Kit sprach.« Ein verlegener Ausdruck glitt über sein schmales Gesicht. »Ich nahm an, er sei mir nachgekommen und zu ihr gegangen, sowie Denis weg war. Als ich wieder zum Gewächshaus kam und ihn dort noch antraf, war mir schleierhaft, wer wohl bei ihr gewesen sein könnte. Aber ich war in einem so miserablen und verwirrten Zustand, daß ich mir gar keine weiteren Gedanken darum gemacht habe.«

Keiner sagte etwas, und er lehnte sich wieder in seinen Sessel zurück, die langen Finger über den Knien verschränkt. Auf seiner Stirn standen noch immer Schweißperlen, und sein Blick war verhangen.

Kurz darauf verließ die Polizei nach und nach das Haus. Innerhalb von zehn Minuten hatten sie sich von Feinden in ganz normale und ziemlich verlegene Ordnungshüter verwandelt, die möglichst schnell nach Hause wollten.

Der Kommissar und die Wachtmeister lösten sich aus der Gruppe, und Lee schickte sich zum Gehen an. Sein Verhalten Sir Kit gegenüber kam fast einer Entschuldigung gleich.

»Ich habe einen Fehler gemacht«, meinte er schlicht, während sie kurz beiseite traten. »Ich merkte, daß jemand schlau sein wollte und habe den falschen aufs Korn genommen.« Sein Blick wanderte zu Victor und ruhte kurz auf ihm. »Ich habe mich verschätzt«, sagte er. »Also, ich muß sagen, ich bin für alle Beteiligten froh, daß es sich nun so gelöst hat.«

»Sind Sie das?« Die ruhige Verwunderung des alten Mannes war verwirrend.

Lee blinzelte und flüchtete sich in Zuvorkommenheit.

»Eine Obduktion wird nun nicht mehr nötig sein«, murmelte er. »Es ist noch Zeit, sie abzublasen. Ich werde auch mit der Presse reden. Ich habe ihnen für heute abend eine Erklärung versprochen, wenn sie mich so lange in Ruhe lassen. Sie warten im ›Lion‹ auf mich. Sie können sich darauf verlassen, daß ich mich bemühen werde, es ihnen so taktvoll wie möglich darzustellen. Genaugenommen handelt es sich ja wohl um einen Unfall. Natürlich wird eine Verhandlung stattfinden, aber – also, ich würde mir da keine Sorgen machen, Sir.«

Er benahm sich höchst anständig, und Kit erkannte es an.

»Sehr freundlich, Inspektor«, sagte er bestimmt. »Ich weiß es zu schätzen.« Um seine Dankbarkeit zu unterstreichen, ging er mit ihm bis zur Tür und winkte erst Margot und dann Denis, ihnen zu folgen. Die vier gaben sich auf der Schwelle die Hand, und bevor er endgültig ging, zögerte Lee noch einmal und sagte zu dem Mädchen:

»Ich hoffe, ich habe Ihre Angelegenheiten nicht durcheinandergebracht, Miss«, sagte er, »aber man kann eben – äh – kein Omelett machen, ohne Eier zu zerbrechen, wissen Sie.«

Als die Tür hinter ihm zufiel, lachte Kit leise.

»Komischer Kerl«, meinte er. »Grob, ungehobelt, brutal in mancher Beziehung, aber auf eine schon fast peinliche Weise wohlmeinend. Gott sei Dank ist er weg. Aber wenn ihr beide jetzt mit hier hereinkommen würdet, ich muß euch heute abend noch etwas sagen.« Er legte ihnen die Hände auf die Schultern und schob sie in das unordentliche Wohnzimmer. Das Feuer war zu einem Häufchen weißer Holzasche heruntergebrannt, doch er baute sich mit dem Rücken dazu auf und sah die beiden an.

»Ich weiß nicht recht, ob Margot dies erfahren sollte«, sagte er. »Ich habe darüber nachgedacht, aber im großen und ganzen glaube ich, vielleicht doch. Nicht deinetwegen, Denis, aber Zoff zuliebe. Ihr mögt denken«, fuhr er fort, und wählte seine Worte mit einiger Mühe, »daß ich zuviel von Zoff halte. Das tue ich. Ich habe es immer getan, Sie war unmöglich. Ich hätte es nie vor diesem Menschen zugegeben, aber dieser letzte Akt war bösartig und unverzeihlich grausam. Ich habe sie geliebt, nehme ich an, wie ein Mann eine Frau nur lieben kann, und ich muß bekennen, daß sie oft grausam war, aber laßt mich aus Fairneß ihr gegenüber etwas sagen.«

»Mein lieber Kit.« Denis wirkte vor lauter Mitgefühl und Verlegenheit jünger als er war. »Lassen Sie es gut sein«, meinte er sanft. »Es spielt jetzt keine Rolle mehr. Es ist vorbei. Vergessen wir –«

»Nein.« Der alte Mann unterbrach ihn. »Nein«, wiederholte er. »Es gibt kein Vergessen, aber Verstehen, und damit geht manchmal Vergeben einher. Zoff hat Sie gehaßt, Denis, und ich weiß auch warum.« Er hielt inne und sah das Mädchen an. »Sie war fünf Jahre jünger als du, Margot, als sie d'Hiver geheiratet hat«, sagte er. »Er war zwanzig Jahre älter als sie, aber sie hat ihn angebetet. Sie war ein Bauernmädchen und eine Schauspielerin, und er war das Oberhaupt einer der ersten Familien Frankreichs. Er wohnte in ihrer Nähe. Sie hatte ihn von Kindesbeinen an gekannt und zu ihm aufgesehen. Vor ihrer Heirat stellte er eine einzige, außergewöhnliche Bedingung. Sie sollte das kleine Mädchen, das ihre ältere Schwester gerade zur Welt gebracht hatte, adoptieren und wie ihr eigenes Kind aufziehen. Die Schwester war bei der Geburt gestorben, unverheiratet, und ihre Schande gehörte damals zu den größten Ärgernissen in Zoffs bäuerlicher Familie. D'Hiver gab keinerlei Erklärung ab. Er war so. Er befahl, und Zoff gehorchte. Das Kind wurde Élise d'Hiver genannt.«

Denis starrte ihn mit gefurchter Stirn an, sein eckiges Kinn war vorgereckt.

»Dann war diese ganze gräßliche alte Geschichte mit dem Prozeß also gerechtfertigt«, sagte er langsam.

»Gerechtfertigt wohl kaum«, Kit verzog mißbilligend den

Mund bei den Worten. »Dieser Prozeß war eine von Zoffs unverzeihlichen Grausamkeiten. Sie hatte d'Hiver ihr Wort gegeben. Sie hatte ihren Anteil an seinem Vermögen, und der Mann war tot. Sie hat den Prozeß verloren, und das ist richtig so. Aber ihre Behauptung stimmt. Élise war nicht ihre eigene Tochter. Sie war das Kind ihrer Schwester. Das hat sie allerdings nie zugegeben.«

»Oh, aber dennoch ...« Margot war so voller Mitgefühl, so sehr darauf bedacht, ihn zu schonen. »Selbst dann, warum sollte sie Denis hassen?«

Er schaute unglücklich von einem zum anderen. »Sie hat Denis gehaßt, mein liebes Kind«, sagte er, »weil sie in ihm d'Hiver wiedererkannte. Felix ist die Ähnlichkeit auch aufgefallen. Ich habe es ihm angesehen, neulich. Und mir ist sie aufgefallen. Für Zoff muß es eine Offenbarung gewesen sein. Sie sind d'Hiver in modernen Kleidern, Denis.«

Denis strich sich mit der Hand über die Stirn.

»Dann war meine Mutter –« begann er.

»Sie war d'Hivers Kind, aber nicht Zoffs.« Kit setzte sich. »Mein guter Junge«, sagte er, »das alles ist fünfzig Jahre her.«

»Und Zoff wußte nicht, daß es von ihm war, bis sie Denis gesehen hat?«

»Zoff war eifersüchtig«, bestätigte er traurig. »Zoff ist nie alt geworden. Das war ihre Tragödie. Vergeben Sie ihr, Denis, wenn Sie können. Und jetzt versuchen Sie um Himmels willen nicht, irgend etwas Idiotisches wegen des Geldes zu unternehmen«, sagte er energisch. »Das meiste davon stammt sowieso von d'Hiver. Sie wollen eine Klinik oder so etwas damit finanzieren, nicht? Dann tun Sie das. Lassen Sie zu, daß mein armes Mädchen wenigstens noch etwas Gutes getan hat.«

Er stand auf und ging zur Tür.

»Ich bin müde«, sagte er und blieb stehen, um die beiden jungen Leute anzusehen. »Morgen gibt es eine Menge zu tun. Bleibt sitzen, meine Lieben. Ich komme schon zurecht.«

Margot verharrte auf halbem Weg zu ihm. Seine Erschöpfung stand ihr so lebhaft vor Augen, als sei es ihre eigene. Doch es gab noch eine Frage, die sie nicht zurückhalten konnte.

»Kit«, sagte sie, »woher hast du das alles gewußt?«

Er lächelte. »Ich habe es gewußt, weil sie mich seinetwegen verlassen hat, vor langer Zeit, als wir noch fast Kinder waren. Sie liebte d'Hiver, nicht mich, verstehst du. Gute Nacht.«

Die Tür fiel hinter ihm ins Schloß, aber sie blieb stehen, bis Denis zu ihr trat und sie neben sich aufs Sofa drückte. Er legte einen Arm um sie und zog sie dicht an sich.

»Du bist auch Schauspielerin, und du hast mich für einen Mörder gehalten«, sagte er. »Aber ich werde dich heiraten. Weißt du das? Und wenn es dich beruhigt, ohne Bedingungen.«

Celia Fremlin im Diogenes Verlag

Die Stunden vor Morgengrauen

Roman. Aus dem Englischen von Isabella Nadolny
detebe 21515

Nacht um Nacht schreit das Baby, ohne ersichtlichen Grund. Schlaflose Nächte lang beobachtet Louise ihr Baby und hofft auf Ruhe – für sich, ihre Familie und die neue Untermieterin, Miss Brandon. Aber aus ihrem halbwachen Dämmerzustand gibt es kein Entrinnen, sie gleitet hinüber in einen langen, quälenden Alptraum.

»Celia Fremlin erzählt so spannend, daß man unter Garantie eine wohlige Gänsehaut bekommt.«
Freundin, München

Wer hat Angst vorm schwarzen Mann?

Roman. Deutsch von Otto Bayer
detebe 21302

»Kein Anblick konnte dieser Tage mehr Schrecken einflößen als der eines gutgekleideten Mannes mit Notizbuch in der Hand beim Betrachten eines Grundstücks.« So beginnt ein psychologisch ebenso hinterhältiger wie spannender Roman rund um eine ganz gewöhnliche Familie auf dem Land: eine mißtrauische, etwas schwerhörige Großmutter, ihre zu Höherem berufene Tochter Claudia und das Enkelkind Helen.

Klimax

oder Außerordentliches Beispiel von Mutterliebe
Roman. Deutsch von Dietrich Stössel. detebe 20916

Stellen Sie sich eine ganz normale Familie aus Ihrer Nachbarschaft vor: nette, ruhige Leute, der Mann in guter Position, manchmal etwas mürrisch, aber man weiß ja, was im Beruf verlangt wird, die Frau reizend, spontan, hilfsbereit, die ihre zwei Töchter geradezu vergöttert, vielleicht etwas übertrieben. Eines Tages verlobt sich die älteste mit einem tüchtigen Buchhalter – und langsam zieht ein ganz gewöhnliches Grauen ein…

»Der Engländerin Celia Fremlin könnte es gelingen, der verehrten Spannungsautorin Margaret Millar den Rang abzulaufen.« *Wochenpresse, Wien*

Onkel Paul

Roman. Deutsch von Isabella Nadolny
detebe 22441

»Mit *Onkel Paul* übertrifft Celia Fremlin sogar ihren ersten Roman *Die Stunden vor Morgengrauen.* Ihre unheimliche Fähigkeit, die Kleinigkeiten des häuslichen Einerleis, die Langeweile und Enge des Familienalltags mit Merkwürdigem, Makabrem und Katastrophalem zu verbinden, macht ihre Geschichten einmalig.« *Times Literary Supplement, London*

…diesmal die Katastrophe um die drei Schwestern Mildred, Meg und Isabel – und natürlich Onkel Paul.

Die Spinnen-Orchidee

Roman. Deutsch von Isabella Nadolny
detebe 21727

Etwas muß geschehen, wenn eine aufregende Affäre plötzlich zur häuslichen Zweierkiste wird… Mit Entsetzen stellt Adrian fest, daß es vorbei ist mit seiner kostbaren Privatsphäre, als seine ›Frau für schöne Stunden‹, Rita, plötzlich bei ihm einzieht. Mit ihr hält auch der Haß Einzug: Adrian beginnt Rita zu hassen, Rita haßt dafür Amelia, Adrians 14jährige Tochter, die seine ungeteilte Liebe genießt, und Amelia – liebt ihren Lehrer. Als Rita eines Tages das Tagebuch des Mädchens, voller erotischer Tagträumereien, findet, sieht sie ihre Chance. Denn etwas muß geschehen – etwas wie Mord zum Beispiel...

»Celia Fremlin säße schon längst im Gefängnis, würde sie nicht schreiben.« *Emma, Köln*

Rendezvous mit Gestern

Roman. Deutsch von Karin Polz
detebe 21603

Milly macht sauber bei Leuten in Seacliffe. Diskret und gründlich räumt sie täglich die Reste von Mrs. Days wilden Nächten auf, versorgt Mrs. Grahams Baby mit ungeliebten Vitaminen, verleiht dem Haushalt von Mrs. Lane einen Hauch vom ehemaligen großbürgerlichen Glanz. Allabendlich kehrt sie müde und allein in ihre billige Pension zurück. Bei ihr ist nur die Erinnerung an ein ganz anderes Leben, an die Hölle vor dem Tod, die Ehe hieß. Doch vor der Hölle flieht man nicht so leicht...

»Eine Psycho-Krimi-Gruselstory von einer Spezialistin für die Abgründe im ganz alltäglichen Hausfrauendasein.« *Frankfurter Rundschau*

Ein schöner Tag zum Sterben

Erzählungen. Deutsch von
Ursula Koester-Roth
detebe 21985

»Der Engländerin Celia Fremlin könnte es gelingen, der verehrten Spannungsautorin Margaret Millar den Rang abzulaufen. Wie die Millar versteht sie es, das Unheimliche in höchst reputierlichen Wohnstuben auszumachen, die Nähe von Normalem und sogenanntem Abnormalem auszuloten und die Leser ihrer Geschichten ganz langsam ins Dickicht des lange Zeit Unerklärbaren zu locken. Spannungslektüre für Feinschmecker.« *Wochenpresse, Wien*

»Eine minutiöse psychologische Studie von subtiler, aber seltener Bösartigkeit.«
Süddeutscher Rundfunk, Stuttgart

»Ein Feuerwerk von gescheiten und spöttischen, bissigen und treffsicheren Formulierungen und Szenen.«
Die Zeit, Hamburg

»Ganz sicher wünscht sich frau, daß noch viele Thriller von Celia Fremlin in deutscher Sprache auf den Markt kommen.« *Emma, Köln*

Gibt's ein Baby, das nicht schreit?

Roman. Deutsch von
Isabella Nadolny
detebe 22430

Ein verträumtes fünfzehnjähriges Schulmädchen aus ›gutem Hause‹ wird schwanger und ist furchtbar stolz, Mutter zu werden. Da ihre besorgten Eltern aber glauben, daß Miranda gar nicht absehen kann, was es heißt, mit fünfzehn ein Kind zu bekommen, überreden sie sie zu einer Abtreibung. Danach beginnt sie ihre Eltern zu hassen und läuft von zu Hause weg. Fast wie von selbst entsteht durch Mirandas Tagträume eine verhängnisvolle Lüge: Sie behauptet, wegen ihrer Schwangerschaft von zu Hause ausgerissen zu sein. Diese Lüge zieht andere nach sich.

»Eine ausgezeichnete, geschickt angelegte Puzzle-Story, die sich einmal nicht um einen Toten, sondern um eine Geburt dreht. Ein scharfsinniger, witziger Roman.« *The Times, London*

Cyril Hare im Diogenes Verlag

Solo für Lucy

Roman. Aus dem Englischen von Kurt Bracharz. detebe 21991

Wer ermordete die Sologeigerin Lucy Carless? Ihr erster Ehemann? Oder ihr zweiter? Oder der Frauenheld Bill Ventry? Oder gar ihr Kollege, der polnische Klarinettist Zbartorowski, mit dem sie eine harsche Auseinandersetzung hatte?

»Die Handlung ergibt sich aus musikalischer Sachkenntnis, einer Dickinson-Anspielung, verwoben mit einer delikaten Rechtsfrage. Das alles wird mit erfreulich dezentem Intellekt, mit viel Wärme und Stilgefühl bearbeitet.« *The New York Times*

Selbstmord ausgeschlossen

Roman. Deutsch von Karin Polenz
detebe 21923

Der Service in englischen Hotels kann einen Mann zum Trinken treiben (sofern es die Polizeistunde gestattet), doch sicher selten zum Selbstmord.
Leonard Dickinson aber wird tot in seinem Zimmer im Pendlebury Old Hall Hotel aufgefunden; er starb an einer Überdosis Schlaftabletten. War es Selbstmord? Oder war es Mord, wie Dickinsons Familie nachweisen will, weil sonst ihr Anspruch auf das Geld von der Lebensversicherung erlischt? Inspektor Mallett will die Wahrheit herausfinden, und muß feststellen, daß man im Pendlebury keine heißen Spuren zum Frühstück serviert – wohl aber falsche Fährten.

»A Must for Agatha Christie-Fans.«
Encyclopedia of Mystery & Detection

Tragödie im Gerichtssaal

Roman. Deutsch von Robert Picht
detebe 21638

Anonyme Drohbriefe, Pakete mit toten Mäusen, seltsames Konfekt werden Sir William Barber, dem Strafrichter, ins Haus geschickt, Gas strömt plötzlich in sein Schlafzimmer, und schließlich wird im Dunkeln seine Frau mit ihm verwechselt und niedergeschlagen.

»Cyril Hare (1900–1958) war Jurist und begann seine Karriere in einem Anwaltsbüro, das viele große Kriminalfälle zu behandeln hatte. Er hat es verstanden, etwas Neues in diesem Genre zu bringen...«
Luzerner Neueste Nachrichten

Mörderglück

und andere Detektivgeschichten

Ausgewählt und eingeleitet von
Michael Gilbert und Peter Naujack
detebe 20196

»...Ich jedenfalls gebe für jede dieser kleinen Geschichten den ganzen Edgar Wallace.«
Richard Kirn/Frankfurter Neue Presse

Shirley Jackson
Wir haben schon immer im Schloß gelebt
Roman. Aus dem Amerikanischen von Anna Leube und Anette Grube. detebe 21925

Wie man einen Hexentrank braut:
Man nehme
»eine seltsame, gruselige Geschichte und die Zutaten Haß und Angst in verzauberter Umgebung«*
Dann füge man hinzu
»zwei Schwestern, in psychotischer Einsamkeit mit einem alten Onkel in einem großen Haus auf einem Hügel«**
Und schmecke ab mit
»einem Hauch sanften Wahnsinns und einer ganz speziellen Art von Zauberei und Verführung«***
Resultat
dieses Buch, ein Gebräu aus unwiderstehlichem Grausen und anhaltender Faszination, das garantiert *Sie* zum nächsten Opfer macht.
**Publishers Weekly* ***Newsweek*
****Virginia Kirkus Bulletin*

»Das Buch geht unter die Haut. Die gespenstische Atmosphäre, in der die beiden Schwestern und der halbverrückte Onkel leben, ist so beklemmend geschildert, daß man von der Lektüre nicht mehr loskommt, bis man endlich die letzte Seite erreicht hat.«
Frankfurter Rundschau